Rilke—Kommentar zu den *Aufzeichnungen des Malte Laurids Brigge*

UNC | COLLEGE OF ARTS AND SCIENCES
Germanic and Slavic Languages and Literatures

From 1949 to 2004, UNC Press and the UNC Department of Germanic & Slavic Languages and Literatures published the UNC Studies in the Germanic Languages and Literatures series. Monographs, anthologies, and critical editions in the series covered an array of topics including medieval and modern literature, theater, linguistics, philology, onomastics, and the history of ideas. Through the generous support of the National Endowment for the Humanities and the Andrew W. Mellon Foundation, books in the series have been reissued in new paperback and open access digital editions. For a complete list of books visit www.uncpress.org.

Rilke—Kommentar zu den *Aufzeichnungen des Malte Laurids Brigge*

WILLIAM SMALL

UNC Studies in the Germanic Languages and Literatures
Number 101

Suggested citation: Small, William. *Rilke—Kommentar zu den Aufzeichnungen des Malte Laurids Brigge.* Chapel Hill: University of North Carolina Press, 1983. DOI: https://doi.org/ 10.5149/9781469656816_ Small

Library of Congress Cataloging-in-Publication Data
Names: Small, William.
Title: Rilke — Kommentar zu den Aufzeichnungen des Malte Laurids Brigge / by William Small.
Other titles: University of North Carolina Studies in the Germanic Languages and Literatures ; no. 101.
Description: Chapel Hill : University of North Carolina Press, [1983] Series: University of North Carolina Studies in the Germanic Languages and Literatures. | Includes bibliographical references and index.
Identifiers: LCCN 82023246 | ISBN 978-1-4696-5680-9 (pbk: alk. paper) | ISBN 978-1-4696-5681-6 (ebook)
Subjects: Rilke, Rainer Maria, 1875-1926. | Aufzeichnungen des Malte Laurids Brigge.
Classification: LCC PT2635.I65 A8966 1983 | DCC 833/ .912

Inhalt

Rilke - Kommentar zu den
Aufzeichnungen des Malte Laurids Brigge

„Er war ein Dichter und haßte das Ungefähre."
(Malte Laurids Brigge: 863,8f)

Einleitung

Bis zu der Veröffentlichung der Materialiensammlung von Engelhardt[1] (1974) und des Kommentars von Stahl[2] (1979) wurden die historischen und persönlichen Figuren und Ereignisse der *Aufzeichnungen* kaum untersucht. Das Werk wurde zwar interpretiert und in die Geschichte des deutschen Romans eingeordnet. Doch viele die Aussage und den Kunststil betreffende Fakten, die dem Bereich der Geschichte oder den persönlichen Erfahrungen und der Umwelt des Autors entstammen, blieben unaufgeklärt. Rilke selbst war der Ansicht, sie hätten die Funktion von „Evokationen"; sie „zu präzisieren und zu verselbständigen", lehnte er ab: „Der Leser kommuniziere nicht mit ihrer geschichtlichen oder imaginären Realität, sondern durch sie mit Maltes Erlebnis." Die Versuche des polnischen Übersetzers der *Aufzeichnungen*, Witold Hulewicz, im Roman gestreifte historische Tatsachen und persönliche Erfahrungen Rilkes zu klären, verletzten dessen Künstlerempfinden: „Das alles soll, darf, um Gottes willen, nicht erklärt, erläutert sein in Ihrem Text" (L 5, VI, 366). „Dies Buch ist hinzunehmen, nicht im Einzelnen auf–zu–fassen. Nur so kommt alles zu seiner rechten Betonung und Überschneidung" (L 5, V, 369). „Fragmentarisch haben alle diese Episoden ihre Aufgabe, sich innerhalb des Malte mosaikhaft zu ergänzen" (L 5, V, 364).

Die Literaturwissenschaft kann sich jedoch nicht damit begnügen, Rilkes „Buch . . . hinzunehmen." Sie ist vielmehr zu der Bemühung gezwungen, es „im Einzelnen auf-zu-fassen." Wieweit Rilke sich täuschte, als er meinte, der Leser könnte ohne die Klärung der Sachfragen „Maltes Erlebnis" aus dem gegebenen Mosaik erschließen, spielt dabei eine untergeordnete Rolle. Rilke ging davon aus, daß das von ihm angewandte dichterische Verfahren den Erwartungen und dem Auffassungsvermögen seines Publikums angemessen wäre und befand sich mit dieser Annahme im Hinblick auf weite Kreise seiner eigenen Epoche im Recht; das belegen Erfolg und Verbreitung seiner Bücher bei den Zeitgenossen. Um so dringender stellt sich, über 70 Jahre nach Erscheinen der *Aufzeichnungen*, die Aufgabe, die jenes Ver-

---

1. Hartmut Engelhardt, Hrsg., *Materialien zu Rainer Maria Rilke. „Die Aufzeichnungen des Malte Laurids Brigge"* (Frankfurt: Suhrkamp, 1974).

2. August Stahl, *Rilke Kommentar. Zu den Aufzeichnungen des Malte Laurids Brigge, zur erzählerischen Prosa, zu den essayistischen Schriften und zum dramatischen Werk* (München: Winkler, 1979).

fahren konsolidierenden Fakten zu erarbeiten und interpretieren. Die dem ausdrücklichen Willen Rilkes zuwiderlaufenden Untersuchungen erhalten ihre Berechtigung zum einen allein schon aus der Tatsache, daß sich sowohl das Dichtungsverständnis wie die Bildungswelt der Leser anspruchsvoller Literatur im Laufe des 20. Jahrhunderts grundlegend gewandelt hat, zum andern aus den Ergebnissen, die im Hinblick auf die Beurteilung von Rilkes Verfahrensweise zu erbringen sind: Solidität und Genauigkeit seines Kunststils sowie Reichtum und Vielseitigkeit der sein Weltverständnis ausdrückenden Bilder treten nach Erhellung der Sachfragen erst voll hervor.

Die in diesem Kommentar angewandte Arbeitsweise - und hier unterscheidet sich der vorliegende Kommentar von dem Stahls – richtet sich nach den Anforderungen, die ein künstlerisch so bedeutendes Werk an den Leser wie den Interpreten stellt. Nach der Identifizierung des Details muß jeweils die Funktion des Details im Aufbau des Einzelabschnitts und im Mosaik des gesamten Romans erkennbar werden. Die Identifizierung des Details bedeutet die Lösung vieler konkreter Probleme und verlangt vom Kommentator den Nachvollzug der Quellenforschungen Rilkes sowie die Bemühung um seine umfassende Lektüre. Rilke befaßte sich eingehend mit dänischen Briefen und Tagebüchern aus dem späten 18. und dem frühen 19. Jahrhundert. Malte Laurids Brigge entstammt den fiktiven dänischen Adelsgeschlechtern Brigge und Brahe. Die Atmosphäre dieser Welt seiner Herkunft erarbeitete Rilke sich beim Durchforschen von Familienpapieren in Bibliotheken, aus dänischen Romanen und dänischen Geschichtswerken, die er oft im Original las. In Paris studierte Rilke in der Nationalbibliothek spätmittelalterliche Texte zur politischen Geschichte Frankreichs und lieferte mit den Ergebnissen seiner Studien Malte die Vorstellungswelt, in der er sich wiedererkennen konnte. Es ging um die Fragwürdigkeit des Handelns, des Überlebens in einer morderfüllten Zeit als gegenwärtiges Existenzproblem. Heiligengeschichten, Chroniken, Lyrik aus vielen Epochen und vielen romanischen Sprachen beschäftigten ihn laufend. Die moderne europäische Literatur und Kunst waren ihm ohnehin stets vertraut. Weite Reisen und viele Museumsbesuche gehören zu den Voraussetzungen seines Malteromans.

Über die Werkgeschichte der *Aufzeichnungen* ist wenig bekannt. Rilke verfaßte das Buch zwischen 1904 und 1910. Die einzelnen Stadien der Entstehung sind aus seinen unmittelbaren Äußerungen nicht zu erschließen. Im Nachlaß befinden sich zwei Vorfassungen des Eingangs aus dem Jahre 1904 und zwei nicht verwendete Fassungen vom „ursprünglichen Schluß der *Aufzeichnungen*: Tolstoy", Jahreswende 1909/10. Die Vorfassungen des Eingangs zeigen, daß Rilke den Roman ursprünglich als Erzählung begann, in der Malte, als Figur von einem anderen Erzähler vorgeführt, auftreten sollte. In dem ersten der beiden Entwürfe berichtet ein Ich–Erzähler von seiner Begegnung mit einer eindrucksvollen, schwer zu charakterisierenden Persönlichkeit, die „eine Weile mit" ihm „gelebt" habe, bei der er sich aber lediglich an das erinnern kann, was sie erzählte. Manchmal schienen es „Erinnerungen seines eigenen Lebens" zu sein. Auf die endgültige Form des Romans mag die Bemerkung hinweisen: „oft aber schien er mir verschiedene Leben miteinander zu vermischen und zu verwechseln und gerade dann waren seine Worte am überzeugendsten" (L 8, VI, 949). Der Name der von Rilke erfundenen Figur, „Malte Laurids Brigge", steht erst im zweiten der Entwürfe aus dem Jahre 1904. Hier erfährt der Leser durch einen anonymen Erzähler von einem Besuch Maltes bei einem Bekannten in Paris - offenbar dem Ich-Erzähler des ersten Entwurfs, der sich jetzt zur erzählten Figur formte - vor dem Malte seine Erinnerungen an jenen Aufenthalt auf Urnekloster ausbreitet, bei dem er als Zwölf-oder Dreizehnjähriger mit seinem Vater im Eßsaal des Schlosses das Auftreten der Wiedergängerin Christine Brahe erlebte. Die Erzählung deckt sich fast völlig mit dem entsprechenden Kapitel der endgültigen Fassung (729,1ff) und belegt, daß Rilke sich des Stils der *Aufz.* von vornherein sicher war. Die beiden Fassungen des „ursprünglichen Schlusses" stehen mit dem endgültigen Schluß des Romans in keinem Zusammenhang und bleiben hinter dessen Beziehungsreichtum zurück.

Die *Aufz.* werden in den Literaturgeschichten heute im allgemeinen unter der Gattung *Roman* eingeordnet, obwohl Rilke selbst sein Buch nicht als Roman bezeichnete. Wenn er in einem bekannten Brief trotz der hohen Kunstform des Werks, deren er sich voll bewußt war, über „ungeordnete Papiere" sprach, die „man in einem Schubfach" fände und „vorderhand nicht mehr" (11.4.1910: L 5, III, 99), so verwies er damit - beabsichtet oder nicht - auf eine Romanform, die dem 20. Jahrhundert angemessen ist. Im Jahre 1910 mag über die Tatsache noch wenig Klarheit bestanden haben. Von unserem heutigen Standpunkt fügen sich die *Aufz.* mühelos in die Geschichte des deutschsprachigen Romans ein. Sie werden von Hildegard Emmel im zweiten Band ihrer *Geschichte des deutschen Romans* (1975) an den Anfang des Kapitels „Neue Romanweisen in der ersten Hälfte des 20. Jahrhunderts" gestellt. Sie behauptet, sie seien „der erste deutsche Roman, in dem sich der neue Kunstwille des 20. Jahrhunderts verwirklichte und die überkommene Form aufgegeben wurde."[3] Auch Werner Welzig nennt sie „jenes Werk, das zu Beginn des 20. Jahrhunderts sowohl vom Inhalt als auch von der Form her wohl als das lehrreichste Beispiel moderner Erzählung von der Entwicklung, d.h. hier von der Selbstfindung eines Menschen, betrachtet werden muß."[4]

Ein wichtiges Dokument bildet für den Kommentator der Fragebogen des polnischen Übersetzers der *Aufz.* Witold Hulewicz aus dem Jahre 1925, der schon oben zitiert wurde. Rilke benutzt hier eine für die Bewertung der in seinem Roman erscheinenden historischen Figuren aufschlußreiche Formulierung: „Vokabeln seiner Not." Sie ist auch im Hinblick auf die Rolle, die die Kindheitserinnerungen und die vielen „Reminiszenzen" von Maltes „Belesenheit" im Roman haben, zu verwenden. Der gesamte Stoff, der in das Werk eingebaut ist, ob aus der Geschichte, aus der Kindheit, aus irgendwelcher Lektüre stammend, „alles das, wo es auch erfahren sein mag", soll nach Rilkes Meinung für Malte „dieselbe Wertigkeit" haben, „dieselbe Dauer und Gegenwart" (L 5, V, 359). Es wird deshalb vom Autor nicht auf den Faden einer linearen Erzählung aufgereiht, sondern im Zusammenhang mit der Verschlingung aller herangezogenen Motivkreise in den Dienst der Aussage des Romans gestellt. Dies muß bei seiner Kommentierung ständig berücksichtigt werden.

Dankbar verwendet wurden die Vorarbeiten, die Brigitte von Witzleben mit ihrer Dissertation von 1972 (L 83) für die Klärung von Einzelfragen in verschiedenen Stoffbereichen, im besonderen in Bezug auf die dänischen Quellen, leistete. Vieles, was sie entdeckte, wurde von mir in meiner ebenfalls 1972 abgeschlossenen Dissertation gleichzeitig herausgefunden (L 75).

Der Kommentar fußt auf der sechsbändigen Ausgabe der Werke Rainer Maria Rilkes im Inselverlag 1966 (L 8). Die Nummerierung der Maltezitate erfolgt wie im *Index* zu den *Aufz.* (L 73) und in der Annahme von jeweils dreißigzeiligen Seiten; das bedeutet, daß Leerzeilen mitgezählt werden. Im übrigen verweisen Zahlenangaben in Klammern, vor denen „L" steht, auf das Verzeichnis der benutzten Literatur am Ende, Zahlenangaben in Klammern, vor denen „Anhang" steht, auf herangezogenes Material, das nach dem laufenden Text im Anhang gebracht wird.

---

3. Hildegard Emmel, *Geschichte des deutschen Romans* (Bern: Francke, 1975), II, 223.

4. Werner Welzig, *Der deutsche Roman im 20. Jahrhundert* (Stuttgart: Kröner, 1970) S. 17.

Kommentar

Verfasser der *Aufzeichnungen* ist nach der Fiktion des Romans der 28jährige Däne Malte Laurids Brigge. Sein Aufenthalt in Paris vermittelt ihm neue Vorstellungen vom Leben. Rilke selbst kam im Herbst 1902 zum ersten Mal nach Paris. Über seine Eindrücke von der Stadt schreibt er an seine Frau Clara, geb. Westhoff, am 31. August 1902:

> Mich ängstigen die vielen Hospitäler, die hier überall sind. . . .
> Man sieht Kranke, die hingehen oder hinfahren, in allen Straßen.
> Man sieht sie an den Fenstern des Hôtel Dieu in ihren seltsamen
> Trachten, den traurigen blassen Ordenstrachten der Krankheit.
> Man fühlt auf einmal, daß es in dieser weiten Stadt Heere von
> Kranken gibt, Armeen von Sterbenden, Völker von Toten (L 5, II,
> 246-7).

Die Wirkung seiner ersten Begegnung mit Paris deutete er in einem Brief an Heinrich Vogeler vom 17. Sept. 1902:

> Paris ist schwer. Eine Galeere. Ich kann nicht sagen, wie unsym-
> pathisch mir alles hier ist, nicht beschreiben, mit welcher instink-
> tiven Ablehnung ich hier herumgehe (L 1, 44)!

709,1 - *rue Toullier.* Rilkes erste Unterkunft in Paris war ein kleines Hotel im Quartier Latin, rue Toullier. Diese Tatsache aus Rilkes eigener Erfahrungswelt wurde wie viele der gleichen Art in die Fiktion des Romans übernommen.

709,11 - *Maison d'Accouchement.* Entbindungsanstalt.

709,22 - *Asyle de nuit.* Herberge für die Nacht.

710,10 - *Ah tais-toi, je ne veux plus.* Ungefähr: „Halt den Mund, ich will nicht mehr."

710,13f - *Hund, Hahn.* Tiergeräusche, die Malte an das einfache, ländliche Leben seiner Kindheit erinnern. Zum Gegensatz von Stadt und Land s. auch 711,4ff. Hunde beschäftigten Rilke oft und spielen u.a. auch in den Sterbeszenen-beschreibungen eine Rolle (vgl. 716-718, 720, 918).

713,1 - *Hôtel-Dieu.* Armenhospital und ältestes Krankenhaus der Stadt Paris, vielleicht Europas. Im Jahre 660 als Nonnen-kloster gegründet, 1868-78 umgebaut und modernisiert.

713,12 - *Brocanteuse.* Altwarenhändlerin.

714,4f - *Der eigene Tod.* Das Motiv vom eigenen Tod findet sich bei dem dänischen Dichter Jens Peter Jacobsen (1847-1885), in dessen Roman *Frau Marie Grubbe* die seinerzeit bekannte Todesschilderung des Ulrik Christian Gyldenløve steht (L 44, 80-89). Inwiefern der Däne auf die Details der Malteschen Gestaltung gewirkt hat, ist nicht genau festzustellen. Hermann Pongs schreibt Jacobsen allein Rilkes „Ethos vom eigenen Tod" zu (L 13, 56-57), Werner Kohlschmidt „eine gewisse Atmosphäre" und das Motiv „des persönlichen Todes" (L 48). Eines ist gewiß: die Romane Jacobsens wirkten stark auf den jungen Rilke und führten ihn zu Themen und Motiven, die ihn dann sein ganzes Leben lang beschäftigten. Darüber äußerte sich Rilke:

> Ich habe Jacobsen zuerst 1896/97 in München gelesen; ich war damals sehr unreif und las, mehr ahnungsvoll als schauend, erst Niels Lyhne, später Maria Grubbe. Seither sind diese Bücher, zu denen 1898 noch die „sechs Novellen" und die Briefe kamen, in allen meinen Entwicklungen wirksam gewesen; und noch heute geht es mir mit ihnen so, daß ich, wo ich gerade stehe, immer, jedesmal, wenn ich weiter will, das Nächste, das Nächsthöhere, die kommende Stufe meines Werdens in ihnen vorgezeichnet und schon geschaffen finde. In diesen Büchern ist vieles von dem, wonach die Besten heute noch suchen, schon gefunden, wenigstens aus einem Leben heraus gefunden (L 5, I, 435).

Der Todesbegriff der *Aufz.* wird besonders durch den Gedanken geprägt—das ist ein Durchbruch, der bis in die *Duineser Elegien* hineinwirkt—daß zwischen Leben und Tod keine eigentliche Grenze besteht. Beide Wirklichkeiten, Leben und Tod, greifen ineinander über. Zusammen werden sie zu einer großen Einheit, die als Ganzes der Kontinuität der menschlichen Existenz und der Verflochtenheit beider Bereiche entspricht. „Es gibt weder ein Diesseits noch Jenseits, sondern die große Einheit. . . . Die wahre Lebensgestalt reicht durch beide Gebiete, das Blut des größesten Kreislaufs treibt durch beide" (L 5, VI, 371-372). Unseren eigenen Tod zu „leisten" ist die Aufgabe, die jedem aufgetragen ist, die „Frucht," die „als ein Einmaliges und Einziges aus einem einmaligen und einzigen Leben herauswachsen soll" (L 84, 12).

Malte begreift den Gedanken der Einheit von Leben und

Tod erst allmählich. Durch Begegnungen, die ihm das Massendasein und die Einförmigkeit im Leben des modernen Menschen verdeutlichen, und durch Erinnerungen und Überlegungen gelingt es ihm, jene Einheit zu erkennen. Daß er der neuen Einsicht auf der Spur ist, beweist der Satz aus der Frühzeit seines Pariser Aufenthalts: „Der Wunsch, einen eigenen Tod zu haben, wird immer seltener" (714,4f). Bewußt wird ihm schon hier der Mangel an Eigentümlichem und Individuellem, der den Zustand seiner Zeit kennzeichnet und weder zum eigenen Tod noch zum eigenen Leben führen kann.

Zu berücksichtigen sind für Rilkes Todesauffassung auch *Das Stundenbuch*, die Requien: „Für eine Freundin" und „Für Graf von Kalckreuth" (L 8, I, 645ff), und die vierte *Duineser Elegie*.

715,14ff - *Das lange, alte Herrenhaus.* Die Darstellung des „langen, alten Herrenhauses" ist mit einem persönlichen Erlebnis Rilkes verbunden. Im Jahre 1901 und wieder im Jahre 1902 war Rilke Gast von Emil Prinz von Schönaich-Carolath auf Schloß Haseldorf in Holstein. In der alten Schloßbibliothek, die ihm dort zur Verfügung stand, fühlte er, wie er an Lou schreibt, „die unmittelbare Nähe von Schicksalen, das Sichregen und Aufstehen von Gestalten, von denen nichts" ihn „trennte als die alberne Unfähigkeit, ältere Zeichen zu lesen und zu deuten" (L 11, 165). Trotz des Gefühls des Ausgeschlossenseins - er fühlte sich den vielen und zum Teil dänischen Schriften sowie der „Wirrnis dieser Papiere" gegenüber hilflos - trug der Aufenthalt in Haseldorf viel zur Gestaltung der *Aufz.* bei. Dort kam er zum ersten Mal mit der Arbeit des dänischen Forschers und Archivars Louis Bobé in Berührung. Bobé hatte selbst längere Zeit in Haseldorf verbracht und damals im Auftrag des Prinzen das Familienarchiv geordnet und registriert. Da Rilke sich für dänische Geschichte und Sprache interessierte, wurden ihm Bobés Bücher auch in späteren Jahren wichtige Lektüre: in den Erinnerungen Doktor Bobés „teilt dieser mit, daß Rilke die ersten Bände dieses Werkes bereits auf Schloß Haseldorf gelesen hat" (L 78, 297). Durch Bobés Ausgabe der Papiere der Familie Reventlow - mindestens durch die sechs Bände, die bis 1906 erschienen waren - wurde Rilke zu der Reventlow-Darstellung in den *Aufz.* angeregt (735, 12; 851, 1 und 16; 937, 13).

Die Schilderung der beiden Familienschlösser Ulsgaard (717) und Urnekloster (729ff), von denen Malte berichtet, geht sicher in vielen Details auf Haseldorf zurück; das noch unberührte Sterbezimmer (715), der Sekretär mit Spitzenstücken in der Schublade (788, 20-834, 19), die Bilder in der Bildergalerie (812ff) wie auch eine Fülle von Namen und Gestalten aus der dänisch-nordischen Geschichte werden aus Haseldorf stammen. Auch das abgelegene Zimmer der Maskenkostümszene (801ff) erinnert an eine alte Rumpelkammer des Schlosses, wo nach Bobé von Mäusen, Motten und Rost angefressene Kostüme, Pelze, Teppiche und Uniformen aufbewahrt waren (L 22, 75). Die Beziehung zwischen Rilkes Erlebnissen und Eindrücken auf Schloß Haseldorf und der Gestaltung der dänischen Stoffe in den *Aufz.* entspricht Rilkes Versuch, „die Lebensschwingungen jener feudalen Welt" (L 57, 75) zu rekonstruieren. Er bemüht sich nicht um Vorbilder für seinen Roman, sondern um die Atmosphäre von Maltes Herkunft und Heimat.

Auffallend ist auch die Ähnlichkeit des historischen Staatsministers Grafen Christian Ditlev Reventlow mit der Gestalt des Großvaters Christoph Ditlev Brigge. Beide sind Herrennaturen „voll immenser Leistungskraft."

Zweifellos steht er hinter der Figur des Kammerherrn Christoph Detlef Brigge mit seinem unbändigen Sterben. . . . Wie Christoph Detlef Brigge starb auch Christian Detlef Reventlow an der Wassersucht und ließ sich, als er den Tod nahen fühlte, von seinem Gut Pederstrup nach Christiansaede führen, wie der Kammerherr sich durch das Haus von Ulsgaard tragen ließ (L 57, 69).

720,23 - Die Abschnitte bis 723,17 bilden eine Reihe von dichterischen Prosaversuchen Maltes. Ihnen folgen die Überlegungen und die neuen Erkenntnisse des 14. Abschnitts (723, 18ff), der mit der Bejahung der Möglichkeit für einen neuen Anfang endet.

720,24ff - (Vgl. Anm. zu 714,4)

721,26 - (Vgl. Anm. zu Kindheit, 767,27)

722,19ff - *Was so ein kleiner Mond alles vermag.* Die Unverständlichkeit dieser Stelle beruht darauf, „daß ein entscheidendes empirisches Wissen dem Leser vorenthalten wird. Der Mond . . . ‚vermag' etwas; und zwar, wie der Leser erwarten darf, das, wovon in der Folge gesprochen wird. Aber . . . die Andeutung von kausalen Beziehungen [wirkt] rätselhaft, da das Gesagte sich nicht in die empirischen Erfahrungen des Lesers einordnen läßt. In der entsprechenden Briefstelle [an Clara Rilke, 11. Okt. 1907] allerdings erscheint der Mond als Zeichen für die fortschreitende Zeit, mit der sich auch das trübe, regnerische Wetter ändert, das Rilke unglücklich und verzweifelt macht" (L 42, 203-4). Er schreibt:

> Es ist seit gestern nicht mehr so triefend einförmig.
> Es weht, es verwandelt sich, und es hat Augenblicke
> glücklicher Vergeudung ab und zu. Als ich, zum ersten
> Mal gestern, wieder den kleinen Mond im perlmut-
> ternen Abend stehen sah, begriff ich, daß er die Verän-
> derung vermittelt hat und für sie einsteht. Wo werde
> ich sein, wenn er, erwachsen und entscheidend, im
> herbstlichen Himmel seine Empfänge abhält (L 1, 184)?

Am nächsten Tag verfaßt Rilke den Brief, mit dem die Maltesche Aussage fast wortwörtlich übereinstimmt: „Das Wegemachen ist jetzt weniger schwer als vorige Woche. Was so ein kleiner Mond alles vermag" (L 1, 184).

722,28 - *Pont-neuf.* Pariser Brücke von der rue Dauphine bis auf die Ile de la Cité führend.

723,1 - *Plans.* Grundriß, Plan.

723,2 - *Manet.* Edouard Manet (1832-1883), französischer Maler.

723,3 - *Bouquinisten.* Buchhändler.

723,23 - *Carpaccio.* Vittore Carpaccio (1455-1525), venezianischer Maler der Renaissance.

725,9ff - *Der Dritte.* Der Gedanke des Dritten hat Rilke auch an anderer Stelle beschäftigt. Er gehört zu seiner Christusauffassung.

> Wer ist denn dieser Christus, der sich in alles hinein-
> mischt. Der nichts von uns gewußt hat, nicht von un-
> serer Arbeit, nicht von unserer Not, nichts von unserer
> Freude, so wie wir sie heute leisten, durchmachen und
> aufbringen -, und der doch, so scheint es, immer wieder
> verlangt, in unserem Leben der erste zu sein. Oder legt
> man ihm das nur in den Mund? Was will er von uns? Er
> will uns helfen, heißt es. Ja, aber er stellt sich eigen-
> tümlich ratlos an in unserer Nähe. . . . Wenn ich sage
> Gott, so ist das eine große, nie erlernte Überzeugung in
> mir. Die ganze Kreatur, kommt mir vor, sagt dieses
> Wort, ohne Überlegung, wenn auch oft aus tiefer Nach-

denklichkeit. Wenn dieser Christus uns dazu geholfen hat, es mit hellerer Stimme, voller, gültiger zu sagen, um so besser, aber laßt ihn doch endlich aus dem Spiel. . . . Ich will mich nicht schlecht machen lassen um Christi willen, sondern gut sein für Gott. Ich will nicht von vornherein als ein Sündiger angeredet sein, vielleicht bin ich es nicht. Ich habe so reine Morgen! Ich könnte mit Gott reden, ich brauche niemanden, der mir Briefe an ihn aufsetzen hilft (L 8, VI, 1111ff: „Der Brief des jungen Arbeiters").

Christus hat hier die Funktion des „Dritten", den Rilke für überflüssig erklärt. Wenn die Menschheit sich ernsthaft um die Erkenntnis dessen, was zwischen den „Zweien" vorgeht, bemüht hätte, bedürfte sie des „Dritten" nicht.

726,6   - *Die künstliche Leere der Theater* (s. dazu Anm. zu 921,8).

726,24ff - *Ist es möglich?* Die Möglichkeitsfragen lassen sich im Zusammenhang mit den später kommenden historischen Stellen deuten, denn sie sind die ausdrückliche Voraussetzung zu Maltes historischen Forschungen (vgl. Anm. zu 917,25ff). Diese Fragen zeigen Maltes Beschäftigung mit „Elementen" des Lebens, die er für wesentlich hält. Die Suche nach dem „Wirklichen und Wichtigen" (726,24-25) unserer Existenz liegt der existentiellen Erfahrung zugrunde, die er in Paris macht. Malte meint, er würde das Wesentliche im Leben erkennen und es in seinem Leben und in seiner Kunst wirken lassen. Das ist Aufgabe geworden (723,19; 728,25-30). „Wie ist es möglich zu leben," fragt Rilke bezüglich der *Aufz.*, „wenn doch die Elemente dieses Lebens uns völlig unfaßlich sind? Wenn wir immerfort im Lieben unzulänglich, im Entschließen unsicher und dem Tode gegenüber unfähig sind, wie ist es möglich, dazusein?" (An Lotte Hepner, 8. 11. 1915: L 1, 510).

Das Erkennen dieser höchsten menschlichen und dichterischen Aufgabe ist der Durchbruch, und die Möglichkeitsfragen in diesem Abschnitt sind Beweise dafür, daß Malte sie nun begreift. Er weiß - der Eine ist wichtig und nicht die Masse (727,11ff); darum muß er sich weiterhin mit dem Individuellen befassen, denn da liegt die Basis für seine Arbeit. Das Individuelle, wie Malte es versteht, gehört nicht ausschließlich zum Leben, sondern auch zum Tode; sein Begriff vom „eigenen Tod" ist ein frühes Zeichen dafür.

Er will als Dichter die wesentlichen Elemente beider Bereiche erkennen und sich aneignen, weil er glaubt, daß die
Kunst sie beide braucht, um die Wahrheit darzustellen. Ein
Toter wird uns zum Symbol all der Eigenschaften, die während seines Lebens sein Wesen ausmachten (s. auch L 76,
568). Deshalb bedarf die Liebe, die in den *Aufz.* als wichtiges Element des Lebens herausgestellt wird, u.a. durch
die vielen Liebenden, durch den verlorenen Sohn, vom
Tode her der symbolischen Wahrheit. „Nur vom Tode her
(wenn man ihn nicht als ein Abgestorbensein gelten läßt,
sondern ihn vermutet als die uns durchaus übertreffende
Intensität-), nur vom Tode her, mein ich, läßt sich der Liebe
gerecht werden" (L 1, 615).

729,2ff - *Urnekloster.* In den *Aufz.* wie in Rilkes gesamtem Schaffen
kommen öfters Menschen und Umstände vor, die dem Be-
reich des Übernatürlichen anzugehören scheinen. Die bild-
hafte Darstellung seines Aufenthalts auf Schloß Urnekloster
konkretisiert Maltes frühe Begegnung mit der Möglichkeit
übersinnlicher Erfahrungen. Sie werden für ihn im Zusammenhang mit dem „Unheimlichen jener Zusammenkünfte"
(730,24) im Eßsaal glaubhaft, während er lange und genau
Gesellschaft und Raum beobachtete; es fallen ihm Dinge
und Ereignisse auf, die ihm die Welt des Übersinnlichen
verbürgen: die Behauptung von den alchimistischen Versuchen mit Leichen, die im Schloß vom Oheim gemacht
würden, die Eigenschaft des Großvaters, Vergangenes
wie Zukünftiges als gegenwärtig (735,14ff) zu empfinden,
und die Erscheinung der Wiedergängerin Christine Brahe
(737,13f; vgl. dazu Anm. 813,9). Die Begebenheiten auf
Schloß Urnekloster sind reale Ereignisse und zugleich Vorgänge in Maltes Seele. Sie bedeuten den Einbruch des Irra-
tionalen in die Welt von Maltes Jugend. Entscheidend ist
die Tatsache, daß Malte die neuen Erlebnisse gelassen auf
sich zukommenläßt. Er empfindet keine Angst davor, im
Gegensatz zu seinem Vater, der vor der Erscheinung Chris-
tines erschrickt.

729,12 - *Das Gebäude.* Malte besitzt in seiner Erinnerung nicht die
Vorstellung des gesamten Schlosses. Er hat nur einzelne
Räume im Gedächtnis. Das Gebäude „ist ganz aufgeteilt" in
ihm, als ob das Bild des Hauses in ihn „hineingestürzt" und
auf seinem „Grunde zerschlagen" wäre (729,23ff). Der
Eßsaal, der allein „ganz erhalten" blieb in seinem „Herzen"

(729,26), erlangte seine Bedeutung für ihn nicht aus sentimentalen Gründen, sondern als der Ort, an dem ihn zum ersten Mal die Erkenntnis von der übersinnlichen Seite der menschlichen Existenz packte (vgl. dazu auch 724,30ff).

730,28   - *Die Anwesenden zu beobachten.* Die Fähigkeit, genau und lange zu beobachten, gehört schon in den Kinderjahren zu Maltes innerem Wesen. Ihre intensive Entfaltung erreicht er in seiner ersten Pariser Zeit (vgl. dazu 710,28, 711,14).

732,16   - *Der kleine Sohn einer Cousine.* Maltes Verwandter Erik, den er später seinen „einzigen Freund" nennt (818,1f), steht mit dem alten Grafen Brahe in tiefer innerer Verbindung. Eriks Augen (ein bewegliches und ein schielendes) dienen als Zeichen für seine Fähigkeit, gleichzeitig im Bereich des Lebens und des Todes zu Hause zu sein (vgl. Anm. zu 714,4f, zu Erik auch 736,26, 738,2f).

733,8   - *Aufgelöst.* Darüber äußerte sich Rilke in dem sogenannten „Fragebogen" an Hulewicz vom 10. November 1925: „une personalité diffuse, sans contour précis. In diesem Falle aber diese eigentümliche Unbegrenztheit im Wesen des alten Grafen B. andeutend: siehe seine Art, sowohl Tote wie Künftige als 'existent' zu empfinden" (L 5, V, 359).

734,24   - *Maske.* Dreimal bezeichnet Malte das Gesicht des Großvaters als maskenhaft (734,24, 738,12, 741,8). Die Schärfe seines maskenhaften Äußeren fällt in der Beschreibung mit der Unbegrenztheit seines Innern zusammen. Er lebt in einer zeitlos-ahistorischen Welt (735,14-19), und die Erscheinung der verstorbenen Christine entspricht „dem in ein reales Bild umgesetzten Innern des Grafen Brahe, der Einbeziehung des zeitlosen Bereichs des Todes in den des Lebens" (L 74, 210).

735,9   - *Reventlow, Anna Sophie,* Gräfin zu (1693-1743). In Clausholm (Jütland) geboren, 1712 zur Herzogin von Schleswig erhoben. Im Jahre 1712 vermählte sie sich mit König Friedrich IV. von Dänemark, der sie 1725 krönen ließ. Rilke kennt sie - wie viele der anderen im Roman vorkommenden dänischen Gestalten–aus Lunds Katalog: *Danske Malede Portraeter* (L 58).

735,14   - *Roskilde.* Königliche Grabstätte zu Roskilde.

741,16   - *Bibliothèque Nationale.* Die Nationalbibliothek in Paris. Kurz nach seiner Ankunft in Paris schreibt Rilke an seine Frau: „Diese letzte Woche bin ich jeden Tag von 10 Uhr an bis 5

Uhr nachmittags in der Nationalbibliothek gewesen und habe viele Bücher gelesen" (26.9.1902: L 5, I, 1902).

741,17 - *Ich sitze und lese einen Dichter.* Der Name des Dichters, den Malte in der Bibliothèque Nationale liest, wird im Text nicht gegeben. Daß es der französische Dichter Francis Jammes (1868-1938) ist, den Malte liest, ist aber aus dem Persönlichen und Dichterischen im Roman (745-6) zu erschließen. Dieser Überzeugung ist auch u.a. Else Buddeberg:

> Rilke, dem Tradition so viel bedeutete, erträumte eine solche für Malte; und darum läßt er ihn gleichsam sein ererbtes, aus dem aristokratischen Milieu stammendes Traditionsbewußtsein umschatten in die Sphäre eines Dichters, den er liebt und den auch Rilke liebte. Es ist Francis Jammes (L 24, 166).

(Auch dazu: 158, 526, 48, 180. Zu der Ähnlichkeit zwischen Rilkes Text und Jammes' *De l'Angélus de l'aube à l'Angélus du soir* s. L 7).

743,16 - *Die Fortgeworfenen.* Die *Clochards,* die Armen, die zur städtischen Landschaft von Paris gehören. Ihre Existenz gilt als eine Bestätigung der Freiheit des Einzelnen. Sie sind - wie Malte sagt - „nicht nur Bettler." Maltes Gefühl des Gejagtseins, das er den Fortgeworfenen gegenüber empfindet, vermischt sich mit der Ahnung, zu ihnen zu gehören (vgl. 744,10ff). Seine Eindrücke von den Clochards schreibt Rilke an Lou Andreas-Salomé in einem Brief vom 18. Juli 1903 (Anhang[1]).

745,10 - *Verlaine.* Französischer Dichter (1844-1896).

747,7ff - *Manchmal gehe ich an kleinen Läden vorbei.* Eine mit einigen stilistischen Änderungen versehene Übertragung aus einem Brief an Clara Rilke vom 4.10.1907 (L 1, 171-72).

Die Reihe von Darstellungen, die diesen Teil des Romans bildet (vgl. 747-57), hebt das Häßliche an Maltes Pariser Erfahrung hervor. Seine Wohnungseinrichtung, die Armen, vor denen Malte flüchtet und von denen er sich verfolgt fühlt, der alte Blinde, die Hausmauer, die scheinbare Fröhlichkeit der maskierten Feiernden - all dies deutet auf eine Umwelt hin, vor der Malte Angst empfindet und bei jeder Begegnung erschreckt wegläuft.

Daß die *Aufz.* sich in der französischen Hauptstadt abspielen, ist kein Zufall. Zwei Dichter, die selbst wie Malte nordischen Ursprungs sind, haben Rilkes Wahl beeinflußt. Der eine ist der norwegische Dichter Sigbjörn Obstfelder (1866-1900), der andere der Däne Søren Kierkegaard. Wie Maurice Betz in seinem Buch *Rilke in Paris* ausführte, beeindruckten Rilke zwei Umstände im Leben Obstfelders: „daß Obstfelder in Paris gelebt hatte und daß er mit zwei- und dreißig Jahren gestorben war und wahrscheinlich in seinem Werk nicht die ganze Größe seiner edlen verstörten Seele zum Ausdruck gebracht hatte" (L 20, 73-74). Rilke selbst sagte einmal: „Obstfelder ist in Paris gestorben: die Gestalt Maltes ist nicht ohne Bezug zu ihm" (L 11, 536). In der allgemeinen Themenwahl weisen Obstfelders Roman *Tagebuch eines Priesters* und Maltes Pariser Aufzeichnungen Ähnlichkeiten auf. Sowohl bei Obstfelder als auch bei Rilke erscheinen die Themen eines werdenden Gottes, der Furcht, der würgenden Angst, der Einsamkeit, der Armut und der Armen (vgl. dazu L 49, 470-71).

Kierkegaard beeinflußte Rilkes Dichtung tiefgreifender als Obstfelder. Von Obstfelder kannte Rilke außer biographischen Tatsachen nur den einen Roman und den vielleicht nur zum Teil; mit Kierkegaard aber war Rilke sehr gut vertraut. Er lernte sogar seinetwegen Dänisch und las von ihm alles, was es seinerzeit zu lesen gab. Es ist anzunehmen, daß er Kierkegaards *Stadien auf des Lebens Weg* kannte. Auf den letzten Seiten dieses Werkes erklärt Kierkegaard, daß er sich selbst als einen verstehe, der „mit dem Geringeren zufrieden" und „mit den Mühen des Geistes beschäftigt" sei, „an denen" seiner Meinung nach „jeder Mensch überreichlich genug hat auch in dem längsten Leben." Er sei „des Daseins froh, der kleinen Welt froh," in der er lebt. Um sein Verhältnis zu dieser Welt zu verdeutlichen, stellt er die dänische Hauptstadt Kopenhagen der französischen Hauptstadt Paris gegenüber. Die unterschiedliche Wirkung der beiden Städte auf den Menschen bringt er dabei zur Sprache:

> (Kopenhagen) ist groß genug, um eine größere Stadt zu sein und klein genug, daß es keinen Marktpreis für Menschen gibt; so kann der statistische Trost, wie man ihn in Paris über so und so viele Selbstmörder hat und die statistische Freude, die man in Paris über so und so viele Ausgezeichnete hat, sich nicht störend eindrängen

und nicht den Einzelnen in einem Sausewind hinwir-
beln, so daß das Leben seine Bedeutung verliert, der
Trost seinen Ruhetag, die Freude ihren Feiertag, weil
alles dahinfährt im Inhaltslosen oder Inhaltsreichen. . . .
Die Geschwindigkeit, mit der in Paris Tausende einen
Auflauf um einen herum bilden, mag jenem Einen wohl
schmeicheln, um die sie sich sammeln, ob sie aber nicht
erkauft wird mit dem Verlust des stilleren Sinns, welcher
den Einzelnen empfinden läßt, daß er doch auch einige
Bedeutung habe? (L 47, 517)

Für die Gestaltung der *Aufz.* ist diese Äußerung Kierkegaards von großer Bedeutung. Rilkes Hauptgestalt, aus
adligen Kreisen und gepflegten Häusern stammend, muß
die vertraute dänische Heimat verlassen und an einen Ort
gelangen, der ihn bedroht und beängstigt und als Katalysa-
tor für seine inneren Veränderungen dient. Dazu reichte
nach Rilkes Vorstellungen Kopenhagen nicht aus. Erst in
Paris erlebt Malte den „Verlust des stilleren Sinnes", der ihn
schließlich zu einem neuen, wenn auch nicht endgültigen
Stadium im Leben und Denken bringt.

Mit den ersten Worten: „Es ist nichts geschehen" (747,22)
will Malte sich selbst überzeugen, daß seine Ängste grund-
los seien. Die Wiederholung dieser Behauptung verrät die
Ungewißheit, mit der er sie äußert und weist auf die eigentliche Ursache der Angst, auf die Veränderung hin, die in
ihm vorgeht und deren Bedeutung für sein Leben er erst
nach und nach begreift (vgl. 711,7ff). Daß er sich verändert,
weiß Malte schon früh; die verändernde Wirkung der besonderen Großstadt Paris und die damit verbundene Angst
sind eines der zentralen Themen des Romans. Maltes erste
Aufzeichnungen - über Krankenhäuser, Gerüche, Lärm, die
in der Luft spürbare Angst - bezeugen seine Ratlosigkeit vor
dem Andrang unerwarteter Eindrücke. Das Krähen eines
Hahnes (710,14) oder die Jammes Lektüre, zu der er täglich
in die Bibliothek flüchtet (741,17ff), wirken wie eine Erleichterung und lassen in ihm die Landschaft der Kindheit
aufsteigen.

Die aufgezeichneten Details beweisen die Spannung, der
Malte ausgeliefert ist. Indem er sich auf das Wesen der ihm
begegnenden Menschen und Gegenstände konzentriert,
verstärkt sich seine Bedrängnis; es ergreift ihn ein mächt-

iges Angstgefühl. Mit besonderer Kraft packt ihn der An-
blick einer alten Hausmauer (749,14). Diese an sich gleich-
gültige Mauer erweckt in ihm panischen Schrecken, und er
läuft davon. Die Ursache seiner Angst liegt aber nicht im
Dinglichen, sondern in der ihn überwältigenden Einsicht,
daß er „das zähe Leben" (750,2) an jener abgebrochenen
Wand erkannte, ohne es lange zu betrachten. Indem er es
erkennt, geht es in sich, wird Teil von ihm. Es ist „zu
Hause" in ihm (751,20).

Obwohl Malte seine Umwelt allmählich mit neuen Augen
betrachten kann, ist er noch nicht imstande, die große Veränderung in seinem Wesen zu definieren. Er leidet sowohl
körperlich wie auch seelisch an ihr. Das Confetti der Feiernden „brannte wie eine Peitsche" (752,11) und „es kreiste
ein betäubender Schmerz" in ihm, als ob in seinem Blute
„etwas zu Großes mittriebe" (752,25ff). Was in ihm vorgeht,
macht er sich bewußt, während er sich das Verhalten eines
Sterbenden, dem er in einem Restaurant begegnete, nachträglich noch einmal vergegenwärtigt: jenen Mann, der
„wußte, daß er sich jetzt von allem entfernte," habe er „nur
begreifen können, weil auch in" ihm „etwas vor sich" gehe,
das anfange, ihn „von allem zu entfernen und abzutren-
nen" (755,18f).

Die verändernde Wirkung der Stadt betrifft nicht nur
Maltes neu erworbene Fähigkeit, seine Umgebung anders
aufzufassen als zuvor. „Ich lerne sehen" (710,28; 711,14)
sagte er schon zu Beginn seines Pariser Aufenthaltes. Zum
Sehen kam das Erschrecken vor dem Gesehenen und dessen Übernahme in das eigene Innere, das zugleich erst entdeckt wird (711,1). Eine Veränderung vollzieht sich auch in
der Beurteilung der eigenen Dichtung. Malte hält seine bisherigen dichterischen Versuche jetzt für mißlungen und erkennt, daß er einen neuen Anfang braucht, daß die dichterische Leistung eines Verses nicht einfach aus Gefühlen
hervorgehe; erst wenn die Erfahrungen langer Jahre als Erinnerungen Teil des inneren Lebens wurden - „Blut in uns"
- und das gesamte Vorhaben prägen - „Blick und Gebärde"
werden, - erst dann könne es dem Dichter gelingen, den
Anfang eines richtigen Verses zu schreiben. Da seine eigenen Verse alle anders entstanden sind, läßt er sie nicht mehr
gelten. Seine Erregung wächst unter dem Eindruck, die
Großstadt Paris stelle ihn mit ihren Erkenntnisse und Qua-

len erweckenden Versuchungen vor unüberschaubare Aufgaben. Sobald er auf die Straße geht, dringen sie in ihn ein.
Obwohl er ihnen keinen Widerstand entgegenzusetzen
hat, meint er, in all der Bedrängnis könnte sich ein Umschlag vollziehen, er brauche nur den letzten Schritt zu tun:
„nur ein Schritt," sein „tiefes Elend würde Seligkeit sein"
(756,20f).

747,30 - *Gewisse Leute.* Malte meint hier die Fortgeworfenen; vgl.
dazu u.a. 743,17ff, 768,12ff, und die Anm. zu 775,17.

748,15 - *Choufleur.* Blumenkohl. Zu dieser Darstellung sagt Buddeberg:

> Der blinde Mann, der einen Gemüsenwagen vor sich
> herschiebt und chou-fleur schreit . . . wird zu einer
> Chiffre des Grauens, wenn Rilke ausruft, es im Ein-
> zelnen schildert: „Das habe ich gesehen. Gesehen."
> Denn er hat auch diese Begegnung nur vom Grund des
> eigenen Entsetzens erfaßt (L 24, 166-67).

751,20 - *Es ist zu Hause in mir.* Dazu vgl. 725,1ff, und Anm. zu 729,12.

752,26ff - *Blut.* Vgl. 724,30ff, 756,14f, 765,6ff, und 885,8-15.

753,20 - *Têtes-de-moineau.* Eine Kohlenart.

754,1   - *Duval.* Eine Kette von guten aber preiswerten Restaurants.

754,2   - *Crémerien.* Milchausschank.

756,18 - *Eindruck.* Im Sinne von „Siegel" auf die Sprache der Mystik
zurückgehend (dazu L 56, 201). Vgl. auch das Wort Siegel
im Hohen Lied Salomos 8,6 und in der Offenbarung des
Johannes 9,4. Zu dieser Stelle sagt Buddeberg: „Den Eindrücken nachgeben und sie kunstvoll wieder aus sich her-
ausstellen in den überkommenen Formen der Zeit - das ist
nicht das, was seine Situation von ihm fordert. Es gibt ihn
keine überlieferten Sicherheiten mehr, und er weiß es auch,
wenn er sagen kann: ‚aber diesmal werde ich geschrieben
werden. Ich bin der Eindruck, der sich verwandeln wird'"
(L 24, 170).

Malte hat sich den Begebenheiten auszusetzen, und Ulrich Fülleborn sieht darin eine „doppelte Bewegung", die in
Gang gekommen sei. „Aus der sichtbaren Welt, deren
Oberfläche Malte durchdringen will, kommt ihm al-
lenthalben ein Inneres entgegen. Die Fassaden stürzen ein,
die Dinge zerbrechen, und es schlägt Gestaltloses, Ekeler-
regendes, Zerstörerisches nach Außen. . . . Dieser Bewegung aus dem Innern der sichtbaren Welt nach Außen, die

sich bis in Malte hinein fortsetzt, ohne daß er weiß, wo sie endet, antwortet aus Maltes Innerm eine Gegenbewegung, durch ihn von Anfang an als Veränderung seines Wesens registriert. . . . Gleiches wird nur von Gleichem erkannt, bis ihn die Erkenntnis der Dinge und Menschen zu der Selbsterkenntnis führt: auch ,ich bin gefallen', bin ,zerbrochen', und bis aus ihm dieselbe fremde amorphe Wirklichkeit nach außen dringt wie aus seiner Umwelt und ihn ganz überwuchert. Er nennt sie ,das Große', das schon in den Fiebern der Kindheit da war" (L 37, 266).

757,4ff - *Mécontent de tous.* Schlußzeilen von Baudelaires Prosagedicht „A une heure du matin" (Um ein Uhr morgens). Der Text lautet auf deutsch:

> Unzufrieden mit allem und mit mir selbst, möcht' ich nun gern mich wiederfinden und mich ein wenig demütigen in dem Schweigen und der Einsamkeit der Nacht. Ihr Seelen derer, die ich geliebt, ihr Seelen derer, die ich besungen habe, stärkt mich, haltet mich, nehmt von mir die Lüge und den Verderben-bringenden Hauch der Welt: und Du, mein Gott und Herr: Gewähre mir die Gnade, noch Schönes schaffen und dadurch mir beweisen zu können, daß ich doch nicht der letzte unter den Menschen bin, daß ich nicht noch geringer bin als jene, die ich verachte (L 18, 129).

Malte übernimmt das Gebet Baudelaires in der Hoffnung, es könnte ihm helfen, jenen „Schritt" aus dem „Elend" in die „Seligkeit" zu tun, auch wenn er aus allem Vertrauten herausführt (756,1ff). Den Seelen, die Baudelaires Dichter anruft, entsprechen in den *Aufz.* die fiktiven und historischen Gestalten, die schließlich zu „Vokabeln" von Maltes „Not" (L 5, V, 359) werden.

757,14ff - *Die Kinder loser und verachteter Leute.* Auszug aus dem Buch Hiob, Kapitel 30. Die gewählten Bibeltextzeilen bilden deutliche Parallelen zu Maltes eigenem Zustand. Die Fortgeworfenen wurden Gegenstände seiner Dichtung und er ihr Sänger (756,18ff). Die Allgegenwärtigkeit der Armen und Maltes Furcht vor ihnen verdeutlichen sich in der Tatsache, daß Malte von ihnen ständig wegläuft und in die Bibliothek flüchtet, um in Ruhe seinen „Dichter" (741,4 und 745,9) zu lesen. Die Flucht in die Bibliothek bedeutet Verleugnung der dichterischen Pflicht, die Malte eben erst allmählich einsieht. Der schlechte Zustand seiner Kleidung, das Leiden im Angesicht der Auswegslosigkeit seiner Situation und das Gejagtsein durch die immer gegenwärtigen Armen ordnen sich gleichfalls in die Auswahl der Bibeltextzeilen ein.

Beide Texte, die aus dem Buch Hiob und das Baudelaire-Zitat, gehören zu Rilkes eigenem Pariserlebnis. Am 18. Juli 1903 schreibt er an Lou über seinen Aufenthalt in Paris: „Und oft vor dem Einschlafen las ich das *30. Capitel* im Buche Hiob und es war alles wahr an mir, Wort für Wort. Und in der Nacht stand ich auf und suchte meinen Lieblingsband Baudelaire, die *petits poèmes en prose*, und las laut das schönste Gedicht, das überschrieben ist „A une heure du matin" (L 11, 65).

758,4   – *Salpêtrière*. Das Hôpital de la Salpêtrière, im Jahre 1657 unter Louis XIV. an Stelle eines Arsenals (Salpêtrière) errichtete Anstalt. Zunächst wurde sie als Krankenhaus für Bettler und Prostituierte, dann später als Anstalt für Geisteskranke und als Pflegeheim für alte Frauen verwendet. In modernen Zeiten enthält sie auch eine Abteilung für Nervenkrankheiten.

758,14 – *Sie waren alle da*. Vgl. 747,30.

758,22 – *Conciergen*. Pförtnerinnen.

760,17 – *Chapeau à huit reflets*. Ein seidener Zylinderhut.

760,28 – *S'il vous plaît*. Bitte schön.

764,8   – *Riez. Mais riez*. Lachen Sie! Bitte lachen Sie!

764,13 – *Dites-nous le mot: avant. . . . On n'entend rien. Encore une fois*. Sagen Sie uns das Wort: „avant" (bevor). . . . Man hört nichts. Noch einmal.

764,19 – *Das Große*. Vgl. Anm. zu 756,18, und Anm. zu 797,1.

767,3   – *Angst*. Vgl. Anm. zu 747,7ff.

767,27 – *Kindheit*. Rilke empfand seine eigene Kindheit in Prag als durchaus unglücklich (vgl. L 29). Die äußeren Verhältnisse seiner Jugend gingen jedoch nicht in die *Aufz*. ein; verarbeitet wurden lediglich gewisse Themen und Motive–Angst, Elternliebe und übernatürliche Geschehnisse-, die darauf hinweisen, daß der Roman stückweise Rilkes eigene Kindheitserinnerungen wiedergibt. Die Eigenheiten der erfundenen nordischen Heimat des jungen Malte indessen, Stil, Kultur und Familienverhältnisse, fehlten Rilkes persönlicher Kindheit in Prag durchaus. Im Gegensatz zu Malte, für den das alte Dänemark mit dem Anfang des neuen Jahrhunderts zu existieren aufhörte, obwohl er sich weiter mit ihm verbunden wußte, strebte der junge Rilke immer wieder, körperlich und geistig von Prag und den Familieneinflüssen loszukommen. Schon im Jahre 1904 schreibt er an Lou:

> Meine Mutter kam nach Rom und ist noch hier. Ich sehe sie nur selten, aber - Du weißt es - jede Begegnung mit ihr ist eine Art Rückfall. Wenn ich diese verlorene, unwirkliche, mit nichts zusammenhängende Frau, die nicht altwerden kann, sehen muß, dann fühle ich, wie ich schon als Kind von ihr fortgestrebt habe, und fürchte tief in mir, daß ich, nach Jahren und Jahren Laufens und Gehens, immer noch nicht fern genug von ihr bin (L 11, 145-46).

Noch acht Jahre später sagte er, daß es kaum zu sagen sei, wie sehr ihm „alles Österreichische zuwider ist" (L 5, III, 172).

Wenn auch nach Rilkes Meinung der Mensch als Kind gesammelter steht, so bedeutet das für Rilke nicht, daß der Mensch als Kind „geborgener" sei, weil er sich noch in der Nähe zur Größe und Eigentlichkeit seines Daseins befindet (L 23, 210), denn den Ängsten und Gefahren, die gerade in den frühen Jahren so stark hervortreten, steht das Kind offener und ungeschützter als der erwachsene Mensch gegenüber.

> Fern in meiner Kindheit, in den großen Fiebern ihrer Krankheiten standen große unbeschreibliche Ängste auf, Ängste wie vor etwas zu Großem, zu Hartem, zu Nahem, tiefe unsägliche Ängste, deren ich mich erinnere; und diese selben Ängste waren jetzt auf einmal da, aber sie brauchten nicht erst Nacht und Fieber als Vorwand, sie erfaßten mich mitten am Tage, wenn ich mich gesund und mutig meinte, und nahmen mein Herz und hielten es über das Nichts (L 11, 59).

768,12ff - Vgl. Anm. zu 747,7ff.

768,15   - *Der Boulevard St-Michel.* Die Hauptstraße des Quartier Latin, eines der ältesten Teile von Paris und Sitz vieler Hochschulen und wissenschaftlicher Anstalten.

769,27   - *Ein großer hagerer Mann.* Eine ähnliche Schilderung des gleichen Erlebnisses enthält Rilkes Brief an Lou vom 18. Juli 1903. Der Vergleich beider Texte gibt Einblick in Rilkes Arbeitsweise. (Anhang[2])

774,16 - *Die Heilige im Pantheon.* Die heilige Genoveva (422-C.500), Patronin der Stadt Paris. Auf ihrer Grabstätte errichtete man im 18. Jahrhundert an Stelle einer früheren Kirche das neue Gebäude, das im Jahre 1791 in das Panthéon zur Beisetzung hervorragender Franzosen verwandelt wurde. Rilke spricht von dem „ganz großen Eindruck von der De-korationskunst des Purvis [de Chavanne] im Panthéon. Die Gesamtwirkung ist unnachahmlich schön - ein Ereignis für mich - etwas, was ich mir, ohne es zu wissen, gewünscht habe, lange" (L 3, 23). Über die Wirkung des Gebäudes auf ihn sagt Rilke, daß es „etwas Kirchliches für mich" hat, „dieses Panthéon. Ich mußte auf der Schwelle den Hut ab-nehmen, obwohl ich sah, daß alle Leute nachlässig mit be-decktem Kopfe darin herumgehen" (L 3, 25).

775,17 - *Une Charogne.* „Ein Aas", Gedicht aus den *Blumen des Bösen* von Charles Baudelaire (vgl. Anm. zu 908,28: Text in Anhang[3]).

> Du erinnerst sicher . . . aus den Aufzeichnungen des
> Malte Laurids, die Stelle, die von Baudelaire handelt
> und von seinem Gedicht: „Das Aas". Ich mußte daran
> denken, daß ohne dieses Gedicht die ganze Entwicklung
> zum sachlichen Sagen . . . nicht hätte anheben können;
> erst mußte es da sein in seiner Unerbittlichkeit. Erst
> mußte das künstlerische Anschauen sich so weit über-
> wunden haben, auch im Schrecklichen und scheinbar
> nur Widerwärtigen das Seiende zu sehen, das, mit allem
> anderen Seienden, gilt. . . . Und mit einem Mal (und
> zum ersten) begreife ich das Schicksal des Malte Lau-
> rids. Ist es nicht das, daß diese Prüfung ihn überstieg,
> daß er sie am Wirklichen nicht bestand, obwohl er in der
> Idee von ihrer Notwendigkeit überzeugt war, so sehr,
> daß er sie so lange instinktiv aufsuchte, bis sie sich an
> ihn hängte und ihn nicht mehr verließ? Das Buch von
> Malte Laurids, wenn es einmal geschrieben sein wird,
> wird nichts als das Buch dieser Einsicht sein, erwiesen
> an einem, für den sie zu ungeheuer war (An Clara,
> 19.10.1907: L 1, 195-96).

775,23f - *Saint-Julien-l'Hospitalier. La Légende de Saint-Julien l'Hospita-lier.* von Gustave Flaubert (L 34). Bekannt ist die Darstellung von seinem Leben und Wirken im Fenster des Domes zu Rouen. Saint-Julien, in Vienne geboren und zu Brioude im Jahre 304 den Martyrertod gestorben, ist Patron der Kirche

St. Julien-le Pauvre in Paris. Zu der Saint-Julien-Stelle sagt Buddeberg: „Malte durchleidet, woran er sich stößt, mit der ganzen Intensität seiner Empfindungsfähigkeit. Er vollzieht wirklich auf seine Weise und in der Form, die sein Jahrhundert ihm anbietet, was er an St. Julian Flauberts rühmt: das Sich-zu-dem Aussätzigen-Legen. Für Malte ist es die in immer wieder neuen Angriffen vollzogene Identifikation mit den ‚Fortgeworfenen', den Armen von Paris. Er löst sich nicht nur faktisch von der Familie und ihrer sozialen Tradition los; er vollzieht innerlich und äußerlich eine Angleichung an das andere Milieu" (L 24, 164).

776,7   - *Die Existenz des Entsetzlichen.* Hiermit setzt sich die Thematik, die mit Baudelaires Gedicht angeschlagen ist, fort (vgl. Anm. zu 775,17). Sie löst sich, nachdem Malte sich ihr ganz ausgeliefert hat, im Bild der Mutter auf. Für das Kind stellte sie durch ihr Erscheinen die gewohnte Welt des vertrauten Lebens her.

778,28   - *Der Mouleur.* Der Gießer.

778,29f - *Das Gesicht der jungen Ertränkten.* Eine bekannte Totenmaske einer jungen Frau, die sich ertränkte, „la Noyée de la Seine" genannt (L 9, 222).

779,2f   - *Und darunter sein wissendes Gesicht.* Die Maske Beethovens.

779,21   - *Thebaïs.* Die Wüste in Ägypten, hier gemeint als Zeichen für totale Stille und Einsamkeit.

779,23f - *Hetären und Anachoreten.* Gefährtinnen und Eremiten.

780,10   - *Onan.* Vgl. 1.Mos. 38,4.8.9.

782,3-4 - *Wie die Schiffsfiguren in den kleinen Gärten zuhause.* Rilke erklärt: „Die sogenannten Gallions-figuren. Gallionen: geschnitzte und bemalte menschliche Figuren vom Vorderbug einer Barke. Die Schiffer in Dänemark stellen die Figuren, die von alten Barken her überdauern, zuweilen in ihren Gärten auf, wo sie sich seltsam genug ausnehmen" (L 5, V, 359).

782,20   - *Eigensinniger.* Rilke scheint hier an Ibsen gedacht zu haben. Der Name kommt zwar in dem gesamten Abschnitt nicht vor, doch auf die Frage, die Hulewicz im Hinblick auf eine Bemerkung in einem späteren Teil des Abschnitts stellt, nennt Rilke, als ob es selbstverständlich wäre, den Namen Ibsen.

784,6   - *Nun warst du bei den Kolben im Feuerschein.* Rilke sagt über diese Stelle zu Hulewicz: „Du warst eben dort, wo die geheimste Chemie des Lebens sich vollzieht, seine Verwandlungen und Niederschläge" (L 5, V, 360).

784,14ff - *Du konntest nicht warten.* Rilke fährt fort: „Das Leben, unser jetziges Leben, ist szenisch kaum darstellbar, da es sich ganz ins Unsichtbare, Innere zurückgezogen hat, sich nur durch ‚erlauchte Gerüchte' uns mitteilend; der Dramatiker aber konnte nicht warten, bis es zeigbar wurde; er mußte ihm Gewalt antun, diesem noch nicht aufweisbaren Leben; daher sprang ihm sein Werk zum Schluß auch, wie eine zu stark zusammengebogene Rute, aus den Händen und war wie nicht getan" (L 5, V, 360).

785,22f - *Daß du zum Schluß nicht vom Fenster fortwolltest.* Hier fällt zum ersten Mal in der Erklärung Rilkes der Name Ibsen: „Ibsen verbrachte seine letzten Tage am Fenster, neugierig die Vorübergehenden beobachtend und diese Wirklichen gewissermaßen mit denjenigen Gestalten verwechselnd, die zu schaffen gewesen wären und von denen er nicht mehr sicher war, sie gemacht zu haben" (L 5, V, 360).

786,11 - *Maman.* Hans Aarsleff (L 12) weist auf die Verbindung zwischen der Mutter Maltes und der Muttergestalt in den Romanen des dänischen Schriftstellers Hermann Bang (1857-1912), den Rilke sehr schätzte. „Wenn ich an den Bang (des Grauen und Weißen Hauses) denke", sagte Rilke in einem Brief, „so möchte da ein Stern erster Größe verzeichnet sein, nach dessen Erscheinung und Stellung ich mich eine ganze Weile in dem Dunkel meiner Jugend (die anders dunkel war und anders zwielichtig, als heute Jugenden sind) zurechtfand" (L 1, 857-58).

Bang kam in Jahre 1893 nach Paris, wo er der Bibliothèque Nationale gegenüber im Hotel „Malte" wohnte. Seine Bekanntschaft mit Eleonora Duse (vgl. Anm. zu 923, 1), Lou Andreas-Salomé und der Pariser Theaterwelt der Zeit brachte ihn auch mit Rilke in Kontakt.

Rilkes eigene Mutter bildete gewiß nicht das Vorbild zu Maltes Mutter, obwohl der Dichter einmal im Gespräch mit Maurice Betz Maltes Mutter mit seiner eigenen zu verwechseln schien:

Und noch rührender war die Erinnerung, durch die Rilke, der für einen Augenblick seine eigene Mutter mit der Maltes ineinssetzte, seine Vision klarstellte: „Nein: Mama verbirgt ihr Gesicht nicht, sie erhebt die Hände zu den Schläfen und schließt die Augen; ihr Gesicht ist durch die gesenkten Lider verschlossen, aber gleichzeitig ganz durchscheinend; sie schließt die Augen, um das nicht mehr zu sehen, was sie gesehen hat, aber die Vision des Ereignisses, das sie erzählen wird, steht in ihr auf und entzündet in ihr jene Erinnerung, die bereits durch ihr verschlossenes Gesicht hindurchstrahlt" (L 19, 119).

786,27 - *Angst vor Nadeln.* Die Verbindung zu der Muttergestalt in Hermann Bangs Roman: *Das weiße Haus, Das graue Haus* kommt an dieser Stelle besonders deutlich zum Vorschein. Das belegen die Textstellen aus Bangs Roman. Die dort charakterisierte Gestalt weist enge Verwandschaft mit der Mutter der *Aufz.* auf:

Die Mutter glaubte unerschütterlich, es sei ein Wurm, und wenn drei bis vier Würmer herausgekommen waren, hatte sie nie mehr Zahnweh (L 15, I, 146).

Der Floh war in ihren Gleichnissen ein Lieblingstier, war überhaupt ihr Lieblingstier. Sobald eines der Kinder sich nur rieb, sagte sie augenblicklich mit heiligem Eifer: du hast einen Floh. Und sie zog das Kind ganz aus, untersuchte seinen ganzen Körper, jedes Kleidungsstück, jede Falte. Der Floh war nicht da (L 15, I, 391).

Hinterher hatte sie solche Angst vor Ohrwürmern, daß sie sich bis auf die Haut entkleidete (L 15, I, 437).

787,11 - *Ingeborg.* Vgl. 841,25.

788,20 - *Sekretär.* Vgl. Anm. zu 715,14ff.

789,29f - *Gräfin Öllegaard Skeel.* Mamans Schwester Öllegaard Skeel trägt den Namen der ersten Gattin des ersten schwedischen Brahe, Peder, die in beiden letzten Jahrzehnten des 15. Jahrhunderts lebte. Von ihrem Schicksal ist aber nichts bekannt (L 83, 53). Der Familienname stammt aus Lunds Katalog (L 58) und kommt auch in Bobés Ausgabe der Reventlow-Briefe (L 21) vor.

792,17 - *Erik.* S. Anm. zu 732,16.

795,14 - *Eine andere Hand.* Über die Hand bei Rilke haben sich mehrere Literaturhistoriker geäußert (L 74, 250ff, L 81, 12). Bollnow hält an dieser Stelle „die namenlose, im wörtlichen Sinn unaussprechliche Angst" für wesentlich, „die von da aus das Kind erfaßt." Maltes Erlebnis mit der Hand gehört auch zusammen mit anderen Kindheitserinnerungen, in denen „dasselbe unausprechliche Unheimliche" vorkommt und „wo es mit dem Namen *Das Große* bezeichnet wird. Sehr treffend ist darin ausgesprochen, daß dieses *Große*, vor dem sich das Kind ängstigt, ‚nichts' ist, nichts in der Welt der Erwachsenen, nichts allgemein in der Welt des normalen Tagesverstandes, und doch ist es da für das Kind, als quälend bedrängende Wirklichkeit" (L 23, 33-34).

Malte schreibt ihr unbekannte Eigenschaften und Fähigkeiten zu. Es ist, als ob sie ihm nicht gehörte, sondern mit eigenem Willen ihr eigenes Leben führte (795,22). Ein ähnliches Erlebnis kommt bei Malte später in der Verkleidungsszene vor, in der die Hand, von ihm unabhängig und „wie ein Akteur," sich frei bewegt (804,15). Diese beiden Darstellungen hängen mit Rilkes Überzeugung zusammen, daß der Dichter ein Werkzeug sei, und daß seine Leistungen nicht nur aus dem eigenen Innern hervorgehen, sondern auch ihm größtenteils auferlegt seien.

Nimet Eloui Bey, die Rilke im September 1926 in Lausanne kennengelernt hatte, berichtet über ein Gespräch mit Rilke, in dem er ihr erklärte, daß die im Malte dargestellte Handszene auf ein persönliches Geschehen zurückgehe. Da heißt es:

> As a child, playing under the diningroom table, and hidden by the carpet, he had seen, in the shadow, an unknown hand, a hand quite white, reach out toward his and try to clasp it (L 6, 50).

797,24ff - *Maman kam nie in der Nacht.* Lühning (L 57, 68) und von Witzleben (L 83) halten eine Schilderung aus E.F.S. Lunds *Danske Malede Portraeter* (L 58) für die Quelle zu dieser Szene. „Maltes Maman, die Gräfin Sibylle Brahe, trägt sicher . . . neben den Zügen von Rilkes Mutter sowohl gewisse Wesenszüge wie auch den Namen nach Christian Ditlef Reventlows Schwägerin Anna Sybilla Reventlow, geb. Schubart, Gattin des Grafen Johan Ludvig Reventlow" (L 83, 49). So wird diese Episode bei Lund geschildert:

> Om den nydelige lille Episode fra Livet paa Trolleborg da Grevinde Reventlow ved sin lille Søn lod den syge Digter bringe en Morgenhilsen i Form af friske Roser, fortaeller Baggesen: „Mat, plaget af Krampe, og tungsindig over min evige Sygdom, laa jeg i Sengen, da Ditlev kom ind til mig med syv røde, friske, nydelige Roser fra

sin Moder. Jeg modtog dem med samme Glaede, som
jeg vilde have følt, om en Engel havde bragt mig en
Guldkurv med Frugter af Livets Trae. Deres søde Duft
og de blide Følelser, den fremkaldte, hendyssede min
Smerte i milde Phantasier. Jeg befandt mig virkelig
bedre" (L 58, VIII, 175).
(Über den netten kleinen Vorfall aus seinen Trolle-
borgtagen wo die Gräfin Reventlow dem kranken
Dichter einmal durch ihren Sohn als Morgengruß einige
frische Rosen überbringen ließ, berichtet Baggesen: „Als
ich da matt, von Krämpfen geplagt und schwermütig
wegen meinem ewigen Kranksein zu Bette lag, kam
Ditlev zu mir herein mit sieben frischen, entzückenden
roten Rosen von seiner Mutter. Ich nahm sie an mit
ebensolcher Freude, wie ich empfunden hätte, wenn mir
ein Engel einen goldenen Korb mit Früchten vom Baum
des Lebens gebracht hätte. Ihr süßer Duft und die zarten
Gefühle, die sie wachriefen, verwandelten lindernd
meine Schmerzen in sanfte Phantasien. Ich fühlte mich
wirklich besser.")

799,20   - *Wir hatten einen anderen Begriff vom Wunderbaren.* Schon als
Kind, bezeugt Malte hier, habe er nicht nach Zauber und
Zauberwesen, wie sie in Märchen vorkommen, gefragt,
sondern nach dem ihm schwer verständlichen, unsichtbaren Elementen in den Dingen und Angelegenheiten dieses Lebens, ob sie in Erscheinung treten durch seine eigene
Hand, das schielende Auge seines Vetters Erik, oder die
Charaktereigenschaften des Großvaters und deren Einwirkung auf die Umgebung im alten Familienschloß.

800,7   - *Ein kleines Mädchen.* Es ist eine bekannte Tatsache, daß Rilke
von seiner Mutter fünf Jahre lang bis zur Schulzeit als
kleines Mädchen erzogen wurde. Er galt ihr wohl als Er-
satzkind für eine Tochter, die kurz nach der Geburt gestorben war. Der kleine René, Rilkes eigentlicher Taufname,
wuchs in Mädchenkleidern auf „mit langen Locken, Pup-
pen und Puppenstube" (L 29, 32-33).

802,19   - *Jener große Eckraum.* Wie andere Darstellungen im Roman
(vgl. Anm. zu 715,14ff) geht der geschichtlich-örtliche
Hintergrund zu dieser Szene auf Rilkes Zeit in Haseldorf
zurück:

Wer Haseldorf und seine Kostüme kennt, verspürt deutlich, daß die Verkleidung dort oben in den Gastzimmern

stattgefunden hat, daß die spitzenbesetzten Seiden- und Samtanzüge des 18. Jahrhunderts gemeint sind, in denen die ganze Beweglichkeit des Rokoko eingefangen ist. Auch die großartige Schlußszene, wie der schließlich in Tücher und Gewänder heillos verwickelte Malte zur Treppe gerät und auf dem Gang fällt, ist so durchaus an der etwas dunklen und schmucklosen Haseldorfer Treppe denkbar. Dort kann etwas von bangem Geschehen stehen, wozu die meisten Treppenhäuser in Schlössern, die sich mit großer Repräsentation durch mehrere Stockwerke entfalten, keinen Ort bieten würden (L 57, 59).

804,30 - *Bautta*. Ein ärmelloser Mantel mit Kappe, die den Kopf völlig verhüllt und dem Tragenden als Maske dient.

807,13 - *Physiognomie*. Gesichtsbildung. Der Gebrauch des Wortes in diesem Zusammenhang weist auf die Spannung hin, in der sich Malte befindet. Die Dinge im Zimmer beginnen - so scheint es ihm - sich zu beleben, und es prickelt von Erwartung und noch nie Erlebtem.

807,28 - *Spiegel*. Maltes Überlegungen über die Wirklichkeit reichen nach seinem eigenen Zeugnis in seine Kindheit zurück, in jene Zeit, als er instinktiv Märchen als geltende Lektüre ablehnte (799,20). Die Darstellung vom verkleideten Malte vor dem Spiegel enthält ein Kindheitserlebnis, das der achtundzwanzigjährige Malte nun plötzlich und zum ersten Mal völlig begreift. In der Angst des Kindes vor dem Spiegelbild begegnen ihm die Anfänge seiner erregenden Pariser Erkenntnisse, so daß die Spiegelszene zusammen mit ihren Folgen eine Parallelszene zu Maltes Erlebnis mit der halb abgerissenen Hausmauer (749,14) bildet. Das Kind wie der Mann fürchten sich vor der Wirklichkeit, mit der sie - einmal vor dem Spiegel und einmal beim Anschauen der alten Hausmauer - konfrontiert werden, und beide laufen davor weg. Der Unterschied liegt darin, daß das Kind gefühlsmäßig und aus Angst vor dem ihm Unbegreiflichen reagiert, während der reife Malte - das ist die Lehre der Großstadt gewesen - nicht nur „erkennt", sondern auch weiß, daß diese schreckliche Wirklichkeit in ihm „zu Hause" (751,20) ist.

810,5 - *Lavater*. Johann Kaspar Lavater (1741-1801). In einer Tagebucheintragung aus der Zeit seiner dänischen Reise (L 53) beschreibt Lavater Rebekka Claudius mit diesen Worten.

Das Ehepaar Claudius kam mit vielen anderen ins Schimmelmannsche Haus in Wandsbeck bei Hamburg. Da heißt es: „Claudius und seine bescheidene, treue, durch Kindergebären selig werdende Rebekka kamen" (L 53, 97).

811,23 - *Mamans einziger Bruder, der Graf Christian Brahe.* Das Vorbild für die Gestaltung des Grafen Christian Brahe findet sich in den Reventlow-Briefen, und zwar in dem dritten Bruder Conrad, der wie die Darstellung in den *Aufz.* auch in seiner eigenen Familie Außenseiter geblieben war. Im Vorwort zu den Briefbänden sagt der Herausgeber folgendes über ihn:

> Den tredie Broder, Conrad, død 1815 som Kommandør i Søetaten er lidet kjendt. . . . , men et ulykkeligt Giftermaal i Forbindelse mod hans godmodige, men temmelig letsindige Karakter, kastede dybe Skygger i hans Liv (L 21, I, XXVIII).
> (Der dritte Bruder, Conrad, starb 1815 als Kommandant in Søetaten; und er erlangte einige Bedeutung; . . . aber eine unglückselige Heirat zusammen mit einem gutmütigen, aber etwas leichtsinnigen Charakter verdüsterten sein Leben.)

Näheres erfährt man sodann in Christian Ditlev Reventlows Darstellung seiner Familie für seine Braut, Charlotte von Beulwitz. Da spricht er „mit großem Kummer von den Seereisen und dem Leben des Bruders" (L 83, 52).

813,9 - *Christine Brahe.* Zur Gestalt der Christine, die „vor langer, langer Zeit in ihrem zweiten Kindbett gestorben war" (740,1f) und keine Ruhe im Grab fand (735,13ff), läßt sich kein genauer historischer Beleg nachweisen. Brigitte von Witzleben schlägt als mögliches Vorbild die schwedische Christina Anna Brahe vor, die am 27.7.1717 in Stockholm geboren „und an den Pocken und im Kindbett am 14.3.1739 gestorben" (L 83, 54) ist. Weiter hält sie es für wahrscheinlich, daß Rilke „ein großes Werk" gelesen hat, „das das Brahesche Geschlecht behandelt" (L 83, 56). Dies Werk und Rilkes Benutzung dazu hat sie aber nicht feststellen können, obwohl es durchaus denkbar ist, daß Rilke ein solches Werk zur Hand gehabt hat.

813,13 - *In der Galerie.* Die zu diesem Themenkomplex angeführten Informationen über den geschichtlichen Hintergrund der dänischen Gestalten in der Galerie beruhen größtenteils auf von Witzlebens grundlegender Untersuchung zu diesem

Thema (L 83). Die Bilderreihe in der Galerie dient dazu, Maltes adlige Abstammung zu betonen. Alle hier genannten historischen Gestalten gehören zum Kreis um den dänischen König Christian IV. Rilkes Anregung zu diesen Schilderungen stammt von Jens Peter Jacobsens Roman *Frau Marie Grubbe* (L 45), mit dem Rilke sehr gut vertraut war und wo manche dieser Gestalten eine Rolle spielen. Näheres erfuhr er aus E.F.S. Lunds Katalog: *Danske Malede Portraeter.*

814,2   - *Christian der Vierte.* Herzog von Schleswig und Holstein, König von Dänemark und Norwegen (1577-1648). In Lunds Katalog steht die folgende Beschreibung von König Christian IV. „mit der schön geflochtenen Cadenette":

> I 17de Aarhundredes Begyndelse var det fransk Mode at baere en lang Haarlock – saakaldet moustache - haengende ned foran Skuldernen. Naar denne moustache var flettet og prydet med Baandsløjfe, kaldtes den la cadenette, hvilket Navn den havde faaet efter Honoré d'Albert Seigneur de Cadenet (L 58, II, 111).
> (Zu Beginn des 17. Jahrhunderts war es Mode in Frankreich, eine lange, bis zur Schulter herabhängende Haarsträhne zu tragen, bezeichnet als „moustache." War diese geflochten und mit einer Schleife verziert, so nannte man das „la cadenette", und zwar nach Honoré d'Albert de Cadenet.)

814,3   - *Cadenette.* Honoré d'Albert von Cadenet (Vaucluse) brachte die nach ihm benannte Haartracht in der Zeit Louis XIII. in Mode. „La Cadenette" bestand aus langen Haarsträhnen an beiden Seiten des Gesichts; im 18. Jahrhundert wurde das unter französischen Infanteriesoldaten wiederum modern.

814,6   - *Frau Ellen Marsvin.* Mutter von Christine (Kirstine) Munk, Gräfin von Schleswig-Holstein und Gemahlin von Christian IV. (1590-1658). „Mit seiner Schwiegermutter hatte der König große Schwierigkeiten" (L 83, 31). Bei Lund ist sie in Witwentracht dargestellt.

814,10   - *Die „unvergleichliche" Eleonore.* Leonora Christina (1621-1698), Lieblingstochter Christians IV., heiratete den Grafen Corfitz Ulfeldt (1606-1664), den dänischen Reichskanzler. Sie wurde später in politische Machenschaften verwickelt und verbrachte deshalb 22 Jahre im Kerker (vgl. dazu L 71).

814,12   - *Die Gyldenlöves.* Hans Ulrik und Ulrik (814,14) Gyldenløve

waren beide Söhne Christians IV.; ihre Bilder sah Rilke in
Lunds Katalog. Die Beschreibung von Hans Ulrik, „von
dem die Frauen in Spanien meinten, daß er sich das Antlitz
male, so voller Blut war er," (814,12f) ist eine direkte Wie-
dergabe der Stelle, wo es heißt:

> thi han var saa blodrig, at de spanske Damer troede, at
> han havde malet sit Ansigt, som Kvinderne plejer at
> gjøre i Spanien (L 58, II, 219).
> (denn er war so blutvoll, daß die spanischen Damen
> meinten, er habe sich das Antlitz bemalt, wie es die
> Frauen in Spanien zu tun pflegen.)

Sein Bruder Ulrik Christian, „den man nicht wieder vergaß" (814,14f), „hat wahrscheinlich sein Epithet von der
Beschreibung seiner Beliebtheit im Volk und von dem Ge-
denkstein im Park von Jaegerspris" (L 83, S. 23), was gleichfalls bei Lund nachzulesen ist.

814,16f - *Henrik Holck.* Zeitgenosse Christians IV. Bei Lund heißt es
über ihn:

> Han naaede senere sine Ønskers Maal at komme til at
> tjene under Wallenstein, hvis „Factotum" han blev, og
> steg til Feltmarskal og Rigsgreve 33 Aar gammel. . . .
> Det venstre Øje havde han forud mistet (L 58, VIII, 237).
> (Später gelangte er an das Ziel seiner Wünsche: unter
> Wallenstein zu dienen, wurde dessen „Faktotum" und
> stieg 33-jährig auf zum Feldmarschall und Reichs-
> grafen. . . . Das linke Auge hatte er zuvor eingebüßt.)

Bei Lund erfährt man auch Näheres über Holcks Traum,
nämlich:

> „Anno 1620 sagde jag Tjeneste i Cancelliet efter min
> Faders Villie", skriver han, og da man mod hans Villie
> vilde gifte ham, „bejlede han selv" til den 14-aarige
> Jomfru Hilleborg Krafse, men da han kom til Brudens
> hjem Egholm, drømte han „at mig i steden for hende
> blev given et blot Svaerd dermed at drage af Gaarde og
> komme siden igen". . . .
>   Allerede 1633 døde han af Pest (L 58, VIII, 237).
> („Anno 1620 trat ich nach meines Vaters Willen in Kanz-
> leidienst", berichtet er; und als man ihn gegen seinen
> Wunsch vermählen wollte, „freite er selber" die 14-
> jährige Jungfer Hilleborg Krafse. Doch als er nach

Egholm, dem Heim seiner Braut, kam, so träumte ihm:
„daß mir an ihrer Statt ein blankes Schwert gegeben
ward, damit das Weite zu suchen und später zurück-
zukehren." . . .
Schon 1633 starb er an der Pest.)

814,23f - *Die Gesandten vom Kongreß zu Nimwegen.* Bei Lund sind 8 der
zwanzig Gesandten beim Kongreß zu Nimwegen abgebil-
det, und sie haben tatsächlich „eine gewisse Ähnlichkeit" (L
83, 34).

814,28 - *Herzog Ulrich.* Sohn Christians IV. Es gibt bei Lund drei
Bilder von ihm (II, 182 u. 192; VI, 2).

814,28f - *Otte Brahe, Claus Daa, Sten Rosensparre.* „Ein Epitaph über
Claus Daa ist abgebildet im neunten Band" von Lunds Katalog „sowohl ganz als auch getrennt mit dem Bildnis des
Reichsadmirals" (L 58, IX, S. 814). Otte Brahe und Sten
Rosensparre „werden in Zusammenhang der Kalmarkriege
gennant, aber sie sind in *Danske Malede Portraeter* nicht
abgebildet. Ott(e) Brahe leitete die Festungsarbeiten bei Kal-
mar und fiel dort in der Nacht vom 31. Mai 1611, als er den
König auf den Befestigungen begleitete" (L 83, 34). Sten
Rosensparre, „der letzte seines Geschlechts" (814,29f), wird
bei Lund folgenderweise beschrieben:

Om den ridderlige Sten Rosensparre berettes, at han
ved Faegtningens Begyndelse af en Ven blev opfordret
til at vaere forsigtig og huske, han var den sidste af sin
Slaegt. „Du har Ret; det er en skjøn Tanke: et godt Navn
gaar fremfor alt", lød hans Svar, idet han styrtede sig
ind i den hedeste Strid og fandt Døden som Slaegtens
sidste Mand (L 58, II, 91).
(Über den Edelmann Sten Rosensparre wird berichtet,
ein Freund habe ihn zu Beginn des Gefechtes ermahnt,
vorsichtig zu sein und eingedenk, er sei der letzte seines
Geschlechts. „Du hast recht. Das ist ein schöner Gedanke: ein guter Name geht allem voran", lautete seine
Antwort, und damit stürzte er sich in das hitzigste
Kampfgewühl. Er fand den Tod als der letzte männliche
Sproß seines Geschlechts.)

815,4 - *Kinder.* In Lunds *Danske Malede Portraeter* gibt es viele Kin-
derbilder, jedoch keines, das Rilkes Beschreibung genau
entspricht (L 83, 38).

815,12 - *Das Wappen der Grubbe oder der Bille oder der Rosenkrantz.*

„Vielleicht denkt Rilke an die Beschreibung der Bilder von König Friedrichs III. Kindern am Ende des zweiten Bandes von *Danske Malede Portraeter* (II, 343). Die Familien Grubbe, Bille und Rosenkrantz kehren immer in den Bildern und Beschreibungen . . . wieder" (L 83, 38).

817,12ff - *Man ist entweder drin*, d.h. im Spiegel verwandelt sich der Mensch vorübergehend in ein Bild, das aber an sich einem anderen Sein entspricht. Er kann nur in dem einen oder in dem anderen Bereich sein, und mit der Bildwerdung verliert er, solange er das Bild existieren läßt, die Realität seiner diesseitigen Existenz. Etwas Positives wird bei dem Vorgang geleistet, denn im Spiegel erlangt das Abbild des Menschen die Stufe der Idealität, „die Stufe des vollendeten, in sich ruhenden Seins" (L 23, 256).

818,1 - *Lieber, lieber Erik.* (Vgl. auch Anm. zu 732,16). Erik, der nur die Wirklichkeit erzählt, wird in der am 22. und 23. November 1915 in München verfaßten 4. Elegie wieder Thema. Hier wie in den *Aufz.* erscheint er in Verbindung mit Freundschaft und Tod:

> Wenn auch die Lampen ausgehn, wenn mir auch gesagt wird: Nichts mehr-, wenn auch von der Bühne das Leere herkommt mit dem grauen Luftzug, wenn auch von meinen stillen Vorfahrn keiner mehr mit mir dasitzt, keine Frau, sogar der Knabe nicht mehr mit dem braunen Schielaug: Ich bleibe dennoch. Es giebt immer Zuschaun (L 8, I, 698).

818,30f - *Erik Brahe, der hingerichtet worden ist.* Es handelt sich hier nicht um Maltes Vetter Erik, sondern um einen ganz anderen. Sein Bild hängt in der Galerie auf Urnekloster. Es ist der schwedische Graf desselben Namens (1722-1756), der wegen seiner Beteiligung an einer politischen Verschwörung am 23. Juli 1756 in Stockholm enthauptet wurde.

819,29 - *Frau Margarete Brigge.* Die Beschreibung von Maltes Großmutter enthüllt Züge, die mit einer Bekannten von Rilke deutliche Ähnlichkeiten zeigen. Gemeint ist Frau Alice Faehndrich (geb. Freiin von Nordeck zur Rabenau, 1857-1908), Schwester der Gräfin Luise Schwerin. Rilke war bei ihr in ihrer Villa Discopoli auf Capri oft Gast und gehörte ihrem engsten Freundeskreis an. An ihre Nichte, die Gräfin Lili Kanitz-Menar, schreibt Rilke am 16. Juli 1908 über die im gleichen Jahr verstorbene Frau Faehndrich:

Wer war diese Frau, die für andere lebte und doch selber, hinter allem und ohne es zu wissen und zuzugeben,
die Ansprüche eines ganzen Lebens, wie unange-
brochen, in sich trug: so daß man oft auf den Gedanken
kommen konnte, sie wäre auch noch das Gegenteil von
dem, was sie sein wollte, und beides wäre gleich echt
und gleich unwirklich. Und welches, endlich, war das
Verhältnis, das man zu ihr hatte und in dem Sympathie,
ja sogar Bewunderung, so merkwürdig mit Widerstand
und Ablehnung und Aburteil sich vertrug, daß man nie
den Mut hatte, es abzurechnen und als endgültige
Summe mitzuführen (L 1, 224).

820,12   - *Felix Lichnowski.* Fürst (1814-1848). Konservativer Abgeordne-
ter der Frankfurter Nationalversammlung. Er wurde beim
September-Aufstand wegen seiner Haltung zum dänisch-
deutschen Krieg über Schleswig-Holstein ermordet.

824,1f   - *Abelone.* Der Name „Abelone" kommt in Jacobsens schon
erwähntem Roman *Frau Marie Grubbe* vor, und zwar in der
Wendung: „meine selige Abelone" (L 45, 230). Die undeutlich durchscheinende, rätselhafte Gestalt spiegelt sich
in der Abelone der *Aufz.* wider. (Zu Abelone vgl. auch
Anm. zu 825,2f, 894,13, 931,11.)

824,25   - *Musik.* Es gibt keinen Beweis dafür, daß Maltes Mißtrauen
der Musik gegenüber Rilkes eigener Einstellung zu ihr entspricht. Man kann es nur vermuten, daß auch der junge
Rilke erst mit der Reife ein Verhältnis zu ihr gewann. Die
Musik spielt in Rilkes Kunst an und für sich nur selten eine
Rolle. Er verfaßte doch aber einige Gedichte, die von dieser
„Musik, auf der man aufrecht aufwärtssteigen konnte"
(824,29f) handelte, wie das Gedicht: „An die Musik", geschrieben in München im Jahre 1918. (Anhang[4])

825,2f   - *Ich ahnte nicht, daß Abelone mir noch andere Himmel öffnen
sollte.* Abelone ist Maltes Zugang zur Welt der Liebenden;
sie ist die Vermittlerin, die ihn an Bettines Briefwechsel mit
Goethe heranführt und bei der er zuerst die Problematik
der Liebe erforscht. In seiner Verbindung zu Abelone er-
wächst in ihm „die Gestalt der großen Liebenden", die
„eine umfassende symbolische Bedeutung" gewinnt (L 23,
205).
    Rilke äußerte sich später ausführlich über die Liebenden
im Brief an Annette Kolb vom 23. Januar 1912. Hier erklärt
er, daß durch die Gestalt der Liebenden ihm „Menschliches

ins Herz gemischt" wird. Die Liebende, meint er, sei weniger die Heilige Therese als vielmehr die Figur der „Gaspara Stampa, der Lyoneserin Labbé, gewisser venezianischer Kurtisanen und, vor allem der Marianna Alcoforado, dieser Unvergleichlichen, in deren acht schweren Briefen zum ersten Mal die Liebe der Frau ausgezogen ist von Punkt zu Punkt, ohne Aufwand, ohne Übertreibung oder Erleichterung" (Fortsetzung: Anhang[5]).

In der Fülle subtiler Frauengestalten, die nach der Einführung Abelones in den Roman eingezogen werden, setzt sich das hier am Ende des 1. Teils der *Aufz.* angeschnittene Thema fort. Dazu gehören die Dame auf den Wandteppichen, die den Übergang vom 1. zum 2. Teil des Romans beherrscht, und im 2. Teil Bettine, Sappho, sowie viele weitere, die Malte aus „den Reminiszenzen seiner Belesenheit" (L 5, V, 358) hervorruft. Am bedeutendsten für Malte aber bleibt Abelone. Sie formt „den Bildgrund, in den alle seine Nöte und Seligkeiten eingebettet sind. In die Erinnerung an sie, die einen, der sie verließ und den sie nie vergessen hatte, liebte, sind die Betrachtungen über die Liebe verwoben, und die von ihm im Zusammenhang mit ihr heraufgerufenen großen Liebenden sind wie ihre Schwestern" (L 51, 487).

Die Liebe ist für Rilke eine große Arbeit, vielleicht die größte, die dem Menschen auferlegt ist. Sie sei „ernst" zu nehmen und zu „leiden und wie eine Arbeit" zu lernen (vgl. auch 834,13f).

> Es gibt aber nichts Glücklicheres als die Arbeit, und Liebe, gerade weil sie das äußerste Glück ist, kann nichts anderes als Arbeit sein.- Wer also liebt, der muß versuchen, sich zu benehmen, als ob er eine große Arbeit hätte: er muß viel allein sein und in sich gehen und sich zusammenfassen und sich festhalten; er muß arbeiten; er muß etwas werden! (L 1, 74).

Rilke hält sein Leben lang an dem Grundgedanken fest, daß die Liebe etwas Mächtiges und Wirkendes im Leben des Menschen sei, und nimmt ihn auch in sein Testament hinein, wo er die Liebe „das eigentliche Klima des Schicksals" nennt. „Nicht einmal die Götter in den Verwandlungen ihrer Leidenschaft", heißt es, „waren mächtig genug die ir-

dische Geliebte, die erschrockene, flüchtende, aus den Ver-
strickungen dieses fruchtbaren Bodens zu befreien" (L 4,
88-89).

825,20f - *Adels-Akademie.* Die königliche Schule für Adlige in Sorö,
begründet im Jahre 1665. Die Beschreibung des unruhigen
Malte in Sorö erinnert an Rilkes eigene Zeit in der Militärunterrealschule St. Pölten (1886-1890), wo er bis zum Übergang
auf die Militäroberrealschule in Mährisch–Weißkirchen
(1890-1891) Schüler war. Seine Prosaskizzen: „Die Turn-
stunde" (L 8, IV, 601-609) und „Pierre Dumont" (L 8, IV,
407-414) sind aus den Erinnerungen an diese Zeit entstanden. Demetz bezweifelte, daß diese Schilderungen die
Umstände in der Schule wirklich wiedergeben: „Die fünf
Jahre an der St. Pöltener Militärunterrealschule waren weniger dramatisch als die nachträglich stilisierten Schilderungen Rainer Maria Rilkes vortäuschen" (L 29, 36). Rilke selbst
spricht sich in der Antwort auf einen Brief von seinem
ehemaligen Lehrer, dem General-Major von Sedlakowitz,
über die Jahre in St. Pölten aus:

> Ich hätte, glaube ich, mein Leben . . . nicht verwirk-
> lichen können, wenn ich nicht, durch Jahrzehnte, alle
> Erinnerungen an die fünf Jahre meiner Militärerziehung
> verleugnet und verdrängt hätte. . . . Es gab Zeiten, da
> der mindeste Einfluß aus jener abgelehnten Ver-
> gangenheit das neue fruchtbare und eigentümliche Be-
> wußtsein, um das ich rang, zersetzt haben würde-. . . .
> Aber auch später noch, da ich mich im zunehmenden
> Eigenen schon umgebener und geschützter fand, er-
> schien mir jene lange, weit über mein damaliges Alter
> hinaus, gewaltige Heimsuchung meiner Kindheit un-
> begreiflich (9.12.1920: L 1, 643-44).

826,8,16 - *Goldregen, Rosen.* Dazu Rilkes Beschreibung vom Schloß-
park Haseldorf in Holstein:

> Pfingstrosen brennen irgendwo im Dunkel von Bäumen
> wie Lagerfeuer, und der Goldregen fällt aus einer Höhe
> nieder, als käme er aus dem lichten Sommerhimmel.
> Und die Rosen beginnen (L 1, 36).

826,21 - *Weil mit dem Sagen nur unrecht geschieht.* Vgl. auch das Ende
des XX. Orpheussonetts:

Fische sind stumm . . . , meinte man einmal. Wer weiß?
Aber ist nicht am Ende ein Ort, wo man das, was der
Fische Sprache wäre, *ohne* sie spricht? (L 8, I, 765).

826,24ff - *Wandteppiche*. Gemeint sind die 6 Wandteppiche der Dame à
la Licorne (vgl. 830ff), die im Musée Cluny in Paris hängen
(Anhang[6]). Im Museumführer (Editions des Musées nationaux, Paris, 1973), liest man darüber: „Fünf zeigen Allegorien der fünf Sinne, der 6. Teil gehört vielleicht zu einem
zweiten Wandbehang".

Ein gleicher Motivaufbau herrscht in allen sechs Teilen.
Vor einem rosa Hintergrund, der mit losen blühenden
Zweigen und kleinen Tieren übersät ist, erhebt sich eine
mit Blümchen bestreute blaugrüne Insel : auf dieser Insel befinden sich zwei Frauen - eine prächtig gekleidete
Dame und ihre Dienerin - zwischen einem Löwen und
einem Einhorn, die die Rollen von Wappenträgern spielen. Sie halten mit dem Wappen der Familie Le Viste ge-
schmückte Standarten; die azurblauen Wappenfelder
sind mit drei Silberhalbmonden besetzt. Dem Stil und
der Kleidung nach stammen diese Tapisserieteile aus
dem Ende des 15. Jh., was die Schlußfolgerung erlaubt,
daß sie für Jean Le Viste angefertigt wurden, den im
Jahre 1500 verstorbenen Herrn von Arcy. Sie könnten in
einem Webereizentrum der südlichen Niederlande nach
den Vorlagen eines vielleicht französischen Malers
hergestellt worden sein (L 54, 2).
Traditionsgemäß beachtet man die Anordnung: der Gesichtssinn, der Gehörsinn, der Geruchssinn, der Tastsinn,
der Geschmackssinn, „meiner einzigen Lust" (A mon seul
désir). In den *Aufz.* erscheinen die Teppiche in der Folge:

V (827,12-22)
III (827,23 bis 828,2)
II (828,3-14)
VI (828,15-24)
IV (828,25 bis 829,2)
I (829,3-13)

Rilke legt die traditionelle Interpretation der Teppiche als
Allegorien für die fünf Sinne beiseite und stellt stattdessen
die Dame - eine liebende Gestalt - und das Einhorn - das

Wundertier, das nur dann existiert, wenn man daran glaubt - in den Brennpunkt seiner Darstellung. Wie beeindruckt Rilke von dem Einhorn war, belegt das nach Jahren entstandene „Einhornsonett" (1922) (Anhang[7]).

830,1 - *Die Teppiche der Dame à la Licorne.* Von Witzleben (L 83) führt die an dieser Stelle vorkommenden historischen Details auf einen von Rilke gelesenen Museumskatalog des Cluny Museums in Paris zurück. „Es war der von Edmond du Sommerard 1883 in Paris herausgegebene Katalog. . . . Dort finden wir den Beleg für Rilkes Erzählung im ‚Appendice' ". Hier werden erwähnt: das Schloß von Boussac (830,2), Pierre d'Aubusson (830,8), und das Haus Delle Viste (830,6).

830,8 - *Pierre d'Aubusson* (1423-1503), nach der Überlieferung, die in manchen Angaben widersprüchlich ist, Seigneur de Boussac, wurde Johanniter auf Rhodos, später Großmeister des Ordens, vom Papst zum Kardinal erhoben, und Kommandeur der christlichen Flotte gegen die Türken. Ob er der Auftraggeber der Teppiche gewesen ist, stellt Rilke in Frage. Sein „vielleicht" (830,9) beweist die Sorgfalt, mit der er den nicht ganz gesicherten historischen Fakten nachging. Das Schloß Boussac hat in der 2. Hälfte des 15. Jahrhunderts der Familie Delle Viste (830,6) gehört. Die Standarte mit den drei Silberhalbmonden (827,9: „drei silberne Monde, steigend, in blauer Binde auf rotem Feld") zeigt das Wappen dieser Familie, die nach Rilkes Meinung ausgestorben ist. Bis 1882 hingen die Teppiche im Schloß Boussac.

830,21 - *Eine Menge junger Mädchen.* In den jungen Mädchen im Museum sieht Malte sein Gegenbild. Auch sie sind „fortgegangen" (830,22) aus guten Familien (831,5), und - „da so vieles anders wird" (832,11) - wollen sie sich gleichfalls „verändern" (832,12). In der Sicherheit der Familie, wo alte Werte und alte Ordnung herrschen, kann man keine Wirklichkeit mehr finden (831,25), und man wird in der Großstadt dazu gezwungen, neue Werte und neue Wirklichkeiten aufzudecken.

832,22f - *Sie haben Jahrhunderte lang die ganze Liebe geleistet.* Sowohl in seinem Leben wie in seiner Dichtung fühlte Rilke sich besser in Frauen ein als in Männer und besaß auch intensivere Verbindung zu Frauen. Seiner Meinung nach steht das Weibliche dem Dichterwesen näher als das Männliche:

Es ist natürlich für mich, *Mädchen und Frauen zu ver-stehen*; das tiefste Erleben des Schaffenden ist weiblich-: denn es ist empfangendes und gebärendes Erleben. Der Dichter Obstfelder hat einmal, da er von dem Gesichte eines fremden Mannes sprach, geschrieben: „Es war," (wenn er zu reden begann) „als hätte eine *Frau* innen in ihm Platz genommen-": es scheint mir, als paßte das auf jeden Dichter, der zu reden beginnt (4.11.1904: L 10,104).

Die Frauen, von denen Rilke in seiner Dichtung und in vielen langen Briefen spricht, sind Einsame, Verschmähte; ihre nicht in gleichem Maße erwiderte Liebe bewirkt die Verwandlung ihrer Empfindung in eine neue innere Welt. Für die Vorstellungen, die Rilke von diesem Phänomen entwickelte, schuf er in der Zeit des *Malte* eine eigene Sprache, mit der er in seinen Briefen experimentierte, bis sie in den *Aufz.* ihre volle Reife erlangte. Es heißt in einem Brief aus dem Jahre 1906 über die Liebe der einsamen Frau:

Mit den Maßen der Hingabe selbst gemessen, existiert ihr Gegenstand nicht mehr; es ist Raum geworden, und die immense inständige Klage geht durch ihn durch und auf keinen mehr zu. Und in diesem Moment wird es offenbar, daß sie wieder in eine Hoheit eingegangen ist, jenseits der scheinbaren Niedrigkeit (L 1, 139).

832,26f - *Zerstreutheit.* Vgl. Anm. zu 877,22.

833,4 - *Gaspara Stampa* (1523-1553), große italienische Lyrikerin, bekannt durch bedeutende Liebessonette, deren Voraussetzung in ihrer sie verzehrenden Liebe zu dem jungen Grafen Collalto ist. Nachdem er sie verlassen hatte, bildete ihre nicht ablassende Leidenschaft den Inhalt ihres Lebens, bis sie starb.

833,4f - *Die Portugiesin*, Marianna Alcoforado (1640-1723), kam mit 12 Jahren ins Kloster und begegnete dort dem französischen Marquis de Chamilly, der durch ihren Bruder Zutritt zum Kloster erhielt. Für ihn bedeutete die nur ein paar Monate dauernde Beziehung kaum mehr als ein romantisches Abenteuer. Für sie aber ergab sich aus der Beziehung das zentrale Thema ihres Lebens, das sie in fünf Briefen an ihn ausformte. Chamilly veröffentlichte sie. In französischer Übersetzung erschienen sie im Jahre 1669 und erregten großes Aufsehen. Bis zum 17. Jahrhundert erschienen mehr als vierzig Ausgaben und Nachahmungen. Rilke selbst übersetzte die *Portugiesischen Briefe* (1913).

Gaspara Stampa und Marianna Alcoforado waren für Rilke beispielhaft als Frauen, die sich für die Liebe entschieden, als der Mann sich zurückzog, ihr Gefühl über ihn hinweg steigerten und damit ihre Überlegenheit bewiesen. In einem Brief an seine Frau vom 3. September 1908 berichtet er von einer mit Rodin geführten Unterhaltung, in der über das Wesen der Frau und ihr Verhältnis zur Liebe diskutiert wurde. Seine Idee, daß die Frau den Mann in der Liebe übertreffe, hielt Rodin für verkehrt, worauf Rilke ihm die portugiesische Nonne Marianna Alcoforado als Musterbeispiel entgegenhielt. Dabei brachte er zum Ausdruck, wie sie

in ihren paar Briefen über den Geliebten hinausgewachsen ist, und weiß es doch. Und beschwöre es, daß, wenn der Graf von Chamilly, cette bête, dem letzten Briefe nachgehend, zurückgekehrt wäre, sie ihn gar nicht hätte wahrnehmen können, wie man eine Fliege unten nicht sieht vom Altan eines Turms (L 1, 229).

In der kleinen Prosaabhandlung: „Die fünf Briefe der Nonne Marianna Alcoforado" äußert er sich noch ausführlicher über diesen Punkt:

Sein Fortgehn war für sie das Unbegreifliche, aber es bestimmte sie zu ihrer Aufgabe. Alleingelassen, nahm ihre Natur es auf sich, alle die Ansprüche nachzuholen und zu erfüllen, die der Geliebte, in seiner Oberflächlichkeit und Eile, vergessen hatte. Und fast möchte man sagen, daß Einsamkeit nötig war, um aus dieser hastig und nachlässig begonnenen Liebe etwas so Vollkommenes zu machen.
Diese Seele, die fähig war, ein Glück so groß zu empfinden, kann nicht mehr unter das Unermeßliche herabsinken. Ihr Schmerz wird ungeheuer; aber ihre Liebe wächst noch über ihn hinaus; sie ist nicht mehr zu halten. Und schließlich schreibt Marianna dem Geliebten von ihr: „sie hängt nicht mehr davon ab, wie du mich behandelst". Sie hat alle Proben bestanden (L 8, VI, 1001-1002).

834,1f - *Aber nun, da so vieles anders wird, ist es nicht an uns, uns zu verändern?* Die Frage der Veränderlichkeit hebt schon sehr früh im Roman an. Zunächst erkennt Malte die Veränderung, die sein Leben in Paris bestimmt (711,7ff), dann empfindet er eine öffentliche Bestätigung seines neuen Zustandes (759,1f). Er fühlt sich zusammengeknüllt und fortgeworfen wie ein Stück Papier (768,12ff). „Die Existenz des Entsetzlichen in jedem Bestandteil der Luft" (776,7f) beherrscht den ersten Teil des Romans. Dies ändert sich aber im zweiten Teil. Hier gewinnt die sachliche Überlegung das Übergewicht, die im Zusammenhang mit einem geistigen und künstlerischen Durchbruch ihren Sinn verwirklicht. So läßt sich dieser nüchterne Satz, dieser Aufruf zur Selbstveränderung, erklären. Der Durchbruch selbst kommt plötzlich, und indem er seinen Ausdruck findet, signalisiert er den Übergang vom ersten zum zweiten Teil. Das neue Element ist die Liebe; sie ist das Hauptthema des zweiten Teils und bildet das Gegenbild zu der Angst und der Verzweiflung des ersten. Sie zu erforschen und ihr Wesen zu begreifen ist Malte Aufgabe geworden.

834,19 - *Spitzenstücke.* In einem Gedicht aus dem Jahre 1907: „Die Spitze" (L 8, I, 512-13) betrachtet Rilke diese außerordentlich anstrengende Handarbeit als menschliche Verwirklichung. Es drängt sich ihm der Gedanke an die Klöpplerinnen auf, an die Frauen, deren Leben und Leistungen er am Gewebe abzulesen vermag. Im Brief vom 16. August 1920 heißt es:

> Spitzen und Schmuck, grade weil sie meist nur als dekorative Leistungen behandelt werden, halten mich immer in einer besonderen Weise fest-, es verlockt mich, in ihnen das Kunstwerk an sich zu entdecken, d.h. die vollkommene Verwandlung und Verzauberung ihres Hervorbringers, die sich im Werk vollzogen und verklärt hat. Wie sollte man nicht Spitzen so betrachten dürfen, die immer ein Leben für sich gewesen sind, eine Absage und eine schon dafür eingetauschte Freude und Dauer und Unerschöpflichkeit (L 5, IV, 311-12).

In ähnlicher Weise spricht er sich einmal im Brief über die Weberin der Wandteppiche (830,1ff) aus, deren Leistung er in den *Aufz.* ausführlich beschreibt:

. . . eine Frau, die aus den großen Anfängen eigener
künstlerischer Arbeit zurückglitt in die Familie zunächst
und von da ins Verhängnis und in den unpersönlichen
nicht selbst vorbereiteten Tod, den man im gemeinsa-
men Leben stirbt, unausgelöst, schmerzhaft und trübe
verflochten. Ich werd Ihnen einmal von ihrem Schicksal
erzählen und von der Arbeit, die sie zurückgelassen hat
(L 2, 89).

Rilke muß sich mit der konkreten Herstellung von Spitzen
intensiv befaßt haben. Seine Angaben über die verschiedenen Spitzenarten sind in jeder Einzelheit zu belegen, wie
der Abschnitt 835,4ff und die drei folgenden Anmerkungen
dazu zeigen. (Anhang[8])

835,15   - *Points d'Alençon.* Nach der gleichnamigen Stadt in der südlichen Normandie. Points d'Alençon sind die einzigen französischen Spitzen, die nicht geklöppelt, sondern mit einer
Nadel genäht werden. Alençon-Spitzen sind auch die einzigen französischer Manufaktur, die nicht auf einem Kis-
sen, sondern ganz mit der Hand auf Pergament in kleinen
Teilen angefertigt werden. Die kleinen Teile werden dann
durch Säume, die dem Auge fast unsichtbar sind, sorgfältig
zusammengenäht. Die Herstellung dieser gut haltbaren
Spitzen geht sehr langsam vor; die Stadt Alençon zeigte als
Teil einer Ausstellung in Paris im Jahre 1899 ein Stück, dessen Anfertigung 16.500 Arbeitstage gedauert hat. Im Jahre
1867 wurde ein Damenkleid aus Spitzen gemacht, an dem
vierzig Frauen sieben Jahre gearbeitet hatten (L 38, 24-26).
Die Blüten im Muster der Points d'Alençon sind im allgemeinen enger und fester als alle anderen bekannten Fein-
spitzen und deshalb Rilkes Beschreibung.

835,17   - *Valenciennes.* Der Name stammt von der Stadt Valenciennes.
Valenciennes ist eine Kissenspitze und wegen der hohen
Qualität der Rohstoffe und der Handarbeit eine der teu-
ersten, die noch in Frankreich hergestellt wird. Die jungen
Mädchen, die daran arbeiteten, wurden (so erzählt man)
öfters wegen der Strenge der Arbeit sehr jung blind. In
Malte steigt beim Betrachten der Valenciennes–Spitzen
eine Winterlandschaft auf. Das kommt daher, weil die Spitzen sich von anderen dadurch unterscheiden, daß beide,
Muster und Grund, aus den gleichen Fäden gemacht werden. Die Wirkung ist eine Gleichheit im Gewebe und in

der Farbe, die tatsächlich an Reif und helle Wintersonne
erinnert.

835,20   - *Binche*. Die Spitze aus dieser südbelgischen Stadt ist so fein
und eng im Gewebe, daß das Muster erst bei näherer Be-
trachtung sichtbar wird. In der Herstellung ist sie der Valenciennes sehr ähnlich, doch verleiht der Binche ihre Verflochtenheit und Verzweigtheit eine andere Wirkung.

836,7   - *Die sind gewiß in den Himmel gekommen*. In Rilkes *Geschichten
vom lieben Gott* (1900) steht eine kleine Erzählung mit der
Überschrift: „Von Einem, der die Steine belauscht." Gott
schaut auf Michelangelo hinunter:

> Viele Gebete waren zu dieser Stunde von der Erde
> unterwegs. Gott aber erkannte nur eines: die Kraft
> Michelangelos stieg wie Duft von Weinbergen zu ihm
> empor. Und er duldete, daß sie seine Gedanken erfüllte.
> Er neigte sich tiefer, fand den schaffenden Mann, sah
> über seine Schultern fort auf die am Steine horchenden
> Hände und erschrak: sollten in den Steinen auch Seelen
> sein? Warum belauschte dieser Mann die Steine? Und
> nun erwachten ihm die Hände und wühlten den Stein
> auf wie ein Grab, darin eine schwache, sterbende
> Stimme flackert: „Michelangelo", rief Gott in Bangig-
> keit: „wer ist im Stein"? Michelangelo horchte auf; seine
> Hände zitterten. Dann antwortete er dumpf: „Du, mein
> Gott, wer denn sonst. Aber ich kann nicht zu dir". Und
> da fühlte Gott, daß er auch im *Steine* sei, und es wurde
> ihm ängstlich und enge. Der ganze Himmel war nur ein
> Stein, und er war mitten drin eingeschlossen und hoffte
> auf die Hände Michelangelos, die ihn befreien wür-
> den. . . (L 8, IV, 347).

Gott ist in den Dingen; er braucht aber den Künstler, der
ihn erst befreit. Das ist das Ziel jedes schaffenden Menschen, sei er Handwerker oder Dichter. Die ausgerollten
Spitzenstücke sind Handwerk und Kunstwerk zugleich,
und Malte spürt etwas Göttliches daran.

Die Spitzenszene stellt eine Ausdehnung des schon behandelten Themenkreises *Hand* dar. Malte begreift das
Wesen seiner Erinnerungen, die er hier als Erwachsener aus
seiner Kindheit heraufbeschwört. Die tiefen Ängste sind
jetzt verschwunden, die das Kind vor der Erscheinung der
mysteriösen Hand (797,27ff) und vor der Hand der Ver-

kleidungsszene erfaßte, der Hand, die ihr eigenes Leben führt „wie ein Akteur" (804,15). Von der neuen Perspektive aus gesehen nimmt die Hand eine neue Bedeutung für ihn an und bietet dem Künstler die Möglichkeit, seiner eigenen Aufgabe entgegenzutreten.

836,18 — *Schulin.* Der Name kommt in der Lektüre Rilkes mehrmals vor. Hans Aarsleff glaubte, eine Verbindung zu Hermann Bangs Roman: *Das weiße Haus, Das graue Haus* gefunden zu haben (L 12, 633) und wies auf die Tatsache hin, daß der Name bei Bang, aber nicht bei Jacobsen (*Frau Marie Grubbe*) vorkommt. Auch in dem schon mehrere Male erwähnten Reisetagebuch von Lavater wird von einer Gräfin Schulin gesprochen, „die ein zierliches Landhaus" (L 53, 40) hatte und „eine sehr feine, cultivierte Person" (S. 50) war. Lavater meint hier die Gräfin Sophie Hedwig Schulin, geb. von Warnstedt (1753-1807), die er auf ihrem Landhaus während seines Aufenthaltes in Dänemark besuchte. Auch in Lunds Katalog wird der Name Schulin einmal erwähnt (L 58, VII, 108).

Die Hauptquelle zu der Gestaltung dieser Szene aber liegt in einem Erlebnis aus Rilkes Leben, das in einem Brief an Lou Andreas-Salomé vom 4. Dez. 1904 geschildert wird. Da beschreibt Rilke eine Schlittenfahrt nach Oby in Schweden, dem Landhaus des Bruders von Ellen Key (1849-1926; schwedische Schriftstellerin), die er dort besuchen wollte. Seine Erinnerungen daran, sogar viele Einzelheiten, u.a. das Geläut der Kirchenglocken, die lange Allee, die Treppe, die Terrasse, sind alle in diese Schilderung in den *Aufz.* eingegangen.

> Mitten im Geläute von zehn kleinen Glocken ging es durch eine lange alte Lindenallee, - der Schlitten bog aus und da war der Schloßplatz, eingefaßt von den kleinen Seitenflügeln des Schlosses. Dort aber, wo vier Treppen mühsam und schwer aus dem Schnee des Platzes zur Terrasse hinaufstiegen und wo diese Terrasse, von einem vasengeschmückten Geländer begrenzt auf das Schloß vorzubereiten glaubte, dort war nichts, nichts als ein paar schneeversunkene Büsche und Himmel, grauer zitternder Himmel, aus dessen Dämmerung sich fallende Flocken auslösten. Man mußte sich sagen, nein, es ist kein Schloß da, man erinnerte sich ja auch, gehört

zu haben, daß es vor Jahren abgebrannt sei, aber man
fühlte, daß dennoch etwas da war, man empfand
irgendwie, daß die Luft hinter jener Terrasse noch nicht
eines geworden war mit der übrigen, daß sie noch ein-
getheilt war in Gänge, Zimmer und in der Mitte noch
einen Saal bildete, einen leeren, hohen, verlassenen,
dämmernden Saal. - Aber da trat links aus dem
Seitenflügel der Gutsherr, groß, breit, mit blondem
Schnurrbart und verwies den vier langen Dachshunden
ihr helles Gebell; - der Schlitten fuhr an ihm vorbei im
Bogen vor den ganz kleinen rechten Flügel hin und aus
seiner kleinen Thür trat die gute Ellen Key, schwarz und
unscheinbar, aber lauter Freude unter dem weißen Haar.
Denn es war Oby, ihres Bruders Gut, und in diesem
rechten Seitenflügel ist die altmodische Stube, wo sie,
auf einem rothen Kanapee ihrer Großmutter sitzend,
den zweiten Theil ihrer Lebenslinien schreibt und ihre
unzähligen Briefe beantwortet an lauter junge Mädchen
und junge Frauen und junge Männer, die von ihr wissen
wollten, wo das Leben anfängt (L 11, 193-94).

836,26   - *Lystager*. Der Name des Gutes wird auch bei Lund erwähnt,
aber im Besitz der Familie Steensen, nicht Schulin (L 83, 53).

841,25   - *Gespensterfurcht*. Die okkulten Geschehnisse im Roman gehören zu einem größeren Themenkomplex und sind in zwei
Kategorien einzuteilen. Einerseits sind sie „genau erzählte
Prager Kindheits-Erlebnisse" von Rilke, andererseits sind
sie „in Schweden Erlebtes und Gehörtes" (L 5, V, 323). Zum
ersten gehört u.a. die Geschichte von Mamans Schwester
Ingeborg, die - so berichtet Maman – „uns alle froh" (787,15)
machte, und die dann später vor dem drohenden Tode so
vor sich hin behauptet: „Es ist so gut wie es kommt, ich mag
nicht mehr" (787,23f). Sie nahm den sich nähernden Tod
mit Ruhe und Gelassenheit hin, als ob es ihr gleich wäre.
Malte aber stellt sie die Aufgabe, sich mit „solchen Sachen"
zu beschäftigen und sie in sich hinaufzunehmen. Maltes
Mutter zieht sich, nachdem sie das Sterben ihrer Schwester
mitangesehen hat, in sich selbst zurück. Ihr eigenes Ende
wird das Ende eines immer mehr nach innen schauenden
Menschen, den in seinen letzten Jahren ausschließlich diese
„Sachen" beschäftigen (787,29f).
Eine hierzu in Beziehung stehende, aber anders ge-

staltete Begegnung mit dem Okkulten erlebt Malte selbst bei dem Auftreten der verstorbenen Christine Brahe auf Urnekloster, von der der alte Graf Brahe sagt, sie hätte „wohl das Recht, hier zu sein" (738,20). Bei beiden Gestalten - bei Ingeborg wie bei Christine - bestehen keine Grenzen zwischen Leben und Tod, zwischen Diesseits und Jenseits; beide sind in beiden Bereichen zugleich zu Hause.

Weiterhin gehören zum Themenkomplex Geisterwelt Maltes schon behandelte Begegnungen mit der Hand (vgl. Anm. zu 795,14), und die Schulin-Szene. Bei den Schulins „besteht" Malte darauf (839,30), daß das alte Haus noch da ist und behauptet, wenn er und seine Mutter da wohnten, „so wäre es immer da" (840,9f). Die alte Großmutter „riecht mit den Ohren" (841,4f) ein Feuer, das es nicht zu geben scheint, so daß die anderen „gebückt herumgingen und sich mit etwas Unsichtbarem beschäftigten." Sie geben alle zu, „daß da etwas war, was sie nicht sahen" (841,27ff). Wie in allen in diesem Zusammenhang erwähnten Szenen sieht man auch hier eine mysteriöse Kraft am Werke, die zwar nicht logisch vorgeht, die aber nie völlig aus dem Bereich des Möglichen herausfällt. Was in Malte das Gefühl von Gespensterfurcht erweckt, ist nicht nur die Haltung dieser exzentrischen Menschen einer unsichtbaren Gefahr gegenüber, sondern auch die Erkenntnis, daß die Welt der Geister für sie eine Möglichkeit bildet, die „stärker war als sie alle" (841,30). Diese dem jungen Malte noch fremde Welt schien ihnen völlig vertraut zu sein, und darin liegt einer der Gründe, weshalb - so erklärt Rilke - „die erfundene Figur des M.L. Brigge zu einem Dänen gemacht wurde: weil nur in der Atmosphäre der skandinavischen Länder das Gespenst unter die möglichen Ereignisse eingereiht erscheint und zugegeben [wird] (: was meiner eigenen Einstellung gemäß ist)" (L 5, V, 323).

844,17 - *Stadt*. Kopenhagen.

845,18 - *Teilen*. Vgl. Seine Unfähigkeit, Leben und Tod zu unterscheiden. Zu seiner Zeitlosigkeit vgl. Anm. zu 733,8 und 842,15.

845,25 - *Du kannst mir helfen*. Zu der Gestaltung dieser Szene tragen hauptsächlich zwei Quellen bei: zunächst die Darstellung des Milieus in den Reventlow-Briefen (L 21), in denen die Töchter immerzu als Schreiberinnen und Sekretärinnen von der Familie benutzt werden. Von dort her gewann Rilke ein bestimmtes Bild für Maltes Lebensverhältnisse als Kind einer adligen dänischen Familie. Als zweites findet die Malte-Stelle eine stoffliche Parallele in Hermann Bangs Roman: *Das weiße Haus, Das graue Haus* (vgl. dazu Anm. zu 786,27). Graf Brahe weigert sich, in seinen Memoiren über die politischen oder militärischen Erinnerungen zu schreiben (846,5f). Stattdessen konzentriert er sich auf seine eigene Kindheit. Der Großvater in Bangs Roman hat ähnliche Gedanken: wie der Graf Brahe interessiert auch er sich nicht für das „Erlebte", sondern für das „Gelebte":

> „Du solltest deine Erinnerungen schreiben, Groß-
> papa," sagte der Enkel – seine Stimme war, wenn er
> nicht auf sie achtete, fast beängstigend weich -, und er
> schloß die Schublade.
> Seine Exzellenz lachte.
> „Erinnerungen," sagte er, „Erinnerungen – wir haben
> Gewäsch genug. Erinnerungen – hm, es gibt nieman-
> den, der seine Erinnerungen geschrieben hat. Über die
> andern lügen sie, und von sich selber reden sie nicht . . .
> Sie schreiben von dem Quark, den sie erlebt haben, und
> was sie gelebt haben, nehmen sie mit sich ins Grab!"
> Seine Exzellenz lachte wieder, und seine Stimme be-
> kam einen seltsamen, rohen Klang:
> „Und sie tun recht daran, mein Bester," sagte er:
> „schriebe ein einziger Mensch sich selber nieder und
> gäbe sich selbst nach seinem Tode zum Druck, sie
> würden ihn noch im Grabe zu Zuchthaus verurteilen —
> denn es gibt doch Gerechtigkeit im Himmel und auf
> Erden" (L 15, 120).

847,1   - *Swedenborg*, Emanuel von Swedenborg, 1688-1772, entwickelte sich nach einer Berufungsvision vom rationalen
Naturforscher zum medialen Seher und Theosophen. Ok-
kulte Vorstellungen und Berichte von mystischen Erfahrungen fanden durch seine Schriften weite Verbreitung
hauptsächlich in Europa und Nordamerika.

847,14   - *Eckernförde.* Hermann von Jan hält für möglich, daß es an
dieser Stelle um das für die Dänen unglückliche Seegefecht
mit den Preußen bei Eckernförde im Jahre 1849 gehe, in dem
das größte dänische Linienschiff Christian VIII. und die Fre-
gate Gefion sanken. Hinsichtlich dieser Romanstelle erläutert er, daß „für Abelone . . . Eckernförde nur ein nichts-

sagender Name" sei, „für den Grafen aber, der in dem Gefecht vielleicht mitgekämpft hat, ist es ein bedeutungsschwerer ‚Eigen'-name" (L 46, 102). Dagegen behauptet von Witzleben, (L 83) daß der Graf hier nicht an seine eigene Vergangenheit, sondern an Eckernförde als Todesort des Marquis von Belmare denkt, über dessen Leben und Wirkung er gerade diktiert.

847,20f - *Und werden sie es überhaupt sehen, was ich da sage?* Die vom Grafen gestellte Frage bezieht sich auf die Problematik des Abschnitts im Ganzen, nämlich auf das Problem des Erzählens selbst.

847,25 - *Der Marquis von Belmare,* Abenteurer und Scharlatan des 18. Jahrhunderts, wahrscheinlich portugiesischer Abstammung. Die Umstände seines Lebens, seine Herkunft und auch sein Tod, sind dunkel. Die hier vom alten Brahe dargestellte Gestalt geht auf zwei Quellen zurück, auf die gesammelten Familienpapiere der Reventlows (L 21), und in vielen Details auf die Enzyklopädie von Ersch und Gruber (L 68), die von Witzleben in Zusammenhang mit der Gegenüberstellung von Rilke-Texten erläuterte. Ihre Ergebnisse erbringen: Rilke hat die Enzyklopädie sorgfältig und in genauer Anlehnung verwendet. Einzelheiten, die Rilke bringt, wie: *Diamantenknöpfe, Venedig, Seine Hoheit,* und *Goldmachen,* finden sich in der Enzyklopädie (Anhang[9]).

848,21 - *Blut.* Das Thema des dichterischen Erzählens wird hier wieder aufgenommen. Bereits im Abschnitt 723,10ff überlegt sich Malte, was Verse eigentlich sind und warum seine bisherigen dichterischen Versuche - so sagt er selbst - nicht gelungen sind. „Denn Verse sind nicht, wie die Leute meinen, Gefühle (die hat man früh genug), - es sind Erfahrungen" (724,1ff). Die Erfahrungen bilden – behauptet Malte - den Rohstoff des Dichters, den er in sich haben muß, um Verse, bzw. Kunst zu schaffen. Der Dichter ist nicht lediglich Träger und Vermittler; er verwandelt den Stoff in sein Eigentum. „Denn die Erinnerungen selbst *sind* es noch nicht. Erst wenn sie Blut werden in uns, Blick und Gebärde, namenlos und nicht mehr zu unterscheiden von uns selbst, erst dann kann es geschehen, daß in einer sehr seltenen Stunde das erste Wort eines Verses aufsteht in ihrer Mitte und aus ihnen ausgeht" (724,30ff). Eine Parallele zu diesen Erklärungen bildet das Gedicht: „Der Dichter" aus dem Winter 1905-06:

Du entfernst dich von mir, du Stunde.
Wunden schlägt mir dein Flügelschlag.
Allein: was soll ich mit meinem Mund?
mit meiner Nacht? mit meinem Tag?

Ich habe keine Geliebte, kein Haus,
keine Stelle auf der ich lebe.
Alle Dinge, an die ich mich gebe,
werden reich und geben mich aus
(L 8, I, 511).

Der Graf Brahe ist dabei, seine Memoiren zu schreiben, und seine Aufgabe bereitet ihm das gleiche Dilemma, das Malte in Paris bevorsteht. „Die Bücher sind leer, . . . das Blut, darauf kommt es an, da muß man drin lesen können" (848,20ff). Belmare *hatte* keine Erfahrungen, Belmare *war* seine Erfahrungen und Erinnerungen: man konnte das alles an seinen „Augen" voller Vergangenheit lesen wie aus einem Buch (848,8). Daher hielten ihn viele Zeitgenossen für einen Lügner und Scharlatan, weil sie nicht verstanden, daß „er an die Vergangenheit nur glaubte, wenn sie *in* ihm war. Das konnten sie nicht begreifen, daß der Kram nur Sinn hat, wenn man damit geboren wird" (848,16ff). Abelone dagegen, die ihrem Großvater als Schreiberin dient, ist der Erfahrungsbereich des alten Brahe, den er in den Memoiren zu gestalten versucht, fern und gleichgültig. Es gelingt dem Grafen aber, von Abelone die Gestalt des Belmare so lebhaft heraufzubeschwören, als stelle er etwas Reales „in den Raum hinein, was blieb" (850,13). Zu der vom Grafen gestellten Frage über die Erscheinung von Belmare gesteht Abelone, „daß sie ihn gesehen habe" (850,18).

849,6f - *Orientale.* Eine Anspielung Rilkes auf die vielen Theorien über die Herkunft des Grafen.

849,13f - *Jardin d'Acclimatation für die größeren Arten von Lügen*, botanischer Garten, auf die Erzählungen von seinen Erlebnissen hindeutend, die ihm sein vielhundertjähriges Leben beschieden hat.

849,15 - *Palmenhaus von Übertreibungen*, wo seine Reisebeschreibungen hingehören.

849,15f - *eine kleine, gepflegte Figuerie falscher Geheimnisse* enthält seine Rezepte vom Lebenselixier und von chemischen Verfahren (L 83, 65).

850,22f - *Bernstorffscher Kreis*, der Kreis um Johann Hartwig Graf von

Bernstorff (1712-1772) und seinen Neffen Andreas Peter Graf
von Bernstorff (1735-1797). Aus einer schon im 13. Jahrhundert in den dänischen Grafenstand erhobenen hannove-
rischen Familie stammend, waren beide im 18. Jahrhundert
wichtige Staatsmänner und Außenpolitiker der dänischen
Regierung.

Unter den Briefen und Eintragungen der Familie Reventlow, die Bobé zusammenstellte und herausgab, und die
Rilke in der Hand hatte (vgl. Anm. zu 715,14ff), befinden
sich Memoiren vom Grafen Christian Ditlev Reventlow, die
eine deutliche Verbindung zu dieser Stelle in den *Aufz.* auf-
weist. Hier berichtet der Graf über seine Jugend, und in
einer Aufzeichnung aus dem Jahre 1825 kommt er auf seine
Sehnsucht nach alten Verwandten und Freunden zu sprechen: „O! Bernstorff, Wendt, Hansen, Praetorius, Kölle,
. . ."(L 21).

851,1   - *Julie Reventlow*, Friederike Juliane (Julie) Gräfin von Re-
ventlow, geb. Gräfin von Schimmelmann (1762-1816). Ihr
Vater war dänischer Finanzminister; sie selbst gehörte dem
Kreis in Kopenhagen an, der sich um Klopstock sammelte.
Im Jahre 1789 heiratete sie den Grafen Friedrich Karl von
Reventlow und verbrachte den größten Teil ihres Lebens
auf seinem Schloß Emkendorf in Holstein, das „ein Sam-
melplatz und Mittelpunkt eines bald sich erweiternden,
bald verengernden Kreises von geistreichen Männern und
Frauen" (L 67, 22) wurde. Zu dem Kreis gehörten Klopstock, Boie, M. Claudius, Lavater, Voß und viele andere. In
ihren letzten Jahren war sie oft krank und litt viel, hat aber
ihr Leben „stets mit großer Geduld echt christlich" ertragen
(L 67, 22).

Am 11. Apr. 1910 schrieb Rilke an die Gräfin Manon zu
Solms-Laubach folgendes:

> Die ergreifende Gestalt der Gräfin Julie Reventlow wird
> nun an der Stelle genannt, die Sie kennen, und, ganz
> vorübergehend, noch einmal. Malte Laurids hat mir den
> Wunsch eingegeben, mehr von ihr zu wissen (als er
> wußte). Sie kennen sicher die von Bobé (dänisch) her-
> ausgegebenen „Briefe aus dem Reventlowschen Famili-
> enkreis", in denen von ihr die Rede ist und die auch die
> Abbildung eines sehr schönen Jugendbildnisses der
> Gräfin enthalten. In den bisherigen sieben oder acht

Bänden dieses Werkes sind keine Briefe ihrer eigenen
Hand, aber es steht noch ein Band bevor, der vielleicht
welche bringt. Es muß viel sein, sie noch gekannt zu
haben (L 5, 99).

Der achte Briefband, den er meint, wurde nicht vor der
Vollendung der *Aufz.* im Jahre 1910 fertig, sondern erschien
erst 1917. Er kommt also als Quelle zu den *Aufz.* nicht in
Frage.

In den schon erwähnten Briefen der Familie Reventlow
kommt Julie nur ein paarmal vor, aber man spürt bei jeder
Erwähnung ihres Namens ihre Anwesenheit und die Kraft,
die sie über Familie und Freunde ausübt:

Brahetrolleborg, 31. Oct. 1797

Jülchen haben wir bewundert, wie sie aus ihrem Bette
alles so weislich übersieht und ordnet, so tätig das
Wohltätige um sich herum verbreitet, der Schulen sich
ernstlich annimmt, ihnen folgt, die Erziehung von Ina
leitet und in der Nähe lenket. Wie stark überhaupt ihre
Seele ist und sich über die Leiden des Körpers zu setzen
weiß, sogleich jeden Augenblick zu nutzen weiß, ihr lie-
bender Geist und Sinn mit dem wahren richtigen Blick.
    (Brief des Grafen Johann Ludwig
    Reventlow an seine Schwester
    Louise: L 21, II, 130-31)

Windebye, 11. Juli 1818

Ich bete wie Sie für unseren Münchner Freund [der
Dichter und Philosoph Christian August Henrick
Clodius, 1772-1836], obschon ich garnicht begreifen
kann, was ihm fehlt. Gerade an dem, was er hat, habe
ich genug und verlange nicht mehr, - aber es geht ihm in
manchem Betracht wie dem seligen Jülchen Reventlow,
sein Leben ist in diesem Auflösen und Widerlegen, wie
sehr auch seine innere Anschauung dagegen ist, gewiß
aber wird er Ruhe finden, wenn nicht hier, doch dort,
wo alle unsere bunten Farben zerrinnen in das reine
Licht.
    (Brief der Louise Stollberg an
    Carl Leonhard Reinhold: L 21,
    III, 191)

Sondermühlen, 6. Februar 1817

... Mit unserm Ernst Schimmelmann traure ich um
seinen Verlust von Herzen, um Charlottens Tod, über
seinen und meinen und vieler großen Verlust bey Juliens
Tod. Wie freu'ich mich, diese himmlisch gesinnte Freundin noch vorigen Sommer gesehen, mich an ihr gelobt,
gestärkt zu haben! Wie wohl muß ihr nun seyn, ihr, die
schon hienieden auf beynah dreißigjährigem Dor-
nenlager im Glauben, in Hoffnung, in Liebe selig war;
selig in Vereinigung mit Dem, Der durch Leiden des
Todes denen, die an ihn glauben und ihn lieben, ewiges
Leben und Wonne ewiger Liebe erwarb.
(Brief des Grafen Frederik Leopold
Stollberg an Gräfin Louise Stollberg:
L 21, III, 303)

851,8   - *Die Stigmata.* Julie Reventlow hat in Wirklichkeit keine Stigmata gehabt; diese Vorstellung muß Rilke aus dem Vorwort
zu Lavaters Reisetagebuch übernommen haben (L 57, 70),
wie auch die Idee ihres Heiligseins. Da spricht der Herausgeber Bobé von Fritz Reventlows „behavede, men hysterisk
overspaendte, stigmatiserede Hustru Julie, Grev Schim-
melmanns Søster, hvis Orakelsvar aeredes i hele den store
Familie som en Helgenindes (Fritz Reventlows begabte,
aber hysterisch überspannte, stigmatisierte Gattin Julie, deren Orakelworte in der ganzen großen Familie geehrt wurden, wie die einer Heiligen) (L 53, XIII, Übersetzung nach L
57, 70).

851,26   - *Stadt.* Kopenhagen.

853,14   - *Herzstich.* Das Herz durchbohren, um vor der Beisetzung
den endgültigen Tod zu sichern. Wir wissen von Maurice
Betz, daß Rilke beim Tode seines eigenen Vaters einem
ähnlichen Verfahren beigewohnt hat (L 20, 143).

855,25   - *Von Anfang anzufangen.* Malte sieht sich immer wieder als
Anfänger im Leben wie auch im Dichten. (Dazu vgl. 723,18,
726,21, 728,25, 810,26 und 891,29)

856,12ff - *Eckfenster oder Torbogen oder Laternen.* Diese Stelle hat eine
Parallele in einem Brief aus dem Jahre 1907, den Rilke bei
seiner Rückkehr in die Heimatstadt Prag an seine Frau
schreibt. Da heißt es:

Es macht mich traurig, diese Hausecken, jene Fenster
und Einfahrten, Plätze und Kirchenfirste gedemütigt zu
sehen, kleiner, als sie waren, reduziert und völlig im
Unrecht. Und nun sind sie mir in ihrer neuen Ver-

fassung ebenso unmöglich zu bewältigen, wie sie es damals als Hoffärtige waren. Und ihre Schwere ist ins
Gegenteil umgeschlagen, aber wie sehr ist sie, Stelle für
Stelle, Schwere geblieben. Mehr als je fühle ich seit
heute früh die Gegenwart dieser Stadt als Unbegreif-
lichkeit und Verwirrung. Sie müßte entweder mit meiner
Kindheit vergangen sein, oder meine Kindheit müßte
von ihr abgeflossen sein später, sie zurücklassend,
wirklich neben aller Wirklichkeit zu sehen und aus-
zusagen sachlich wie ein Cézannesches Ding, unbegreiflich meinetwegen, aber greifbar (L 5, III, 8).

857,12   - *Ingeborgs Bild* (vgl. 787, 790, 834, 857).

857,28   - *Ein Papier*. Es handelt sich um die hier fast wörtlich über-
tragene Schilderung vom Tod Christians IV. von Dänemark,
die Rilke in den Lebenserinnerungen des Arztes Otto Sperling (Selvbiografi 1602-1673) gelesen hatte. Das aus alten
Handschriften entstandene Buch Sperlings wurde im Jahre
1885 in Kopenhagen herausgebracht und gehörte zu Rilkes
dänischer Lektüre der Haseldorfer Zeit (vgl. 751,14ff). Sperling berichtet:

> Der gute fromme Herr lag acht Tage lang auf dieser
> Stelle und seine Kräfte nahmen immer mehr ab. Und da
> er keine Nahrung zu sich nehmen konnte, gab es für
> uns nichts mehr zu tun, als ihn mit einem Schnaps zu
> erfrischen. Am 28. Februar 1648 gegen drei Uhr, ehe der
> König starb, begehrte er aufzustehen, und sein Kam-
> merdiener, D. Wormius, und ich halfen dem König aus
> dem Bett und auf die Füße, worauf er fest stehenblieb,
> ohne zu schwanken, bis es uns gelang, ihm sein Nacht-
> hemd anzuziehen. Danach setzte er sich vorne auf das
> Bett und sprach undeutlich vor sich hin. Während ich
> den Herrn an seiner linken Hand hielt, damit er nicht
> ins Bett zurücksinken sollte, wagte ich den Versuch, ihn
> zu ermutigen. Da antwortete er: „O, Doktor, Doktor,
> wie heißt Ihr?" Ich antwortete: „Sperling, allergnädigster
> König!" Da begann er wieder zu sprechen wie vorher
> und sagte: „der Tod, der Tod." (Übersetzung von Allen
> E. Hye: L 77, 131-32).

859,15   - *Das blasse, dicke Mädchen*. Soweit beweisbar ist das Mädchen
eine von Rilke erfundene Gestalt. Es gehört zu den „Heeren

von Kranken," zu den „Armeen von Sterbenden" (L 5, 247),
die Rilke in Paris um sich sah und die in Maltes Pariser Erfahrungen von Bedeutung sind.

861,28f - *Da ich ein Knabe war.* Ähnliches schreibt Rilke an seine Ver-
lobte Valery David-Rhonfeld am 4. Dez. 1894, wo es heißt:

> Ich duldete Schläge, ohne je einen Schlag erwidert oder
> wenigstens mit einem bösen Worte vergolten zu haben,
> ich litt und trug. . . . In meinem kindlichen Sinn glaubte
> ich durch meine Geduld nahe dem Verdienste Jesu
> Christi zu sein, und als ich einst einen heftigen Schlag
> ins Gesicht erhielt, so daß mir die Knie zitterten, sagte
> ich dem ungerechten Angreifer - ich höre es noch heute
> - mit ruhiger Stimme: „Ich leide es, weil Christus es ge-
> litten hat, still und ohne Klage, und während du mich
> schlugst, betete ich zu meinem guten Gott, daß er dir
> vergebe" (Nach Paul Lepin. „Der neunzehnjährige
> Rilke". *Die Literatur* (Aug. 1927), 632.

862,26ff - *Felix Arvers*, französischer Dichter (1806-1850), heute nur
noch wegen eines Sonetts aus seiner Gedichtsammlung
Mes Heures perdues bekannt: „Ma vie a son secret, mon âme
a son mystère" (L 9, 227). Im Zusammenhang mit der Hun-
dertjahrfeier seiner Geburt im Jahre 1906 erneuerte sich das
Interesse an ihm und seiner Dichtung. Da Rilke sich zu dieser Zeit in Paris aufhielt, ist anzunehmen, daß er in einer
der vielen neuen Veröffentlichungen über Arvers die bekannte kleine Geschichte von der Todesstunde des Dichters
fand. Nach Auguste Cabanés lautet die Geschichte so:

> Le 7 Nov. 1850 à 4 heures du soir, quatorze jours après
> son admission à la Maison municipale de santé, Félix Ar-
> vers rendait le dernier soupir. Le matin même du jour
> qui devoit être celui de sa mort, deux femmes de service
> causaient entre elles: „C'est là-bas, disait l'une d'elles,
> répondant à une interrogation de sa cammarade, là-bas,
> au bout du *colidor*." De son lit, le moribund entend le
> mot, se redresse sur son séant, et, de la voix la plus forte
> qu'il put donner: „On ne dit pas *colidor*, on dit corridor":
> puis il se tut et ne desserra plus des Dents jusqu'à la fin.
> Cette vertueuse indignation d'Arvers mourant prouve
> tout au moins le respect profond qu'il professait pour la
> langue française (L 25, 151-52).

863,14ff - *Jean de Dieu*, Heiliger portugiesischer Abstammung (1495-1550). Nach vierlerlei weltlichen Diensten und Teilnahme an kriegerischen Unternehmungen, faßte er mit 40 Jahren den Entschluß, sich Gott und den Armen zu widmen. Die Predigt des Johann von Avila erregte ihn so, daß man ihn für geistesgestört hielt. Nach der Entlassung aus der Heilanstalt wandte er sich erneut dem Dienst der Armen zu und begründete in Granada ein Spital. In seinen letzten Jahren fiel er oft in Ekstasen und gelangte als Prediger und Visionär zu großem Ruhm. An seinem Begräbnis nahm die ganze Stadt teil. Im Jahre 1690 wurde er heiliggesprochen und 1886 von Papst Leo XIII. zum Schutzheiliger aller Krankenhäuser und Kranken erklärt. Den Orden, der seinen Namen trägt, begründete man erst 6 Jahre nach seinem Tod (L 80, I, 517-20).

863,29 - *Der Nachbar.* Der Nachbar als Erscheinung im Leben ist auch im Gedicht des gleichen Namens aus dem Jahre 1902-03 Thema. Dazu:

> Fremde Geige, gehst du mir nach?
> In wieviel fernen Städten schon sprach
> deine einsame Nacht zu meiner?
> Spielen dich hunderte? Spielt dich einer?
>   Giebt es in allen großen Städten
> solche, die sich ohne dich schon
> in den Flüssen verloren hätten? Und
> warum trifft es immer mich?
> Warum bin ich immer der Nachbar derer,
> die dich bange zwingen zu singen
> und zu sagen: Das Leben ist schwerer
> als die Schwere von allen Dingen (L 8, I, 392).

864,23 - *Meine beiden Petersburger Nachbaren.* Die Figuren der beiden Nachbaren - Nikolaj Kusmitsch und des Geigenspielers - haben ihren Ursprung in persönlichen Erlebnissen Rilkes während eines Aufenthaltes in einem Petersburger Hotel:

> Rilke nous raconta aussi la ravissante histoire suivante: c'était à la veille de son départ de Russie, il était dans un hôtel de Saint-Pétersbourg, en été, pendant ces chaudes nuits du Nord d'une clarté si spéciale et où, à travers la nuit, il semble que la survie du jour vienne se joindre à la pointe première de l'aube. Impossible de

dormir, et, dans la pièce à côté de lui, il entendait
marcher de long en large son voisin qui, après des
heures de va-et-vient, se mettait à jouer du violon. Or,
une nuit, après que Rilke eut entendu le bruit particulier
du violon posé sur la table, sa porte s'ouvrit, et son
voisin, qu'il ne connaissait pas: un jeune homme beau,
mince, en uniforme très ajusté, et une rose entre les
lèvres - une des figures les plus romantiques que l'on
pût rêver – apparut sur le pas de la porte et lui dit:
«Comme moi, vous ne pouvez pas dormir, et j'ai besoin,
absolument besoin, de raconter à quelqu'un l'histoire de
ma vie», et il lui dit qu'il était amoureux de deux soeurs
sans parvenir au juste à savoir de laquelle des deux il
était amoureux, et qu'il avait l'obscur pressentiment que
les deux soeurs elles-mèmes se trouvaient dans une
situation identique, que pas davantage l'une et l'autre ne
savaient laquelle des deux le préférait, et que, par suite,
il sentait qu'il allait se décider à contretemps et choisir
immanquablement celle qui l'aimait le moins. Il continua
ainsi pendant trois heures, puis il partit comme il était
venu, et Rilke ne le revit jamais. Et nous concluions tous
qu'il était très bien qu'il en fût ainsi, et nous tombions
d'accord que l'indicible, l'irrésistible charme des Russes
est là dans cette absence de conventions, de toute notion
de barrières et de classes sociales, dans ce miraculeux
plain-pied qui fait, et je disais combien avec mes amis
russes de Paris je l'éprouve, car les Russes ne changent
jamais dans leur fond, où qu'ils se fixent qu'instantané-
ment lors-qu'on cause avec eux, on est tout ensemble à
son aise (L 7, 213-14).

871,20ff - *Student der Medizin.* Der Brief an Clara Rilke vom 19.
Juni 1907 erweist den biographischen Anlaß zu dieser
Aufzeichnung:

> 29, rue Cassette, Paris VIe
>
> . . . Ich weiß nicht, warum ich diesmal so schwerfällig
> bin im Eingewöhnen und Einwohnen. Die Nach-
> barschaft ist nicht schlimm, und doch, es ist wieder das
> Paris, das Malte Laurids aufgezehrt hat. Ein Student,
> lernend für die Examen, seit Jahren. Da stellt sich, nahe
> vor den Prüfungen, ein Leiden ein: sein Gesicht trübt
> sich über den Büchern, die Zeilen schwingen, und das

eine Augenlid geht zu, einfach zu, wie ein Rouleau, dessen Schnur gerissen ist. Dieser Zustand hat ihn nervös
elend gemacht, und nun, zu der Zeit, als ich einzog,
ging er in seinem Zimmer umher, bei jedem Umdrehen
aufstampfend und spät nachts noch, in einer Art trüben
Unwillens, Dinge auf den Boden werfend, irgendwelche
blecherne Dinge, die wie dafür gemacht waren und
weiterrollten, um wieder aufgenommen und hinge-
worfen zu werden, wieder und wieder. Du weißt, man
hätte diesem jungen Menschen keinen empfänglicheren
Nachbarn verschaffen können. Wie mich das die ersten
Nächte, noch eh ich wußte, was es bedeutete, in
Anspruch und Atem hielt. Auch: weil ich sofort den
Rhythmus in diesem Wahnsinn begriff, die Ermüdung
in diesem Zorn, die Aufgabe, die Verzweiflung - Du
kannst Dir denken-. Das hat ein bißchen an mir gefres-
sen und hat mich in meiner abscheulichen Wehleidigkeit
bestärkt und beschäftigt. Und so ein Mensch, wenn er
mit seinen Kräften zu Ende ist, nimmt er sich welche
durch die Wand. Instinktiv, was gehts ihn an. - Das ist
alles. Und nun operiert man sein Augenlid. . . . Aber es
paßt so zu diesem Elend, daß das Hospital sich hinein-
mischt und die geschickten Herren, die sich gewiß einen
Augenblick für dieses eigensinnige Augenlid interes-
sieren-. Heute, glaub ich, wird er zum zweiten Mal operiert, und dann, heißt es, reist er bald ab, irgendwohin
nach Hause. Seine Mutter kam in der ärgsten Zeit. Ihren
Schritt draußen zu hören, ach, sie ahnte nicht, wie sehr
dieser Schritt auch mir beistehen mußte. Man mußte ihn
nur hören, draußen auf dem Gang, wenn sie kam und
ging. Man hörte: eine Mutter hat einen kranken Sohn -
hörte es, als sähe mans auf zehn Reliefs in verschiedenen Vorgängen dargestellt: so hörte mans (L 5,
II, 333-34).

876,7ff   - *Ein gewisser blecherner Gegenstand.* Den Nachbar hat Malte
schon fast vergessen (875,21). Was von ihm übrigbleibt, sind
nur Vermutungen über das wirkliche Aussehen des Zimmers, und über den blecheren Gegenstand und dessen
Wesen. Maltes Aufzeichnung richtet sich jetzt nicht mehr
auf den Nachbar aus der Pariser Zeit, sondern geht hier
aufs Allgemeine über, auf die Situation, in der sich jeder be-

finden kann. Am Beispiel des vermuteten Deckels stellt Malte fest, daß die meisten Menschen „höchst ungern und schlecht auf ihren Beschäftigungen" sitzen (877,12ff). Wäre ein solcher Deckel - so fährt er fort - mit einem menschlichen Bewußtsein versehen, so ist klar, daß der Deckel das Verlangen haben müßte, möglichst gut auf der Büchse zu sitzen. „Dies müßte das Äußerste sein, was er sich vorzustellen vermag" (877,2f).

877,22   - *Zerstreuungen.* Die Zerstreuungen, die den Menschen ständig von den wirklichen Aufgaben des Lebens ablenken, lassen ihn nicht zur Ruhe kommen. Sie findet er nur in der Übereinstimmung mit seinem Beruf (L 23, 47). Zerstreutsein heißt: das richtige Verhältnis zu der Arbeit verloren zu haben und bildet eine Art Flucht des Menschen vor der bevorstehenden Aufgabe.

Die Frage des Zerstreutseins greift auch in Rilkes eigenes Leben ein. In den Briefen an Lou, die er in den frühen Pariser Jahren schrieb, äußert er sich mehrere Male darüber. „Ich will mich sammeln aus allen Zerstreuungen" (L 10, 89-90). „Denn ich bin unzufrieden mit mir . . . . Wann, Lou, wann wird dieses armsälige Leben anfangen tüchtig zu sein?" (L 10, 114). Seine Aufgabe sei „den Weg zu finden, auf dem ich zu einer ruhigen, täglichen Arbeit komme" (L 10, 115), . . . „die Möglichkeit täglicher Arbeit, täglicher Wirklichkeit" (L 10, 121).

Im gleichen Zusammenhang weist Bollnow darauf hin, daß Rilke hier „seinen Haß nicht nur gegen die Zerstreutheit" richtet, sondern auch „gegen alles Ungefähre . . . . Die Aufgabe des Menschen besteht darin, seine Aufgabe in aller Exaktheit zu erfüllen. Von hier her sieht Rilke dann insbesondere auch die Aufgabe des Dichters" (L 23, 48). Felix Arvers, der französische Dichter, dessen Todesstunde Malte in einer vorangehenden Darstellung beschreibt, gehört in diese Gedankenfolge hinein. Indem er im Tod der Krankenschwester ihren Sprachfehler verbessert, erweist er sich als ein Mensch mit einem vorbildlichen Verhältnis zu seiner Arbeit. Dazu erklärt Malte: „Er war ein Dichter und haßte das Ungefähre" (863,8f).

878,17   - *Der Heilige.* Der Heilige wirkt dem Motiv des Schreckens der Pariser Erlebnisse entgegen. Schon im ersten Teil der *Aufz.* kommt die Gestalt von Flauberts Saint-Julien l'Hospitalier vor und zwar unmittelbar nach der Erwähnung des

Gedichts „Une Charogne" (775,17), dessen Schrecken Malte
bestätigt, dessen Hoffnung er aber ablehnt, wenn er die
letzte Strophe für unrecht hält. Entscheidend an der Figur
dieses Heiligen ist für Malte, daß er es „über sich bringt,
sich zu dem Aussätzigen zu legen und ihn zu erwärmen mit
der Herzwärme der Liebesnächte." Er fügt hinzu: „Das
kann nicht anders als gut ausgehen" (775,25ff). Hinsichtlich
dessen, was Malte in Paris erlebt und empfindet, steht der
Heilige Julien für ihn da als einer, der durch die Liebe zu
seinen Mitmenschen sich dem Elend und dem Schrecken
entgegenstellte.

Das Thema tritt im Aufbau des Romans zunächst in den
Hintergrund bis zu der Erwähnung an der hier behandelten
Stelle. Hier geht es um einen, „der sich zusammennimmt,
ein Einsamer etwa" (878,6f), der wegen seiner Veranlagung
Gefahren und Versuchungen aller Art ausgesetzt ist. Im
Themengeflecht des Romans dient er als eine Art Vorwand
für Maltes Anliegen, hier und in den nächsten drei Abschnitten der *Aufz.* diese Gefahren und Versuchungen, die
nur der Heilige übersteht, darzustellen (vgl. auch Anm. zu
877, 22).

878,20 - *Dinge von beschränkten und regelmäßigen Gebrauchen* erklärt
Rilke als „Dinge von sonst, ihrer Natur nach, beschränkten
und regelmäßigen Anwendungen, Dinge, die für ganz
bestimmte Verrichtungen da sind und nun anders, in
phantastischer und heilloser Willkür gebraucht werden" (L
5, V, 361). Im vorausgegangenen Abschnitt spricht Malte
von „entarteten Geräten" (878,9f). Sie stehen mit den Details der an dieser Stelle erwähnten Dinge in direkter
Verbindung.

879,1   - *Der Heilige.* Im Gegensatz zu 878,17 konzentriert sich Malte
nun auf einen ganz bestimmten Heiligen. Er kennt ihn aus
gewissen Bildern, die er früher „für veraltet" (879,12) gehalten habe. Zur Frage des Vorbildes für diese Figur weist
Seifert auf den Altar der Versuchungen des Heiligen An-
tonius von Hieronymus Bosch (L 79, 181). Er hat insofern
recht, als die Beschreibungen der Umstände wie auch
die der Geräte und Dämonen in der Malte–Aufzeichnung
(878,19ff) - obwohl in Boschs Triptychon nicht in jeder Einzelheit nachweisbar - sicherlich dem Sinn und dem Gehalt
der Bilder parallel sind.

Die Versuchung eines Heiligen und dessen Bändigung
der ihn verfolgenden Dämonen bilden auch das Thema des
von Rilke im August 1907 in Paris geschriebenen Gedichts:
„Die Versuchung".

"Die Versuchung"
Nein, es half nicht, daß er sich die scharfen
Stacheln einhieb in das geile Fleisch;
alle seine trächtigen Sinne warfen
unter kreißendem Gekreisch

Frühgeburten: schiefe, hingeschielte
kriechende und fliegende Gesichte,
Nichte, deren nur auf ihn erpichte
Bosheit sich verband und mit ihm spielte.

Und schon hatten seine Sinne Enkel;
denn das Pack war fruchtbar in der Nacht
und in immer bunterem Gesprenkel
hingehudelt und verhundertfacht.
Aus dem Ganzen ward ein Trank gemacht:
seine Hände griffen lauter Henkel,
und der Schatten schob sich auf wie Schenkel
warm und zu Umarmungen erwacht-.

Und da schrie er nach dem Engel, schrie:
Und der Engel kam in seinem Schein
und war da: und jagte sie
wieder in den Heiligen hinein,

daß er mit Geteufel und Getier
in sich weiterringe wie seit Jahren
und sich Gott, den lange noch nicht klaren,
innen aus dem Jäsen destillier (L 8, I, 575).

880,23 - *Zerstreutheit.* Vgl. auch Anm. zu 877,22. Wie im Gedicht
steht dem Heiligen der *Aufz.* auch noch „die lange Arbeit"
(879,18f) bevor, die er zu leisten hat, um „Gott" näher zu
kommen. Dem Dichter ist das gleiche Geschick auferlegt,
und auch um ihn kann das Heiligsein entstehen, wie „um
die Einsamen Gottes in ihren Höhlen und leeren Herber-
gen, einst" (879,ff).

880,25ff - *Das kleine grüne Buch.* Die Aufzeichnung beginnt mit der Erwähnung eines kleinen grünen Bandes, in dem Malte an-

geblich das Ende des falschen Zaren, Grischa Otrepjow
(Demetrius), und den Untergang Karls des Kühnen gelesen
hat. Ein solcher Band konnte bisher nicht ausfindig gemacht werden. Zu denken wäre ein Buch voll historischer
Geschichten, das Rilke als Kind besaß. Durch Maurice Betz
erfahren wir, daß Rilkes Interesse an der Figur des Grischa
Otrepjow „durch eine Jugendlektüre angeregt war," und
daß Rilke, um mehr über die Figur zu erfahren, viele Stunden in der russischen Nationalbibliothek verbrachte, wo er
„vor allem die russischen Historiker" las, u.a. Karamsin
und Solowjow (L 19, 137-38).

881,28f - *Spiegel*. Vgl. Anm. zu 817,12.

882,4f   - *Das Ende des Grischa Otrepjow*. Jakob Otrepiew. Er nahm
den Vornamen Griska später bei einem Mönchorden an (L
66, 209). „Grischa, wie Rilke ihn nennt, ist die übliche
Form. Otrepjow ist die richtige Aussprache des russischen
Wortes, das meistens mit *e* transkribiert wird" (L 83, 15). Zu
der Gestaltung gibt es wohl drei Quellen, zunächst die
schon erwähnte Enzyklopädie von Ersch und Gruber (L 66),
die Rilke besaß und auch an anderen Stellen verwendete,
zweitens das 1904 im Verlag von Velhagen und Klasing er-
schienene Buch von Theodor Hermann Pantenius, *Der
falsche Demetrius* (L 63), und drittens Schillers Fragment
Demetrius, das Rilke vermutlich kannte, und dem die Darstellung wahrscheinlich vor allem des Mutter-Sohn Verhältnisses in den *Aufz.* viel zu verdanken hat. (Zu den geschichtlichen Fakten s. Anhang[10])

Die schon erwähnte Enzyklopädie von Ersch und Gruber trägt zu dieser Darstellung stark bei. B. von Witzleben
bringt die folgenden Textvergleiche als Beispiel dafür: Zu
882,15-18:

Um die Täuschung vollständig zu machen, ließ der neue
Zar die Mutter des ermordeten Dimitrij an den Hof
kommen, legte ihr die ihrem Range gebührenden Ehren
bei, bewies ihr kindliche Ehrfurcht und überhäufte sie
mit Beweisen der Zärtlichkeit. Sie bot zu dem Betruge
die Hand, da es ihr eigener Vorteil war, andern Falls
aber ihr Leben bedroht gewesen wäre (L 66, 210).

Zu 883,17 bis 884,22:

Aus dem sichern Schlaf aufgeschreckt suchte der Zar
durch ein Fenster zu entkommen, brach aber im Herab-

springen ein Bein. Die Strelitzen, die am innern Hof des
Palastes Wache hielten, erklärten gegen die Anstür-
menden, daß sie ihren Gebieter, den sie für den recht-
mäßigen Sohn des Zaren Iwan IV. anerkennten, mit Blut
und Leben vertheidigen würden. Dadurch ward die
Menge schwankend gemacht und ließ in ihrem Angriffe
nach. Da schlug Schuiskoj vor, die Zarin Mutter aufzu-
fordern, die Wahrheit zu sagen, und diese erklärte, daß
der angebliche Dimitrij ein Betrüger und sie nur aus
Furcht bewogen worden sei, ihn Sohn zu nennen. Nun
wurde der falsche Dimitrij durch einen Pistolenschuß
getödtet, dann sein Körper durch viele Stiche und Hiebe
mishandelt, und auf dem Markte drei Tage lang zur
Schau gestellt, endlich aber verbrannt (L 66,210f).

Es ist auch anzunehmen, daß Rilke Schillers Fragment
Demetrius kannte. Da ihm der Demetriusstoff als Aussage-
mittel so wichtig war (vgl. L 5, V, 361), ist es kaum denkbar, daß er Schillers Darstellung nicht gelesen hat. Auch
sagt Malte einmal: „Damals las ich Schiller und Baggesen
. . ." (893,30ff).

Im Schillerschen Fragment wird der Tod des Demetrius
nur angedeutet, nicht mehr dargestellt. In den Skizzenblät-
tern des Nachlasses aber ist das Problem des Mutter-Sohn
Verhältnisses, das Malte ergreift, gestaltet. Die Unsicherheit, die durch die Anerkennung der Mutter im Sohne
wachgerufen wird, tritt bei dieser unvollendeten Schillerschen Gestalt deutlich hervor. Danach folgt ein Entwurf mit
der Überschrift: „Demetrius erfährt seine Geburt": „Jetzt im
Vollbesitz seiner Herrschaft und im festen Glauben an seine
Rechtmäßigkeit, wenn er seine Mutter erwartet, tritt ihm
der bisher verborgene Urheber des ganzen Betrugs vor die
Augen und enthüllt ihm seine Geburt" (L 69, III, 696). Die
Enthüllung führt dazu, daß „er . . . an den anderen" zwei-
felt, „weil er nicht mehr an sich selbst glaubt" (S. 698). Für
Demetrius hängt alles von der Anerkennung der Mutter ab,
und weil sie ihn öffentlich anerkennt, in ihrem Herzen aber,
wie er spürt, nicht als ihren Sohn akzeptieren kann, verstärkt sie seine Unsicherheit. Die Zusammenkunft der
Marfa und des Demetrius gehört für Schiller „zu den größten tragischen Situationen" (S. 699). Darüber äußert sich
Malte: „Ob aber seine Unsicherheit nicht gerade damit begann, daß sie ihn anerkannte? Ich bin nicht abgeneigt zu

glauben, die Kraft seiner Verwandlung hätte darin beruht, niemandes Sohn mehr zu sein" (882,23ff). Das Verhältnis zur Mutter und die Abhängigkeit von ihrer Anerkennung ist für Malte das Verhängnisvolle an der Existenz des Grischa Otrepjow. Schillers Entwurf dieser Figur könnte in Maltes Überlegungen hineingespielt haben. Rilke hat außerdem, so macht es den Eindruck, Schillers Gestalt der Marina gekannt. Sie kommt bei Schiller zu Beginn des geplanten fünften Aufzugs mit Demetrius zusammen. Da heißt es: „Marina schmeichelt ihm, sie gesteht ihm, daß sie ihn nicht für den Iwanowitsch hält und nie dafür gehalten. Dann läßt sie ihn allein. Er bleibt allein und sucht sich zu betäuben" (L 69, III, 704).

Im Fragebogen deutet Rilke seine Quellen nicht an, sagt aber folgendes:

> Marina Mniczek . . . erkannte den falschen Dimitri als ihren Sohn an; statt aber dadurch ihn selber in seinem Betrug zu bestärken, schränkte sie gewissermaßen die Grenzenlosigkeit seiner Lügen ein, löste seine Sicherheit auf, statt sie zu festigen (L 5, V, 361).

Hier hat Rilke offenbar die Namen verwechselt: die angebliche Mutter des Demetrius, die Zarin, die während der Regierung von Boris Godunow im Nonnenkloster ihre Zeit verbringt und erst jetzt nach Moskau zurückgebracht wird, heißt Marfa und nicht Marina. Marina ist die Tochter des Mnischek, ehrsüchtig und zielstrebig, die Demetrius benutzt. Schon im ersten Akt sagt sie von ihm:

> Mag er
> Der Götterstimme folgen, die ihn treibt!
> Er glaub an sich, so glaubt ihm auch die Welt.
> Laß *ihn* nur jene Dunkelheit bewahren,
> Die eine Mutter großer Taten ist—
> Wir aber müssen *hell* sehn, müssen *handeln*
> (L 66, III, 670).

884,24ff - *Karl der Kühne.* Karl, Herzog von Burgund und vorher Graf von Charolais, Sohn Philipps des Guten, wurde im Jahre 1432 geboren und starb in der Schlacht bei Nancy am 5. Januar 1477. Im Jahre 1903 war Rilke in Dijon, wo er das Grabmal Philipps des Guten besichtigte; 1906 verbrachte er einige Tage in Brügge, wo sich in der Liebfrauenkirche das Grabmal Karls des Kühnen befindet.

Die Quelle ist zweifellos Barantes *Histoire des Ducs de Bourgogne de la maison de Valois* (L 16, IIX). Daß Rilke dem Text von Barante sehr genau folgte, ist von von Witzleben anhand mehrerer Textstellenvergleiche überzeugend gezeigt worden. So deutlich tritt die Schilderungen Barantes in den *Aufz.* hervor, daß es fast scheint, als ob „der Urtext Rilke bei der Abfassung dieser Seiten vorgelegen hatte. Hier sind keine Abweichungen zu verzeichnen, so wie in den meisten anderen Abschnitten, die scheinbar nach Notizen" oder sogar ohne Vorlage geschrieben wurden (L 83, 140). Zu den geschichtlichen Fakten s. Anhang[11].

884,26 - *Einer, . . . der sein ganzes Leben lang Einer war, . . .* Im Gegensatz zu Demetrius, der in sich „Wille und Macht" besaß, „alles zu sein" (884,17), ist nach Rilkes Darstellung Karl der Kühne eine Gestalt, an der Malte die schwierige Lage eines Menschen demonstriert, der von seinem Kern durchaus dominiert wird. Bei beiden Figuren geht es um die Darstellung des Todes. Karl aber, der sein Leben lang „der Gleiche" blieb, war „hart und nicht zu ändern" (844,26f).

884,28 - *Ein Bild von ihm in Dijon.* Das Bild ist auf ein Bild eines unbekannten Malers aus dem 17. Jahrhundert zurückzuführen, das Rilke tatsächlich in dem Musée de Dijon gesehen hatte (L 83, 116).

885,8f - *. . . mit diesem Blute zu leben.* Karl der Kühne hat sich, im Gegensatz zu seinem Vater Philipp, nicht mehr als Franzose gefühlt (L 43, 311). Diese Entfremdung von Frankreich, die er auch zum Teil aus politischen Gründen betonte, führte dazu, daß er öfters englisch sprach oder sich nach der Herkunft seiner Mutter Isabella einen Portugiesen nannte. Seine äußerliche Gestalt hatte er gewiß von seinen portugiesischen Vorfahren.

886,7ff - *Der Prinz von Tarent, der Herzog von Cleve, Philipp von Baden, der Herr von Château-Guyon.* „Der 24 jährige Prinz von Tarent war 1475 mit 15.000 Mann in Besançon zu den Truppen des Herzogs gestoßen, um um seine Erbtocher Maria zu werben. . . . Die drei anderen von Rilke genannten Männer stellten . . . die Blüte" des niederländisch–burgundischen Adels „dar" (L 83, 123f).

Herzog Philipp von Cleve, Sohn des Herzogs Adolph und der portugiesischen Prinzessin Beatrix, starb im Jahre

1528. Philipp von Baden war Sohn des Markgrafen Rudolf von Neuenburg und Patensohn Philipps des Guten. Der Herr von Château-Guyon, Herr von Granson, war aus dem Haus Oranien und General der Kavallerie.

886,14 - *Die Hörner von Uri.* Die großen Kriegshörner der vorrükkenden schweizer Truppen.

886,18 - *Dreikönigstag.* Der 6. Januar. Karl fiel am 5. Januar. Seine Leiche wurde erst am 7. Januar aufgefunden. Man suchte ihn also am Dreikönigstag.

887,26 - *Der Graf von Campobasso.* Zu dieser Gestalt erläutert von Witzleben:

> Er war der Vertraute Karls des Kühnen gewesen, als dieser keinem anderen mehr Zulaß zu sich gewährte. Er war Neapolitaner, war aber zu König René von Anjou übergegangen. Das friedliche Leben in der Provence mißfiel ihm und deshalb verließ er es und wandte sich zu Herzog Karl von Burgund, der immer gern italienische Krieger um sich sah. Er hatte Ludwig XI. angeboten, seinen Herrn lebendig oder tot zu übergeben. Dasselbe bot er Herzog René von Lothringen und den Schweizern an. Bei der Schlacht von Granson war er wegen einer angeblichen Pilgerfahrt abwesend und bei Nancy trat er offen zum Feind über, der sich aber weigerte, an der Seite eines Verräters zu kämpfen. Er hatte einige Getreue im burgundischen Heer zurückgelassen, ob sie oder andere den Herzog letztlich töteten, ist unbekannt (L 83, 136).

887,30 - *Gian-Battista Colonna.* Der letzte Mensch, der Karl am Leben sah, war der Page Gian-Battista Colonna. Er diente bei einem neapolitanischen Kapitän und bildet neben dem Narren in Rilkes Darstellung die Hauptperson bei der Suche nach der Leiche. Weil er aus einer alten römischen Familie stammen sollte, nennt ihn Rilke „den Römer" (889,14).

888,5 - *Louis-Onze.* Der Name stammt von Rilke.

888,30 - *Olivier de la Marche* erzählte in seinen Memoiren (L 52) von diesen Ereignissen. Ob er in Wirklichkeit dabei war, ist fraglich.

889,14 - *Der Römer.* (S. Anm. zu 887,30).

890,5f - *Gesicht.* Wegen der hier beschriebenen Umstände ist das Gesicht des Herzogs zu einem „Nichtgesicht" geworden (L 79, 186). Nur die „groben Fehler" (890,3) werden nachgeprüft,

um die Identität des Leichnams festzustellen; die „Tugen-
den" des Herzogs sind aber daran nicht aufzudecken.

Am 25.3.10 schreibt Rilke an seinen Verleger Anton Kip-
penberg, wobei er seine Gefühle beim Durchlesen der Kor-
rektur der *Aufz.* mit denen des Narren vergleicht:

> Es war eigentümlich schwer, dieses Buch daraufhin
> durchzulesen: ich fühlte mich so traurig gekitzelt wie
> der Narr Karls des Kühnen, als er sitzt und sieht, wie
> man an seinem Herrn die groben Äußerlichkeiten fest-
> stellt (L 1, 261).

890,29f - *Puppenspieler.* Der Leichnam des Herzogs, der leer zurück-
bleibt, kommt ihm vor wie eine Puppe, der das Herzögliche
fehlt.

891,4 - *. . . daß ich nie ein richtiger Leser war.* Rilke beklagt sich öfters
in seinen Briefen über seine Unfähigkeit Büchern gegen-
über. In der ersten Pariser Zeit, als er „gewohnt war," in der
National-Bibliothek „viel Zeit zu verbringen," vergleicht er
sich mit den armen Menschen, die er in der Stadt um sich
sah.

> Und war ich nicht doch einer von ihnen, da ich arm war
> wie sie und voll Widerspruch gegen alles was die an-
> deren Leute beschäftigte und freute und täuschte und
> trug? Leugnete ich nicht alles was um mich herum galt, -
> und war ich night eigentlich obdachlos, trotz des
> Scheines einer Stube, in der ich so fremd war, als theilte
> ich sie mit einem Unbekannten? Hungerte ich nicht,
> gleich ihnen, an den Tischen auf denen Speisen stan-
> den, die ich nicht berührte, weil sie nicht rein und nicht
> einfach waren, wie die, die ich liebte? Und unterschied
> ich mich nicht, wie sie, von den Meisten um mich schon
> dadurch, daß kein Wein in mir war, noch irgend sonst
> ein täuschendes Getränk? (An Lou, 18. Juli 1903: L 11,
> 70).

Weniger als ein Jahr später schreibt er wieder an Lou:

> Zu den großen Bibliotheken hier [Göttingen] und in
> Paris fehlte mir der Schlüssel, die innere Gebrauchs-
> Anweisung (banal gesagt) und mein Lesen war ein Zu-
> fallslesen, weil es, aus mangelnder Vorbereitung, kein
> Arbeiten werden konnte (An Lou, 13.5.1904: L 11, 164).

In einem Brief aus dem Jahre 1924 an den Göttinger Literar-
historiker Hermann Pongs schreibt Rilke über die Lektüre
der Münchner Zeit [Sept. 1896-Okt. 1897]. Er erwähnt u.a.
die Dichter Jacobsen und Liliencron.

> Übrigens war es Jacob Wassermann, dem ich den ersten,
> fast strengen Hinweis auf diese Bücher (sowie auf
> Turgenieff) zuschreibe; das lyrische Ungefähr, in dem
> ich mich bewegte, machte ihn, der die Arbeit und Erar-
> beitung im Künstlerischen schon werten und ausüben
> gelernt hatte, ungeduldig-, und so legte er mir eines
> Tages in München, als eine Art Aufgabe, diese Werke in
> die Hand, die er sich kurz vorher selbst maßgebend ge-
> macht hatte. Daß ich, von mir aus, so zugängliche
> Bücher zu finden nicht fähig war, erinnert mich an
> meine heillose Unbeholfenheit im Lesen; ohne die be-
> rühmten Bücherkästen, die Seine entlang, die einem die
> Bücher aller Zeiten an den Rand des Lebens legen-, was
> würde ich je gefunden haben! (17. Aug. 1924: L 1, 879).

891,29f - *Veränderungen.* Vgl. Anm. zu 834,1f.

892,16   - *Ulsgaard.* Vgl. Anm. zu 715,14ff.

892,19   - *Sorö.* Sorø Akademi, die Adelsakademie zu Sorö, die Malte
besuchte.

894,1   - *Schack-Staffeldt.* Unter den hier von Malte erwähnten Dichtern fällt der Name Adolf Wilhelm Schack von Staffeldt
(1769-1826) auf. Schiller, Scott und Calderón sind bedeutende Figuren in der Weltliteratur; Baggesen und Öhlen-
schläger, kaum mit den anderen an Ruhm und Bedeutung
zu vergleichen, sind zu ihren Lebzeiten trotzdem bedeutende dänische Dichter gewesen. Nur Schack-Staffeldt
scheint durch seine auch in Dänemark unbedeutende Stelle
in der Literatur eine Ausnahme zu sein. Rilke kannte ihn
ausschließlich durch den bekannten dänischen Schrift-
steller und Kritiker Georg Brandes (Morris Cohen, 1842-
1927), mit dem er in Kopenhagen mehrere Male verkehrte
und dessen Abhandlung über Schack-Staffeldt in *Danske
Personligheder* (1899) er wohl kannte (L 72, 136).

894,13   - *Abelone.* Es handelt sich hier nicht mehr um die Tante des
ersten Teils, sondern um eine gesteigerte Form, eine gesteigerte Wirklichkeit der Gestalt Abelones. Maltes Erkenntnis ihres Wesens geschieht auf einmal, indem er sie im
Garten bei der Arbeit betrachtet (894,30ff).

896,3 - *An Bettine*. Bettine ist Malte ein neuer Anlaß, von der Figur
der einsamen und verschmähten Liebenden zu sprechen
(vgl. Anm. zu 832,22). Sie begegnet ihm in vielen Bereichen
und auf vielen Ebenen. Im Rahmen der Struktur des Romans begegnet sie ihm zum ersten Mal auf den Teppichen
im Musée de Cluny in Paris (vgl. Anm. zu 826,24ff und
830,1). Er findet sie wieder in der Gestalt der Bettine, er erkennt sie in Abelone als reales Erlebnis, und studiert sie in
einer großen Reihe historischer Figuren (vgl. 925,6ff).

Die Eigenart von Bettines Roman *Goethes Briefwechsel mit
einem Kinde* ergibt sich nicht aus ihrem Umgang und Leben
mit Goethe. Was ihn nach Form und Inhalt bezeichnet, ist
die Tatsache, daß Bettine die Gestalt ihres Geliebten aus
sich selbst und aus ihren Liebesvorstellungen schuf. Rilke
las den Roman im Jahre 1908. Über seine Eindrücke schrieb
er im September desselben Jahres an seine Frau:

> Ich lese den „Briefwechsel Goethes mit einem Kind",
> dieses starke inständigste Zeugnis gegen ihn, das alle
> meine Verdachte bestätigt. Du verstehst, das ist, un-
> beschadet seiner universellen Existenz, mit dem
> äußersten Maßstab gemeint. Malte Laurids hat davon
> angemerkt: „Goethe und Bettine: da wächst eine Liebe
> an, unaufhaltsam, zeitfällig und im Recht, wie die Flut
> des Meeres, wie das steigende Jahr. Und er findet nicht
> die einzige Gebärde, sie über sich hinauszuweisen, dort-
> hin, wohin sie meint. (Er ist äußerste Instanz); er nimmt
> sie an, großmütig, ohne sie recht zu gebrauchen; ge-
> scholten, verlegen, anderwärts mit einer Liebschaft
> beschäftigt-."
> Malte Laurids hat recht; aber, seit gestern denk ich, daß
> Rodin ähnlich versagt hätte in solchem Fall, nur mit
> sympathischerer Gebärde; und wie waghalsig es ist, zu
> verurteilen, wo SOLCHE Kräfte versagen; an den Kon-
> ventionen der Liebe sich auflösen wie ein Wölkchen:
> ohne Zorn, ohne Gewitter, ohne befruchtenden Erguß
> über die dürstende Erde-.
> Wie herrlich ist diese Bettine Arnim: einmal bin ich einer
> Frau begegnet, die ein Stück weit so war. Damals geriet
> ich in eine unbeschreibliche Bewunderung und merkte
> das Wort von der Sensualité de l'âme vor, die seit Sap-
> pho eine von den großen Verwandlungen war, durch die

die Welt langsam wirklicher wird. Und nun sehe ich in
der Bettine, daß es das schon ganz und gar gegeben hat
(während Goethe es anstaunte und nicht glaubte und
sich erschreckt fühlte dadurch). Was ist sie für ein Element; was für ein Umgestalter, was für ein Ansturm in
der Luft ihrer Zeit. Wie hätte man sich geliebt, face en
face. Ich hätte wohl ihre Briefe beantworten mögen; das
wäre wie eine Himmelfahrt geworden, ohne Scham, vor
aller Augen. (An Clara Rilke, 4. Sept. 1908: L 1, 231-32)

Der erste Teil des Romans stützt sich auf Geschichten, die
Goethes Mutter Bettine in Frankfurt aus der Jugend ihres
Sohnes erzählte. Die Briefe im Hauptteil stammen aus Bettines Briefwechsel mit Goethe aus den Jahren 1809-1822. Der
sechzigjährige Goethe verhält sich in seinen Briefen kühl
und zurückhaltend ihr gegenüber, daher Abelones Ermah-
nung, Goethes Antworten nicht zu lesen (Textauszüge:
Anhang[12]).

898,5f   - *Wie ist es möglich,* . . . Vgl. Anm. zu 723,19.

898,9   - *Dein größter Dichter.* Goethe.

898,23   - *. . . die „das Amt der Engel verrichtete."* Auf die Frage, wor-
aus das Zitat stamme, antwortete Rilke, es komme „aus Bettines Aufzeichnungen, wahrscheinlich dem 'Briefwechsel
mit einem Kinde'" (L 5, V, 361).

898,29ff - *Das Schicksal . . . das Leben.* Rilke versucht „eine Wert-
pyramide . . . zu begründen, daß ,das Leben größer ist als
das Schicksal.' . . . Das elementare ,Leben' soll die Ideal-
gestalt über das ,Schicksal' erheben" (L 74, 286-87).

899,3   - *Der Heilige.* Vgl. Anm. zu 878,17.

899,15   - *Heloïse* (1100-1163), als Liebespartnerin Abelards in der Literatur berühmt, verfaßte viel gelesene Briefe, die das Thema
Rilkes enthalten. Möglich wäre, daß Rilke die ihr im Jahr
1779 gewidmete Grabschrift kannte (Anhang[13]).

899,17   - *Die Portugiesin.* Vgl. Anm. zu 833,4.

899.23f - *Ich habe niemals gewagt, von ihm eine Zeitung zu kaufen.*
Die Gestalt des Zeitungsverkäufers gehört künstlerisch
mit den Liebenden und Heiligen zusammen. Sie bildet eine
Art Steigerung der Fortgeworfenen aus dem ersten Teil und
geht dann schließlich in der Gestalt Christi, d.h. in der Gestalt eines Heiligen, auf.

Ich weiß jetzt, daß es mir ein wenig half, an die vielen
abgenommenen Christusse aus streifigem Elfenbein zu

denken, die bei allen Althändlern herumliegen. Der Gedanke an irgendeine Pietà trat vor und ab- (900,23).

Der Widerspruch, der scheinbar zwischen Fortgeworfenen und Heiligen besteht, wird von Rilke in einer Totalität der Vorstellungen aufgehoben: Malte erkennt sie in der Figur des elenden Königs Karl VI. von Frankreich (1380–1422), „Le bien Aimé" genannt. Rilke erarbeitete sich ein Bild der historischen Figur durch eingehendes Studium der Quellen aus dem fünfzehnten und sechzehnten Jahrhundert. Der König, durch die politischen Streitigkeiten seiner Onkel, der Grafen von Anjou, Burgund und Bourbon, schwer bedrängt, und durch seine eigene zunehmende Geisteskrankheit in seiner Handlungsfähigkeit fast völlig behindert, erscheint in jenen Quellen als hilfloser, unberatener, einsamer Herrscher.

905,23ff - *Ich weiß, wenn ich zum Äußersten bestimmt bin, . . .* Diese Zeilen bilden den Übergang zwischen den vorangegangenen Darstellungen der Fortgeworfenen und Elenden und der Figur Karls VI. Die Verstellung in den „besseren Kleidern", auf die hier angespielt wird, steht in Kontrast zum Erscheinungsbild des Zeitungsverkäufers, bei dem „nichts . . . nebensächlich sei": (901,4f) denn Rock und Kragen, Kravatte und Hut gehören unveränderlich zu ihm. Die Armen verstellen sich nicht; sie sind „das wahrhaft Seiende, die ewige Konstante in der Veränderlichkeit des Lebens" (L 65, 42). Sie „erhalten sich fast wie Ewige. Sie stehen an ihren täglichen Ecken, auch im November, und schreien nicht vor Winter. Der Nebel kommt und macht sie undeutlich und ungewiß: sie sind gleichwohl. Ich war verreist, ich war krank, vieles ist mir vergangen: sie aber sind nicht gestorben" (904,4ff).

905,28 - *Die Parke.* Weil Malte in Karl VI. eine Gestalt findet, an die er „glauben" kann, „beweisen" ihm „die Parke" in Paris und Versailles „nichts mehr". Wie er an die Armen glaubt, obwohl er meint, er habe „nicht das Herz zu ihrem Leben" (903,19f) und besitze „weder ihre Stärke noch ihr Maß", (904,2f) so glaubt er in seiner Einsamkeit an Karl. Die Parke, das Erbe der Herrlichkeit anderer Könige, dauern wie jede Herrlichkeit nur einen Augenblick; später haben sie keine Bedeutung mehr. Der König aber - und hier wird gemeint: der König in seiner äußersten Einsamkeit und in seinem tiefsten Leiden - „soll dauern".

Nur zu diesem nackten König, in der brutalen Einsamkeit seines Amtes, ohne „bessere Kleider" und ohne die Möglichkeit, sich zu verstellen, kann Malte eine Beziehung finden. Durch seine geistige und körperliche Armut gewinnt Karl VI. seine überragende Stellung für Malte, der in ihm eine Figur, die seinem eigenen seelischen Zustand entspricht, entdeckt.

906,3ff   - *Ist nicht dieser der Einzige, der sich erhielt unter seinem Wahnsinn* . . . Daß er sich „erhielt", bezieht sich auf das, was für Malte an dieser Elendsfigur von Wichtigkeit ist, denn in rein historischem Sinne hat sich die Gestalt Karls VI. ebenso wenig erhalten wie die der Könige, die die Parke bauten. Quelle zu der Darstellung des elenden Königs ist Jean Juvenal des Ursins *Histoire de Charles VI* (L 82).

906,6f   - *Jean Gerson* (1363-1429) war einer der bedeutendsten politischen und theologischen Figuren des vierzehnten Jahrhunderts. Seit 1395 war er Kanzler der Sorbonne und galt als Freund des Volkes und der Mystik. In der Rede, die Gerson vor dem König Karl VI. hielt, griff er den Hof an und erklärte ihn wegen seiner Maßlosigkeit und Eigennützigkeit dafür verantwortlich, daß das Reich in so schlechte Umstände geraten war (L 82, 177) (s. Anhang[14]). Die Rede wurde im Jahre 1405 gehalten, als der König wieder bei schlechter Gesundheit war; es ging darum ausdrücklich um das Königtum von Gottes Gnaden, und daß Gerson dem König den elenden Zustand seines Reiches anschaulich darstellte. Obwohl anzunehmen ist, daß Rilke in Paris die vollständige Rede von Gerson gelesen hat, wird gleichzeitig der Einfluß Juvenals an dieser Stelle erkennbar, denn wie Juvenal bringt auch Rilke unmittelbar anschließend die ausführliche und gegenständliche Krankheitsschilderung des elenden Königs.

906,10ff - *Das war damals, als von Zeit zu Zeit Männer fremdlings, mit geschwärztem Gesicht, ihn in seinem Bette überfielen* . . . Juvenals Bericht scheint die maßgebende Quelle Rilkes zu sein (s. Anhang[15]). Eine ähnliche Schilderung findet sich sonst nirgends. Rilke bringt fast dieselben Tatsachen wie Juvenal, läßt aber Malte - und darin unterscheidet sich Rilke von seiner Quelle - unmittelbaren, erregten Anteil an den Leiden des Königs ausdrücken. Es handelt sich für Malte ausdrücklich um ein „Aas" (907,1), um ein Aas im Besitz einer Seele. Eiter, Schmutz und Gestank werden zu Zeichen der Hilflosigkeit, das Amulett und die „jäsige Wunde" (906,17) zu Reliquie, in der das Wesen des Hilflosen, des Elenden sichtbar wird und an die keiner herantreten kann, ohne angeekelt zu werden. Durch das persönliche Erlebnis Maltes verleiht Rilke der Gestalt des kranken Königs Größe und künsterliche Aussagekraft.

906,17 - *Die jäsige Wunde.* „Jäsig" erklärt Rilke im Fragebogen an Hulewicz als „voll Eiter und Fäulnis stehend - alter Ausdruck" (L 5, V, 361).

906,28 - *Parva regina.* Die „kleine Königin" ist Odette de Champdivers. Man weiß von ihr nur, was der Mönch von Saint-Denis am Ende seiner sechsbändigen Chronik berichtet:

> Comme on craignait fort qu'en raison de sa maladie il ne se portât à quelque violence contre la personne de la reine, on ne le laissait point coucher avec elle. Mais on lui avait donné pour concubine une jeune personne belle, gracieuse et charmante, qui était fille d'un marchand de chevaux. Cela s'était fait du consentement de la reine: ce qui semblait fort étrange. Mais quand elle songeait aux maux qui la menaçaient ainsi qu'aux violences et aux mauvais traitements qu'elle avait déjà endurés avec le roi, la pensée qu'entre deux inconvénients il vaut mieux choisir le moindre faisait qu'elle se résignait à ce sacrifice. La jeune fille fut amplement dédommagée de son dévouement. On lui donna deux beaux manoirs avec toutes leurs dépendances, situés l'un à Créteil et l'autre à Bagnolet. Elle était généralement et publiquement désignée sous le nom de la *petite reine.* Elle resta longtemps avec le roi, et eut de lui une fille, que le roi maria à un certain Harpendanne, en lui donnant la seigneurie de Belleville en Poitou: ce qui valut à la jeune fille le nom de demoiselle de Belleville (L 55, VI, 487-89).

Ihren Namen, Odette de Champdivers, gibt der Mönch nur nebenbei in einer Fußnote an.

907,8 - *Das Gesicht Juvenals.* Die Darstellung des Augenblicks, in dem der König das Gesicht des Juvenal erkennt und sofort gesund wird, weicht in Rilkes Text deutlich von der Quelle ab. Juvenal bringt ein Zitat; nur das, was gesagt und getan wurde, berichtet er. Über die Einwirkung auf den König wird nicht spekuliert. Bei Rilke aber liegt der Nachdruck auf dem zu vermutenden inneren Vorgang.

907,11ff - *Aber es lag an den Ereignissen jener Zeitläufte.* Es handelt sich um den großen Streit zwischen dem Herzog Philipp dem Kühnen von Burgund, dem Bruder des verstorbenen Königs Karl V. und Oheim Karls VI., und dem Herzog Ludwig II. von Orléans, dem Bruder von Karl VI., der den Anfang des 15. Jahrhunderts in Frankreich beherrschte. Die Auseinandersetzung begann mit der Frage der Regierungsführung während der Krankheit Karls VI. und weitete sich aus, bis sie jede politische Frage der Zeit mit einschloß. Juvenal und Monstrelet haben den Streit sorgfältig dargestellt. Im „Fragebogen" erwähnt Rilke die von Buchon veranstaltete Ausgabe der französischen Chroniken, *Collection des Chroniques nationales françaises*, in denen Monstrelet ab 1400 die Berichte von Froissart fortsetzte. Rilke hat diese Chroniken mit größtem Interesse gelesen, und es ist anzunehmen, daß er nicht nur den von ihm erwähnten Chroniken von Froissart sondern auch denen von Monstrelet seine Kenntnisse der geschichtlichen Ereignisse der Zeit verdankt.

907,16   - *Valentina Visconti*. Schwägerin Karls VI., die Frau des ermordeten Herzogs von Orléans und Tochter des Johann Galeazzo Visconti, Herzogs von Mailand. Sie war eine der wenigen, die den König in seinem Wahnsinn beruhigen konnten. Die Quelle ist Juvenal (s. Anhang[16]).

Die Worte „liebe Schwester" (907,16f), die Rilke im Text aus Juvenal übernimmt (vgl. im Anhang[16] die Wörter *belle soeur*), lassen ein historisch nicht belegbares Verhältnis zwischen ihr und dem König entstehen. Monstrelet und Froissart erwähnen nichts desgleichen, während der Mönch von Saint-Denis folgendes berichtet:

> De toutes les femmes, madame la duchesse d'Orléans etait celle dont la présence lui était la plus agréable; il l'appelait sa soeur bien aimée, et allait la voir tous les jours (L 55, III, 753).

Die beiden Frauengestalten, Valentina und Odette, sind historisch betrachtet Nebenfiguren im Leben des Königs; sie gehören nicht zu den großen Ereignissen der Zeit, wie z.B. dem Streit, der aus der Ermordung des Herzogs von Orléans entstand. Bei Rilke wird das Valentina-Erlebnis damit gleichgesetzt. Durch ihre Erwähnung an dieser Stelle, wo ausdrücklich die Schwere der Zeit geschildert wird, hebt Rilke die menschliche Seite des Königs hervor, eine Seite seines Charakters, für die es weder bei Juvenal noch bei Froissart noch bei Monstrelet irgendeinen Hinweis gibt.

Während bei Juvenal eine ausführliche Schilderung von Valentinas Auftreten vor dem König - wie sie Rache verlangt und er sie ihr verspricht - fehlt, findet sich bei Monstrelet die folgende Beschreibung:

> Avec lesquels et plusieurs autres seigneurs, elle entra dedans Paris honorablement; et avec grand' quantité de gens et de chevaux, à l'hôtel de Saint-Pol, s'en alla où le roi étoit, et là eut audience; et présentement devant le roi se mit à genoux, faisant très piteuse complainte de la très inhumaine mort de son seigneur et mari. Laquelle finie, le roi, qui étoit assez subtil pour lors, et étoit relevé nouvellement de sa maladie, la baisa, et en pleurant la leva, et lui dit que de sa requête il ne seroit selon l'opinion de son conseil; et elle, ouïe cette réponse, s'en retourna en son hôtel (L 61, XXVI, 223).

Der Mönch von Saint-Denis bringt ungefähr dieselben Einzelheiten über diesen Zwischenfall, nur endet es bei ihm anders (Anhang[17]). Von der Meinung der königlichen Berater ist nicht die Rede; der König tröstet Valentina und die Konfrontation erschüttert ihn so sehr, daß er gleich darauf wieder erkrankt. Ob der König in der Tat Rache versprach oder ob er ihr nur Schutz gegen weitere Angriffe des Herzogs von Burgund garantierte, bleibt wie bei allen Quellen offen. Rilke nahm das Racheversprechen in seinen Text hinein, offenbar weil es ihm künstlerisch nützlich erschien, um die Schwachheit des Geisteszustandes und die inneren Leiden des Königs hervorzuheben.

Eine nähere Beschreibung des äußeren Zustandes der Valentina, wie sie zum König geht und Rache verlangt, gibt nur der Mönch von Saint-Denis (Anhang[18]).

907,17f - *Lauter Witwenschwarz* entspricht den Worten „en appareil de deuil" in der Quelle (vgl. Anhang[18]).

907,20 - *Der zähe, redige Anwalt* ist Jean Petit, der am 8. März 1407 die Ermordung des Herzogs von Orléans verteidigte und für berechtigt erklärte. Juvenal nennt diese Verteidigung „une pernicieuse doctrine" (L 82, 191). Monstrelet bringt den ganzen Text der Rede und widmet ihr achtzig Seiten. In Wirklichkeit war der König nicht anwesend dabei, wie es bei Rilke den Anschein hat, sondern wegen seiner Krankheit mußte er durch den Dauphin vertreten werden. Die Rede war eine öffentliche Gemeinheit, in der Jean Petit den Herzog von Orléans zum Satan selbst erniedrigte und ihn „Tyrann" nannte (Anhang[19]).

907,24 - *Valentina von Orléans starb Kummers.* Über den Tod Valentinas berichtet Juvenal (Anhang[20]). Monstrelet stimmt mit ihm überein, wenn er berichtet, sie sei gestorben . . .

> . . . de courroux et de déplaisance de ce qu'elle ne pouvoit avoir justice de la mort de son feu bon seigneur et mari, envers le roi frère dudit défunt, ni son conseil contre le duc Jean de Bourgogne (L 61, XXVII, 48).

907,28 - *Die Stadt Argilly* wird bei Juvenal, aber nicht bei Monstrelet erwähnt. Aus Argilly schreibt der Herzog Jean „sans Peur" de Bourgogne an den König Charles VI. Es gelingt ihm immer wieder, für seine Taten, insbesondere für den Mord seines Neffen, Verzeihung zu erhalten, bis auf das eine Mal, wovon es 1408 heißt:

> Et mêmement en ces propres jours au pourchas de ladite duchesse d'Orléans et de ses enfants, en la présence de la reine, du duc d'Aquitaine et de tous les princes là étant avec le conseil royal, le roi reconça et annula du tout les lettres de pardon qu'il avoit autrefois données et octroyées à icelui duc de Bourgogne pour la mort dessusdite, et jugea icelles être de nulle valeur (L 61, 41-42).

907,29f - . . . *behauptete, nachts die Hirsche schreien hören zu müssen.* Daß der Herzog - wie es bei Rilke heißt – behauptete, „nachts die Hirsche schreien hören zu müssen zu seiner Erleichterung" ist aus den Quellen nicht zu belegen. Es ist möglich, daß Rilke diesen Zug hinzudichtete, um auch den „Jean sans Peur", der soviel Schreckliches anrichtete, als fühlenden Menschen darzustellen, was in den Quellen völlig fehlt.

908,3 - *Ratlos.* Die Hauptcharakterzüge und die menschlichen Beziehungen des Königs Karl VI. sind schon in den Quellen enthalten; den dazugehörenden historischen Hintergrund aber hat Rilke zum größten Teil ausgelassen. Es ist, als ob man historische Ereignisse außerhalb ihres historischen Kontextes lese. Dem Leser, der kein Fachmann für die dargestellte Zeit ist, bleibt eine Rilkesche Gestalt; sie ist - das

ergibt die Durchsicht der Quellen - als solche historisch be-
legbar, hat aber durch die Form der Darstellung im Maltero-
man und eine Verschiebung des Nachdrucks auf einen
seelischen Vorgang ein neues Angesicht bekommen.

Historisch gesehen erscheint Karl VI. anders als er uns
von Rilke vorgeführt wird. Als junger Mann und vor dem
Beginn seiner Geisteskrankheit interessierte er sich mehr
für Festlichkeiten, Tänze und schöne Frauen als für die Po-
litik. In jeder Quelle wird ihm das vorgeworfen, und Denys
Godefroy, der Herausgeber der zweiten Ausgabe von Juvenals Geschichte, hält seine Krankheit ausdrücklich für
das Ergebnis einer schlecht verbrachten Jugend. Froissart
äußert sich gleichfalls darüber:

> . . . et avoient bien les sages du royaume de France cette
> connoissance que le roi, par incidence corporelle et les
> grands excès que du temps passé il avoit faits, eut par
> foiblesse de chef il s'inclinoit trop fort à cheoir en ma-
> ladie (L 36, XXIII, 188).

Der kranke und schwache König entwickelt sich allmählich
zum politischen Werkzeug, das mit der Zeit in die Gewalt
seines mächtigen Onkels, des Herzogs von Burgund,
kommt und dessen politischen Absichten dient. Beim Ein-
zug des Herzogs in die Stadt Paris im Jahre 1418, vier Jahre
vor dem Tod des Königs, geschieht, nach dem Bericht von
Monstrelet, folgendes:

> . . . dont l'une des parties allèrent à l'hôtel du roi, à
> Saint-Pol, où ils rompirent les portes et les huis, et firent
> tant qu'ils parlèrent au roi, lequel fut content de leur ac-
> corder tout ce qu'ils demandoient. Et tantôt le firent
> monter à cheval, et le frère du roi de Chypre avecque
> lui, et chevaucher avecque eux parmi la ville de Paris
> . . . Et d'autre part, le duc de Bourgogne, qui avoit le roi
> et la reine du tout en son gouvernement, se faisoient
> toutes besognes ès pays à eux obéissants, à son plaisir
> (L 61, 88-89 und 125).

Im Jahre 1420, zwei Jahre vor dem Tod des Königs, berichtet
Monstrelet die folgende erschütternde Szene:

> En après, la fête de Noël venue, tinrent les deux rois, et
> les reines leurs femmes, leurs états dedans Paris, c'est à

savoir le roi de France, en son hôtel de Saint-Pol, et le roi
d'Angleterre au Louvre. Lesquels états furent bien dif-
férents l'un à l'autre, car le roi de France étoit petitement
et pauvrement servi et accompagné, au regard du noble
et puissant état qu'il souloit (avoit coutume) avoir; et à
peu cedit jour fut visité ni accompagné, sinon d'aucuns
vieux serviteurs et des gens de petit état . . . . (L 61,
XXIX, 292).

Man findet viele ähnliche Berichte darüber in jeder der
Quellen. Für den Historiker geschehen die wichtigsten Ereignisse der Zeit um den König herum und trotz des Königs. Er selbst veranlaßt fast nichts, obwohl in seinem Namen vieles unternommen wird. Die hier umrissene Gestalt
wurde von Rilke übernommen und so verwandelt, daß
ein neuer König Karl VI. entstand. Worauf es bei ihm an-
kommt, ist: er hat eine Seele und erfaßt sein eigenes Elend
und das Elend seines Reiches und leidet nicht daran. Krank
und hilflos ließ er seine „liebe Schwester" wie auch das
Reich im Stich, überwältigt von der Macht der Ereignisse,
vom Verlust des Bruders, von Streit und Verbrechen.

908,3f - *Aber das Volk freute sich des Anblicks.* Wie seine Hilflosigkeit
vor den Geschehnissen der Zeit durch Quellen belegt ist, so
ist es eine historische Tatsache, daß das Volk ihn trotzdem
„le Bien-Aimé" (L 61, XXVI, 53) nannte. Das Volk verehrte
ihn: sein Königtum bedurfte keines weiteren Beweises.

908,9 - *Vielleicht.* Das Wort ist hier besonders zu unterstreichen,
denn Rilke gibt damit zu verstehen, daß er an dieser Stelle
vieles hinzugedichtet hat. Die Überlegungen des Königs
sind nicht historisch zu belegen.

908,10 - *Roosbecke.* Froissarts großartiger Bericht über die Schlacht
bei Roosbecke gibt einen wichtigen Anlaß zu späteren
Besprechungen über den inneren Zustand des Königs
(Anhang[21]).

908,28 - *Das Mysterium der Liebe.* Die Darstellung der Situation des
Königs vor dem verehrenden Volk, die auf knapp zwei
Seiten Darstellung eines bedeutenden inneren Vorgangs ist,
hat thematische Ähnlichkeiten mit dem Gedicht von Baudelaire, „Une Charogne"(vgl. Anm. zu 775,17). Es laufen hier
zwei Themen ineinander, zum einen das Fortgeworfensein
und zum anderen die Liebe und das Heiligsein.

Baudelaires Gedicht ist seinem Inhalt nach zweischichtig;
es handelt erstens von der schrecklichen Wirklichkeit des

Aases, und zweitens von dem, was durch die Liebe daraus zu retten ist. Das wichtige Element ist die Liebe, denn ohne sie gäbe es nicht außer dem Gegenstand am Wege die dauernde unzerstörbare Existenz dieses Gegenstandes im Bewußtsein des Menschen. Bei Rilke spürt man einen ähnlichen Vorgang; den kranken König auf seinem Bett bezeichnet Rilke als ein „Aas", das in seinem Bett überfallen, erschreckt, verhöhnt, und ohne irgendeine Zärtlichkeit behandelt wird. Er ist allein in seinem Wahnsinn; „niemand half ihm aus den Schluchten seiner Seele". Der König denkt in einem lichten Augenblick auf dem Balkon seines Hôtels an seinen „heimlichen Fortschritt"; er denkt an das Schreckenbild seines ersten Sieges, der Schlacht bei Roosbecke (vgl. Anm. zu 908,10).

Das Wesentliche liegt in diesem „heimlichen Fortschritt", in der Veränderung, denn für Malte erreicht der König, als er vor seinem Volk dasteht, neue Geltung. Äußerlich zeigt er noch die Merkmale des Aases; Gott gegenüber aber - und das spürt auch das Volk - verkörpert er nun das Königliche aus Gottes Gnade: „Dies hier wollte nicht begriffen sein; es war genau so wunderbar wie einst der Hirsch mit dem goldenen Halsband im Wald von Senlis. Nur daß er jetzt die Erscheinung war, und andere waren versunken in Anschauen" (908,30ff).

Auch bei Baudelaire gewinnt das Aas eine andere Geltung; es wird eine aufblühende Blume, eine sich entfaltende Welt: „Et ce monde rendait une étrange musique / Comme l'eau courante et le vent, . . ." Der Himmel sieht das Aas „comme une fleur s'épanouir", die in sich eine größere Bedeutung trägt. So empfindet auch Malte die Gestalt des Königs. Das Wunderbare und das Unbegreifliche werden jetzt erfaßt in ihm; wie das Aas in Baudelaires Gedicht blüht auch er auf und entfaltet aus seinem eigenen Dasein eine Heiligenerscheinung:

> . . . er rührte sich nicht, aus Scheu, zu vergehen, das dünne Lächeln auf seinem breiten, einfachen Gesicht nahm eine natürliche Dauer an wie bei steinernen Heiligen.

Dieser Umschlag beruht für Rilke auf dem „Mysterium der Liebe", das so unbegreiflich ist wie der Hirsch damals war (vgl. Anm. zu 909,2f). Als König, der nur von Gott seine

Macht bekommt und der in seinem Königsein ewig ist, steht Karl vor seinem Volk, und in diesem Augenblick erreicht seine Existenz neue Geltung.

Bei beiden Dichtern geht es hauptsächlich um die Liebe. Bei Baudelaire entsteht sie allmählich aus einem Traumzustand: „Les formes s'effaçaient et n'étaient plus qu'un rêve . . .", und daraus entsteht das, was für ihn eigentlich gilt, nämlich: „. . . la forme et l'essence divine / De mes amours décomposés!" Durch die Liebe wird hier für den Dichter ein neuer Geltungsbereich erreicht, was auch, obwohl anders gestaltet, bei Rilke geschieht; vom „Triumph des Todes" ist Karl nun soweit fortgeschritten, daß er in seiner Ewigkeit für das Volk zu einem Gegenstand der Liebe geworden ist.

Der kranke König Karl ist ein Fortgeworfener; seine übergroßen körperlichen und seelischen Leiden lassen das ohne weiteres sichtbar werden. Die „jäsige Wunde", der Gestank, die Würmer, und die Verwilderung seines Geistes machen aus ihm ein Aas. Es bleibt aber eine Seele voll Einsamkeit und Verzweiflung übrig; Jean Gerson verlangt von ihm, „daß er ewig sei", und trotz seiner Krankheit und seiner Dürftigkeit wird er vom Volke „le Bien-Aimé" genannt. So verbinden sich in ihm die Themen des Fortgeworfenseins und des Heiligseins. Daß Malte das begreifen kann, beweist die Veränderung, die in ihm vorging. Er machte sie sich bewußt an dem inneren Vorgang, den er den König in der Szene vor dem Volk erleben läßt. Er begreift: es kann einer ein Fortgeworfener sein, und zugleich kann sich an ihm „das Mysterium der Liebe" vollziehen.

In einem Brief an Clara vom 19. Oktober 1907 sagt Rilke zu Baudelaires Gedicht: „Erst mußte das künstlerische Anschauen sich so weit überwunden haben, auch im Schrecklichen und scheinbar nur Widerwärtigen das Seiende zu sehen, das, mit allem anderen Seienden, gilt" (L 1, 195). Wie für Baudelaire aus dem Schrecklichen und Widerwärtigen das Seiende künstlerisch sichtbar wird, nämlich die „forme et l'essence divine / . . .", so wird es für Malte an der Gestalt des elenden Königs sichtbar. Malte hat sich künstlerisch soweit gebracht, daß er an diesem Aas „das Seiende zu sehen" nun fähig ist. Einen solchen Zustand erreicht er im ersten Teil des Romans noch nicht. Er entsteht erst allmählich aus der Gedankenentwicklung Maltes, die in dieser Königgestalt ihren Schwerpunkt findet. Karl VI., „le Bien-

Aimé", stellt für Rilke das Ende einer künstlerischen Entwicklung dar, denn er ist einer, der das Schreckliche und das Schwere am Leben überstanden hat und der trotz seines Schicksals weitermacht. Er ist zu einer Erscheinung geworden, die in der Welt nur den Sinn mehr hat, „daß er hier stand auf seinen schwachen Knieen, aufrecht in allen diesen Augen: das Mysterium der Liebe." In diesem Augenblick auf dem Balkon von Saint-Pol zeigt er der Menge einen „jener Augenblicke, die die Ewigkeit sind, in Verkürzung gesehn."

909,2f - *Der Hirsch mit dem goldenen Halsband im Wald von Senlis.* Die Geschichte des Hirsches von Senlis kommt bei Froissart und bei Juvenal vor. Rilke bevorzugt den Bericht des Juvenal. Froissart gab seinem 164. Kapitel des ersten Buches den Untertitel: „De une très merveilleuse vision, que le jeune roi de France eut de nuit en dormant en la ville de Senlis sur le fait de son entreprise" (L 36, XVIII, 236). Hierin erscheint dem König im Traum ein fliegender Hirsch mit zwei Flügeln, der aus dem Wald kommt und sich vor ihm verbeugt. Von einem goldenen Halsband wird nicht gesprochen. Da der Hirsch im Traum erscheint, liest sich das Kapitel mehr wie ein Märchen als ein historischer Bericht. Am Ende wird erzählt, daß der König von diesem Traum so beeindruckt war, daß er den fliegenden Hirsch „en sa devise" mit auf dem Feldzug gegen die Genter getragen hat.

909,18 - *Jean Juvenal des Ursins,* 1360-1431, war der Vater des Autors der hier so oft zitierten Geschichte Karls VI. und bekleidete das Amt eines „Prévôt des Marchands" in der Zeit Karls V. Er genoß das Vertrauen des Königs und wurde im Jahre 1400 zum „Avocat-Général au Parlement" ernannt. Er stand dem König Karl VI. in seiner Krankheit bei und kämpfte mit der Königin um die Führung der Regierung, wenn der König dazu unfähig war. Sein Sohn desselben Namens, 1388-1473, wurde im Jahre 1449 zum Erzbischof von Reims erwählt. Théodore Godefroy veröffentlichte im Jahre 1614 die erste Ausgabe seiner *Histoire* (L 82), die im Jahre 1653 durch seinen Sohn Denys neu herausgegeben wurde. Die in dieser Untersuchung gebrachten Zitate sind aus der späteren Ausgabe.

909,20f - *Die Passionsbrüderschaft,* auf französisch: la Confrèrie de la Passion, war eine Laienbrüderschaft von Schauspielern, die 1402 durch Karl VI. das Recht erhielt, die bisher verbotene

Aufführung der Passion Christi auf die Bühne zu bringen. Ihre Aufführungen sind seit 1380 urkundlich nachgewiesen (L 39). Zur Zeit Karls spielte sie im Trinitätspital; seine Unterstützung war für die Entwicklung des französischen Theaters ein wichtiges Ereignis, denn die Passionsbrüderschaft war die erste offizielle Truppe von Schauspielern in Frankreich (L 50, 147).

Über Karls Verhältnis zu der Brüderschaft berichten Ersch und Gruber in ihrer Enzyklopädie:

> Der wahnsinnige Karl VI. wohnte mehren ihrer Vorstellungen bei und fand so viel Vergnügen an denselben, daß er die Brüderschaft unter dem Titel der Meister, Vorsteher und Mitbrüder der Brüderschaft des Leidens und der Auferstehung unseres Herrn, gegründet in der heiligen Dreieinigkeitskirche zu Paris, bestätigte, wie dies aus seinem am 4. Dec 1402 ertheilten und am 12. März des folgenden Jahres im Chatelet einregistrirten Patente hervorgeht. Es schien selbst nach diesem Patente, daß er Lust hatte, Mitglied dieser Brüderschaft zu werden, denn er nennt die Mitglieder derselben im Anfange des Patents „seine Brüder" und veranlaßte auch andere, sich aufnehmen zu lassen. . . . Zugleich erlaubte ihnen Karl in der Kleidung, welche die zu spielende Rolle erforderte, ungehindert durch die Stadt zu gehen, und er nahm sie, um sie vor jeder Beleidigung zu schützen, während der Spielzeit in seinen besondern Schutz. Anfangs hatte die Passionsbrüderschaft kein bestimmtes Local für ihre Vorstellungen, endlich aber pachtete sie von den Mönchen, welche dem Dreieinigkeitshopitale vorstanden, einen 21 Toisen (126 Fuß) langen und 6 Toisen (36 Fuß) breiten Saal in dem genannten Gebäude, und schlug in diesem ihr Theater auf (L 33, 164).

909,24   - *Das Dasein im Paradiese.* Die Vorstellung, daß der König als „Anhalt . . . für das Dasein im Paradiese" gelten könnte, läßt sich erst im Zusammenhang der Ergebnisse, die die Besprechung der Situation des Königs vor dem verehrenden Volk brachte, verstehen: man sieht im Fenster nicht mehr den König Karl VI. in seinem ganzen Elend, sondern ausdrücklich nur seine „gestillte Figur".

909,28   - *Christine de Pisan,* um 1363 in Venedig geboren, verbrachte den größten Teil ihres Lebens in Frankreich, wurde französische Staatsbürgerin, und starb zwischen 1431 und 1440. Bekannt als Dichterin und „femme savante" interessierte sie sich auch sehr für das politische Leben Frankreichs. In diesem Buch, dem *Chemin de lang estude*, beschreibt sie eine lange Reise, auf der sie endlich das himmlische Haus der Vernunft erreicht. Da hört sie „gelehrte Streitreden" über das Thema des Friedens und bekommt selbst den Auftrag, die Ergebnisse dieser parlamentarischen Sitzung zu den französischen Prinzen und Herrschern zu bringen (L 85, 14). Das Buch widmete sie Karl VI. und überreichte es dem Herzog von Berry im März des Jahres 1403.

Im Text des Werkes zitiert sie mehrmals aus Boethius' „De Consolatione" in der Übersetzung von Jean de Meung, einem Buch, in dem sie, wie sie selbst angibt, in der Zeit ihres größten Leidens Trost gesucht und gefunden hat. Ihre Zitate sind die Stellen vor den „wahren Konsolation", in denen sie selbst Trost findet, und die der König zu seinem eigenen Trost immer wieder liest (310,7ff).

910,12   - *Die starke Cumäa* bezieht sich auf die Sibylla von Cumäa, die Äneas auf seinen Reisen in die Unterwelt geführt hat.

910,27   - *Karten*. Die im Text erwähnten Abbildungen beziehen sich auf die Bilder des Künstlers Jacquemin Gringonneur, der am Hofe angestellt war, um den König mit Bildern und Bilderhandschriften zu unterhalten (L 27, 115). Die Unzufriedenheit des Königs darüber, daß die Bilder festsaßen und nicht zu bewegen waren, hat Rilke wohl hinzugedichtet. Das Kartenspiel, das hier „unter den Hofleuten in Mode kam" (911,2f), beruht auf einem historischen Mißverständnis, und zwar geht es dabei um Valentina Visconti, die aus Mailand die Karten mitbrachte und zu ihrer eigenen Unterhaltung das „jeu de quatre sarrazines" spielte. Es wurde immer behauptet, das Spiel wäre in Frankreich zur Zerstreuung des Königs erfunden worden; „die Wahrheit ist vielmehr, daß Valentina den König das in Italien bereits lange bekannte Kartenspiel gelehrt hatte" (L 28, 26). In der Textstelle sitzt der König in seiner Bibliothek und spielt allein. Was Karl VI. gespielt hat, ist nicht zu belegen, aber Tatsache ist, daß sich in seinem Besitz eine handgemalte Kartenreihe befand, die gleichfalls vom Maler Jacquemin Gringonneur für den König im Auftrag des Hofes angefertigt wurde:

In 1392, in the register of the Chambre des Comptes of
Charles VI of France, there is an entry of the royal trea-
surer of moneys paid one Jacquemin Gringonneur,
painter, for three games of cards "in gold and diverse
colours, ornamented with many devices, for the diver-
sion of our lord, the King." Seventeen of these strange
old painted cards survive in the Bibliothèque Nationale
at Paris (L 40, 31).

Unter den von dieser Reihe noch erhaltenen Bildkarten in
der Bibliothèque Nationale gibt es eine gold, rot und blau
bemalte Darstellung des Papstes, dessen Gesicht die Trok-
kenheit und die Dauerhaftigkeit betont, die Malte in der Ge-
samtgestalt des Papstes Johann XXII. empfindet (vgl. u.a.
912,25ff) (Anhang[22]).

Beim Kartenspielen durchkreuzen sich im Bewußtsein
des Königs zwei für ihn vergleichbare Realitäten: erstens die
Figuren des Kartenspiels, und zweitens die politischen Ereignisse. Später kommt als dritte die Tatsache seiner eigenen Existenz hinzu: „Genau wie er nun zwei Könige nebeneinander aufschlug" (911,4f) gehört zu seinem Spiel; „so
hatte Gott neulich ihn und den Kaiser Wenzel zusammen-
getan" (911,5f) bezieht sich auf eine politische Tatsache.
„Manchmal starb eine Königin, dann legte er ein Herz-Aß
auf sie, das war ein Grabstein" (911,6ff) gehört wieder zum
Kartenspiel; „Es wunderte ihn nicht, daß es in diesem Spiel
mehrere Päpste gab" (911,8f) ist wieder die politische Realität, denn im Kartenspiel gab es nur einen Papst.

Die Verhandlungen zwischen König Karl und Wenzel
gingen um eine Wiedervereinigung der Kirche, die zu jener
Zeit zwei Zentren hatte, nämlich Rom und Avignon. Es war
die Zeit des „babylonischen Exils", und die beiden Könige
entwickelten einen Plan, durch den sie in der Kirche Ordnung stiften wollten. Dieser nicht gelungene Versuch ist für
den König eine erneute Bestätigung seiner Unfähigkeit, in
der Welt zu handeln. Er fühlt sich der Unordnung unter-
legen, und dabei erkennt er die Wirklichkeit seiner eigenen
Existenz (911,20ff). Eine Woche lang unterhält er sich am
Kartenspiel „in gleichmäßiger Selbstbestätigung", bis es
ihm zuviel wird: „Die Haut spannte ihn um die Stirn und
im Nacken, als empfände er auf einmal seinen zu deut-
lichen Kontur" (911,29ff). In solchen Augenblicken gibt er

der Versuchung nach, zu den Mysterienspielen zu gehen.

Für Maltes Empfinden führt der König das politische Spiel nicht selbst. Es erscheint der Himmel als der große Kartenspieler, der über ihn hinweg handelt, und für den er nur ein Blatt im Spiel vertritt.

911,5f — *Der Kaiser Wenzel.* Juvenal hat nur wenig über das große Zusammenkommen des französischen Königs mit dem böhmischen König Wenzel geäußert, das im Jahre 1397 stattfand. Er betont die Freude, die das Ereignis begleitete, was dem Bericht von Froissart widerspricht. Froissart betrachtet das ganze Unternehmen mit Argwohn und ist den Deutschen gegenüber besonders feindlich eingestellt (Anhang[23]).

Bei dieser Gelegenheit wurde nicht nur über die Hochzeit des Markgrafen von Brandenburg mit einer Tochter des Herzogs von Orléans entschieden, sondern die beiden Parteien trafen auch ein geheimes Übereinkommen zur Lösung der Kirchenspaltung. Die beiden Könige unternahmen es, für einen der beiden Päpste zu entscheiden (Anhang[24]). Beide Päpste, Boniface zu Rom und Benedikt zu Avignon, lehnten den Lösungsvorschlag sogleich ab, und Karl, in einem Versuch, seinerseits den abgemachten Plan durchzuführen, befahl dem Papst Bendikt zu Avignon, zurückzutreten und auf weitere Handlungen zu verzichten. Der Papst, verärgert und enttäuscht wegen der Undurchführbarkeit eines solchen Planes, verweigerte einer Einwilligung und sperrte sich im Palast zu Avignon ein. Gleich darauf wurden er und seine Leute von den königlichen Truppen belagert (dazu Anhang[25]).

911,11 — *Avignon.* Im September 1909 ging Rilke auf Reisen nach Südfrankreich und war unter anderem vom großen Papstpalast zu Avignon höchst beeindruckt. Das Wort „hermetisch" benutzt er auch hier, wenn er an Lou am 23. Oktober 1909 über seine Eindrücke schreibt:

> Die letzten Wochen, bis vor etwa zehn Tagen, hab ich in der Provence gewohnt, in Avignon; das war eine meiner merkwürdigsten Reisen. Fast täglich, während 17 Tagen, hab ich den immensen Papstpalast gesehen, diese hermetisch verschlossene Burg, in der die Papstschaft, da sie sich am Rande anfaulen fühlte, sich zu konservieren gedachte, sich selber einkochend in einer letzten echten Leidenschaft. Sooft man dieses verzweifelte Haus auch

wiedersieht, es steht auf einem Felsen von Unwahr-
scheinlichkeit, und man kommt nur hinein mit einem
Sprung über alles Bisherige und Glaubhafte (L 11, 230).

912,6f - *Das Verhängnisvolle dieser dargestellten Gedichte.* Im Gegensatz
zu den klar umrissenen Kartenfiguren, die eine endliche
Welt bilden und zwar als Spiegelung der menschlichen Verhältnisse, erscheint im Mysterienspiel etwas, was „sich immerfort" ergänzt und erweitert, was nicht auf den König
zurückweist, sondern unbegrenzt wächst und ihn in seinen
Bann zieht. Daß es sich auf einer streng geteilten Bühne,
auf vier Ebenen abspielt, demonstriert, wie Himmel und
Hölle in irdischen Dimensionen begriffen werden.

Hierauf führt der Text des Romans hinüber in die vor-
angegangene Generation, in eine Zeit, die sich in ihrer
Härte und Schwere von der Zeit Karls nicht stark unterschied; ihre Hauptgestalt, der Papst Johann XXII., entwickelte aber eine andere Einstellung zu den Ereignissen
um ihn und mußte schließlich widerrufen.

912,19f - *Johann XXII.* - 1245-1334. Genaue Quellen lassen sich für die
Gestalt des Johann XXII. nur sehr schwer feststellen. Rilke
war das Material offenbar aus vielen verschiedenen Texten
und Abhandlungen, die ihm bei der Lektüre historischer
Werke in die Hände kamen, bekannt. Die *Histoire ecclésiastique* des Abbé Fleury (L 35) scheint Rilkes Text nahe zu
kommen. „Als der gute Kenner seiner Enzyklopädie von
Ersch und Gruber, der Rilke war, (L 31) könnte es möglich
sein, daß er durch deren Lektüre auf die umfassende Beschreibung des Verfassers und dessen Werkes gestoßen
wäre" (L 83, 155).

Rilke bringt die Ereignisse, wie sie überliefert sind. Doch
fügt er Züge hinzu, durch die auch die Gestalt des Papstes
besondere Bedeutung für Malte gewinnt. Wie bei König
Karl VI. geht es auch bei dem Papst hauptsächlich um den
inneren Zustand; doch verhält sich der Papst angesichts der
Ereignisse um ihn anders als der wahnsinnige Karl, wo-
durch er eine Art Gegenfigur zum König bildet.

Der Papst war rein körperlich gesehen klein, zart, blaß. Er
besaß unerschöpfliche Energie und war bekannt für seine
Schlagfertigkeit und sein Ungestüm. Für einen Mann in
seinem Alter besaß er auch eine ungemein große Arbeits-
fähigkeit, die fast ohne Grenzen schien: „Sa facilité de tra-

vail est incroyable" (L 60, 60). Er wurde um 1245 in Cahors geboren und auf den Namen Jacques Duèse getauft; er entstammte einer reichen, gut bürgerlichen Familie und studierte in Cahors und später auch in Montpellier. Sein Leben lang diente er der Kirche; im Jahre 1313 wurde er zum Kardinal-Bischof von Porto und drei Jahre später im Jahre 1316 zum Papst erwählt. Er starb im Jahre 1334. Rilke nennt ihn den „geistigsten, religiös bewegtesten und produktivsten unter den Päpsten des Exils" (L 5, II, 362).

912,22 - *Gleich nach ihm.* Benedikt XII., der Nachfolger Johanns XXII., ließ den päpstlichen Palast in Avignon erbauen (vgl. auch Anm. zu 911,11).

912,30 - *Das Stück Einhorn* wird gleichfalls von Rilke selbst gedeutet als eine „Probe, ob die Speisen vergiftet waren. An den Schüsseln, die großen Herren vorgesetzt wurden, hing oft an einer Kette ein Stück Einhorn-Gehörn, das man in die Speise tauchte, ehe man davon aß, oder ins Getränk, bevor man trank; es, so glaubte man, verfärbe sich, wenn das Gericht oder der Trank vergiftet waren" (L 5, V, 362).

913,1 - *Ratlos.* Das Wort „ratlos", sowohl für Johann wie für Karl verwendet, stellt die Verbindung zwischen den gegensätzlichen Figuren her. Um beide geschehen große Ereignisse. Wie Karl steht auch Johann ratlos davor; aber der Papst ist im Gegensatz zum König ein rasch und wirksam Handelnder. Doch führt ihn sein Tun nicht zu Erfolgen. Obwohl er in seiner Zeit die gesamte innere Ordnung der Kirche umgestaltet und ihre politische Weltmacht wiederherstellt, packt ihn das Grausen vor dem wilden Treiben seiner Zeit.

913,3 - *Wachsbildnisse.* Bei einem Vergleich der geschichtlichen Fakten mit der Darstellung in den *Aufz.* treten Rilkes Hinzufügungen hervor. Die Existenz der Wachsbildnisse ist historisch bewiesen, sie kamen aber nie in die Hände des Papstes selbst. Wir wissen aus Überlieferungen nichts über die Angst des Papstes. Die Wachsbildnisse, die der Siebzigjährige bei Rilke herumtrug und an denen er sich „an den langen Nadeln" ritzte, „mit denen sie durchstochen waren", dienen einer Hervorhebung der Angst und schaffen die Begründung für sie. Mit dem Bild des Greises, der vom Grausen, „noch trockner" und „dauerhafter" wird, beginnt bei Rilke eine selbstständige, künstlerisch begründete Darstellung, die schließlich im Widerruf des Papstes endet.

913,13f - *Von Granada aus waren die Juden angestiftet worden, alle Christlichen zu vertilgen.* Im Jahre 1321 wurde es den Juden in
Frankreich vorgeworfen, sie hätten die Leprosen dazu angestiftet, die Brunnen und Flüsse des Landes zu vergiften.
Dabei sollten sie in ihrem Angriff gegen das Christentum
die Unterstützung der Moorenkönige von Granada und
Tunis gehabt haben (L 86, 134).

> Es erhob sich das Gerücht, daß die mit der Krankheit
> des Aussatzes Behafteten, zu deren Verpflegung al-
> lerorten durch Stiftungen gut ausgestattete Siechen-
> häuser dienten, Brunnen und Quellen vergiftet hätten,
> um alle Christen anzustecken oder ums Leben zu
> bringen. Das Gerücht nahm seinen Ausgang vom Süd-
> westen Frankreichs, und die Obrigkeiten zögerten wohl
> nicht, Untersuchungen zu veranstalten. Dem König, der
> damals in Poitou sich aufhielt, übersandte der Herr von
> Parthenay ein von einem Aussätzigen seines Gebiets
> abgelegtes Geständnis, das darauf hinauslief, die Juden
> der Urheberschaft an dem Verbrechen zu bezichtigen.
> Ein reicher Jude habe ihm das Gift übergeben, zehn
> Pfund gezahlt und versprochen, eine große Summe
> Geldes zu zahlen, um andere Aussätzige zur Teilnahme
> zu bewegen; auch das Rezept für die Bereitung des
> Giftes wußte er mitzuteilen. Es gehörte eine geweihte
> Hostie zu den Ingredienzen . . . . Nach der Ansicht,
> die den zeitgenössischen Chronisten als die wahr-
> scheinlichste galt, soll die Anstiftung zu den Brunnen-
> vergiftungen von dem mohammedanischen König von
> Granada ausgegangen sein, der zur Rache für erlittene
> Niederlage die Christenheit zerstören wollte. Die Juden,
> an die er sich deswegen wandte, hätten es jedoch
> abgelehnt, selbst die Ausführung in die Hand zu neh-
> men, und dafür mit Hilfe des Teufels die Aussätzigen
> gewonnen, den katholischen Glauben zu verleugnen
> und geweihte Hostien unter das Gift zu mengen (L 26,
> 111-12).

> Eine Quelle, in der Rilke gewiß über die Brunnenver-
> giftung durch die Leprosen gelesen hat, findet sich in der
> Chronik des Mönchs von Saint-Denis (L 55). In diesem Be-
> richt werden die Gerüchte über die Juden nicht gebracht,
> und der König von Granada wird auch nicht hineingezogen.

Es ist anzunehmen, daß diese hier nicht vorkommenden Fakten aus anderen Abhandlungen über die Epoche hinzugefügt wurden.

913,25 - *Das Angelus.* Auch der Papst glaubte dem Gerücht von der absichtlichen Brunnenvergiftung. Im Jahr 1318 und wieder im Jahre 1327 setzte er zur Vertreibung der bösen Geister den Angelus, das dreimal tägliche Gebet, ein (L 62, I, 521), weil er im Sinne der Zeit den Aussatz auf magische Ursachen zurückführte.

913,30 - *Gewürzwein.* Am Anfang der Regierung von Johann XXII. war das Papsttum in Armut und Unordnung geraten, und die Versuche des Papstes, die Wirksamkeit und Wichtigkeit des Papsttums wiederherzustellen, schienen mehr „einem Gewürzwein als einer Tisane" (einem heilenden Kräutertee) zu gleichen (dazu Anhang[26]).

914,5 - *Aber da geschah das Unglaubliche.* Am Allerheiligentag des Jahres 1331 verursachte der Papst, der sich jahrelang darum bemüht hat, Streitfragen zu lösen und Ordnung aus der Unordnung zu schaffen, selbst einen großen Streit in der kirchlichen Gemeinschaft. In der Kirche der „Notre–Dame des Doms" predigte er folgendes:

> Les âmes des justes, avant la résurrection des corps, ne jouiront pas de la vision intuitive de Dieu; elles demeureront *sub altare Dei*, récréés par la vue de l'humanité du Christ; après le jugement dernier, elles seront placées sur l'autel et contempleront l'essence divine [Nach V.A. Schmitz, „Das Ethos der Kunst bei George und Rilke", *Deutsche Beiträge zur geistigen Überlieferung* Bd. 6 (1970), S. 98-119].

Am 15. Dezember entwickelte der Papst seine These weiter und behauptete: „avant la résurrection des corps les âmes séparées ne possèdent ni la vie éternelle, ni la béatitude proprement dite, ni la vision béatifique." Am 5. Januar beendete er seine Predigt: „. . . ni les damnés, ni les démons n'habitent actuellement l'enfer et que ce lieu de supplices ne deviendra leur demeure qu'après la fin du monde" (L 60, 58).

Alles das gab er als eine persönliche Überzeugung aus, als privater Theologe und nicht als Papst; die Folgen aber waren stark und weitreichend. Einige nahmen gleich seine Partei, andere politisch viel wichtigere Persönlichkeiten

aber nannten ihn einen Ketzer; unter diesen befand sich
Napoleon Orsini (914,23), der damals in Avignon lebte und,
zusammen mit Ludwig von Bayern, aus verschiedenen politischen Gründen die Absicht hatte, den Papst zu stürzen.
Überall kam es zu Unruhen, und als im Dezember des
Jahres 1333 der König von Frankreich, die Universität von
Paris und eine Versammlung von bekannten Theologen der
Zeit gegen die neue Lehre scharfe Angriffe erhoben, versuchte Orsini, ein Konzil zusammenzurufen; dabei hoffte er
auf ein Urteil, das mit einem Schlag den Papst demütigen
und absetzen könnte.

914,25 - *Jakob von Cahors hatte widerrufen.* Gleichzeitig wurde der
Papst, der schon neunzig Jahre alt war, schwerkrank, und
am 3. Dezember des Jahres 1334 widerrief er mit der folgenden Erklärung:

> Nous confessons et croyons que les âmes séparées des
> corps et pleinement purifiées sont au ciel, dans le
> royaume des cieux, au paradis, et avec Jesus-Christ, en
> la compagnie des anges, et que, suivant la loi commune,
> elles voient Dieu et l'essence divine face à face et claire-
> ment, autant que le comportent l'état et la condition de
> l'âme separée (L 60, 59-60).

914,27 - *Der Sohn des Grafen von Ligny.* Im Fragebogen erklärt Rilke,
es sei an dieser Stelle gemeint „der junge luxemburgische
Prinz, Kardinal mit elf Jahren, sterbend mit 18 und sofort selig gesprochen" (L 5, V, 362-63). Froissart berichtet ausführlich über die Ereignisse (L 36, XXI, 180-81). Der knappe
und viel schlichtere Bericht des Mönchs von Saint-Denis
lautet folgendermaßen:

> Le quatrième jour du mois de juillet, messire Pierre de
> Luxembourg, jeune seigneur d'une haute naissance, et
> frère de l'illustre Enguerrand, comte de Saint-Pol, fut re-
> tiré de ce monde à l'âge de dix-huit ans au moment où il
> venait d'être promu au cardinalat par le pape Clément
> son cousin, et fut transporté, dit-on, au royaume éternel
> des bienheureux: c'est ce que prouve le grand nombre
> de miracles que le Seigneur opéra par son entremise du-
> rant plusieurs années. Ceux qui avaient été chargés de
> les recueillir par écrit rapportent que des aveugles, des
> boiteux, des paralytiques, et une foule d'autres mal-

heureux attaqués de différentes maladies, se rendirent à son tombeau, et qu'après y avoir fait une neuvaine ils s'en retournèrent guéris. Je dirai en peu de mots que sa vie fut digne aussi des plus grands éloges. Non seulement il sut par une noble continence éloigner de son jeune coeur toute pensée coupable, et se garder des écarts d'une âge naturellement si faible; mais en considérant combien il fut pieux, chaste et sobre, combien il fut généreux dans ses aumônes et scrupuleux observateur de ses devoirs religieux, tant qu'il vécut en ce monde, on pourra croire que, bien qu'il fût sur cette terre, il habitait déjà pour ainsi dire dans le ciel (L 55, I, 479).

Der junge Kardinal starb im Jahre 1387, und der Papst widerrief am Ende des Jahres 1334, 53 Jahre vor jenem Ereignis. Die beiden Ereignisse stehen für Malte in einem Zusammenhang; geschichtlich betrachtet sind sie jedoch in keiner Weise verbunden. Die Berichte darüber stammen aus verschiedenen Quellen, und ihre Zusammengehörigkeit im Text des Romans deutet auf eine größere künstlerische Funktion des Materials in Maltes Verfahren hin.

In seinem Brief an Hulewicz gibt Rilke anhand des behandelten Materials einen ersten Einblick in seine künstlerischen Absichten: „Und der junge luxemburgische Prinz, Kardinal mit elf Jahren, sterbend mit 18 und sofort selig gesprochen (jener Sohn des Comte de Ligny), erscheint [Malte] dann wie eine Widerlegung des päpstlichen Mißtrauens und wird auch vorgemerkt" (L 5, V, 362-63). In der Gestalt des früh Verstorbenen war „das Glück der Jugend und der wunderbare Aufschwung einer zu Gott hingerissenen Kraft Eines" (L 5, V, 364). Er erklärt weiter, daß der Widerruf des Papstes absichtlich am Anfang nicht präzisiert sei, sondern er verschiebe die Darstellung der These bis aufs Ende des Abschnitts. Dadurch bekommt der Widerruf selbst und nicht die vom Papst formulierte Lehre den Nachdruck. Das Beispiel des jung verstorbenen Kardinals erscheint Malte nicht nur als eine Widerlegung des päpstlichen Mißtrauens, sondern zeigt auch den Glauben des Papstes als „anstößig und hinfällig":

Bedenken Sie, was es für die damalige Christenheit hieß, zu erfahren daß niemand im Jenseits noch in die

Seligkeit eingegangen sei, daß jener Zutritt erst mit dem
Jüngsten Gericht erfolge, daß, drüben wie hier, alles in
einem bangen Abwarten stehe! Welches Bild für die Not
einer Zeit, daß das Haupt der Christenheit die Macht
seines Amtes dazu gebrauchte, ihre Unsicherheit bis in
die Himmel zu werfen (Maltes nach Sicherheit suchende
Natur mußte dieses Beispiel anmerken) (L 5, V, 362).

Der Papst widerruft, aber erst nachdem er Tage in seinem
Zimmer, in sich vertieft, „das Geheimnis der Handelnden,
die Schaden nehmen an ihrer Seele" untersuchte. Am Ende
gelangt auch er zu der Erkenntnis, daß er bei aktivem Gebrauch seiner Stellung aus der Bahn geraten ist, daß sein
Weg ein Irrweg war. Für Malte bedeutet der Widerruf eine
Bestätigung seiner Vorstellungen von der Möglichkeit des
Heiligseins sowie der Ansicht, daß die Tage der „eifrigen
Voreiligen" (879,15) ein für allemal vorüber seien. In seiner
Angst und zufolge seiner „nach Sicherheit suchenden Natur" muß es ihm auffallen, daß der Papst die ganze Weltord-
nung in Frage stellte, indem er die Unsicherheit seiner Zeit
„bis in die Himmel" warf. Sein Widerruf scheint - Malte
sagt: „man könnte meinen" - von Gott ausdrücklich anerkannt zu werden und zwar dadurch, daß „er so bald her-
nach jenen Sohn des Grafen von Ligny aufkommen ließ".
Dessen frühe Verklärung und der leidenschaftliche, vielfach
wiederholte Widerruf des von allen Seiten bekämpften
Greises verknüpfen sich für Malte zu einer einheitlichen
Aussage. Obwohl der Papst für die Kirche vieles leistet,
überwältigt ihn am Ende „das Geheimnis der Handelnden", und seine Leistungen, die zum größten Teil im Bereich des Materiellen liegen, verschwinden im Laufe des
nächsten unruhigen Jahrhunderts. Der Riß in der Kirche
wird schließlich so breit und der Zustand des Landes so
schlecht, daß nur der kranke, ratlose, geduldige Karl VI.
überhaupt hatte regieren können. Wo der Papst mit seiner
politischen und wirtschaftlichen Geschicklichkeit scheitert,
übersteht Karl, der nur deshalb nicht auch scheitert, weil er
sich weigert, zu handeln. Dabei wählt er den viel schwe-
reren Auftrag, das Leben zu dulden - einen Auftrag, der für
Malte das Los des modernen Menschen in sich trägt und
dessen Schwere auch ihn stark beansprucht.

915,26 - *Da sitze ich in der kalten Nacht.* Mit diesem Gedanken beginnt
ein Abschnitt, in dem Rilke nun zwischen dem Historisch-

Erlebten und dem Persönlich-Erlebten eine Brücke schlägt. Malte erlebt in seinem eigenen Leben eine Schwere und eine Furcht, die er schon einmal stellvertretend im vorhergehenden Abschnitt an historischen Ereignissen des 14. und 15. Jahrhunderts erlebt hat. Daran hat er persönlich so stark gelitten, daß er am Anfang des neuen Abschnitts behaupten kann, er wüßte es alles schon, weil es ihm als Kind in seinem eigenen Erfahrungsbereich schon begegnete.

Die harten Kindheitserinnerungen Maltes, aus denen er sich eine frühe Begegnung vergegenwärtigt und die ihm gewisse Erkenntnisse vermittelten, bilden den thematischen Übergang vom vorausgegangenen zum laufenden Abschnitt. Bei Karl VI. ging es darum, daß ein Mensch seiner Situation wegen nicht zum Handeln gelangt. Jetzt wird ein neues Thema aufgegriffen, nämlich das: wie kann der Mensch das Dasein ertragen angesichts des Menschenhasses und der Grausamkeit unter den Menschen? Das Gefühl des Fremdseins, das Malte als junger Dichter in Paris empfindet, empfindet auch der Knabe dieser Erinnerungen. Das scheint darauf hinzudeuten, daß Haß und Mißtrauen der Menschen mit dem Fremdsein des einzelnen zusammenhängt und in den Umständen begründet ist. Die Stadt, in der „nichts vergeben wird" (916,27f), hat die Menschen zu Fremden, das Leben zu einer kaum erträglichen Massenexistenz gemacht.

Wie in der harten Großstadt nichts vergeben wird, wird auch zwischen einzelnen, die sich gegenseitig hassen, nichts vergeben. Es folgen zwei Geschichten, in denen Familienmord, überwältigender Haß, Aberglaube und verstohlene Liebesaugenblicke auf die schwere Lage des einzelnen hinweisen, der in der Flut der Begebenheiten steht und versucht, sich ihnen zu entziehen.

916,29f - *Jene schwere, massive, verzweifelte Zeit.* Rilke hat selbst gesagt: „Alle diese Stellen deuten auf die Bemühungen hin, die der König machte, den Duc d'Orléans und seinen Feind, Jean sans Peur, der den Herzog schließlich ermorden ließ, zu versöhnen." Weiter erklärt er: „Das Unheimliche solcher Versöhnungen, für die man möglichst sichtbare Vorgänge erfand: wie eben den Kuß, das Aus-einem-Becher-Trinken: das Besteigen desselben Pferds, durch alle diese Annäherungen den Haß der beiden Partner noch mehr nährend" (L 5, V, 364-65).

Der im 14. Jahrhundert weit bekannte Streit zwischen

dem Duc d'Orléans und Jean sans Peur wird von jeder in Frage kommenden Quelle erwähnt (Anhang[27]); die Vorgänge, die äußeren Zeichen der Versöhnungsversuche, gehören in die Zeit als übliche Zeremonien und Höflichkeiten und sind nicht alle bei diesem besonderen Fall gleichzeitig zu finden.

Pierre de Fenin, in seinen *Mémoires*, sagt folgendes darüber:

> Verité est qu'entre le Duc Louzy d'Orléans, frère au Roy Charles, et le Duc Jean de Bourgogne, son cousin germain, y eut par plusieurs fois grandes enuies et maltalens entre aux deux ensemble, dont y eut grosses Assemblées de chacune partie, pour paix trouver, et psource recevront le corps de notre Seigneur ensemble, pour plus grande fiance avoit l'un à l'autre: mais comme il fut depuis apparent, la paix n'y etoit mie: car par la connoissance du Duc Jean de Bourgogne, il fit tuer ledit Duc d'Orléans (L 32, 446).

917,9ff - *Die Zeit, in der ein Bruder den Bruder um dessen größeren Erbteils willen überfiel und gefangenhielt.* Darüber äußert sich Rilke im Fragebogen:

> Ähnliche Versöhnungen dieser Art sind mitgeteilt, so z.B. Brüder, die sich mit Erbneid verfolgten; ich weiß nicht, an welche Brüder hier gedacht war. Der, auf dem des Bruders Neid und Haß ruhte, kam nicht zum Frieden, trotzdem der andere sein Unrecht einsah und erklärte, von ihm abzustehen. Wie ein Gestirn blieb trotzdem des Bruders Zorn und Mißgunst über dem lange Verfolgten; es wurde sein Leben, dieser Verfolgte zu sein: zu einem eigenen Leben kam es nicht (L 5, V, 365).

Es handelt sich hier wahrscheinlich um den Grafen von Vendôme, den Bruder des Grafen de la Marche, dessen traurige Geschichte der Mönch von Saint-Denis zu seiner eigenen Beruhigung auf Papier brachte. Das Kapitel heißt: „Du comte de Vendôme, frère du comte de la Marche" (Anhang[28]). Der im Roman erwähnte König (917,11) war historisch der König von Sizilien und nicht Karl VI. von Frankreich. Die Reue des Bruders und die von ihm geschriebenen Briefe sind nicht historisch zu belegen und sind wohl absichtliche Erweiterungen, die zur Betonung der inneren Unruhe des armen Grafen dienen. Der Mönch zeigt einen Armen, der im Schutz der Kirche Sicherheit findet, im Pilgerkleid herumgeht und sich dem religiösen Leben gewidmet hat. Rilke dagegen bringt einen, der trotz der Reue des Bruders und der von ihm geschriebenen Briefe die schwere Last des Bruderhasses und des Unrechts nicht übersteht.

917,25ff - *Und jener Graf von Foix, Gaston Phöbus.* Pierre Ernault weigerte sich, dem Grafen von Foix, seinem Verwandten, das ihm von den Engländern anvertraute Schloß zu Lourdes zu übergeben, wozu ihn schon vorher der Herzog von Anjou zu bewegen suchte. Der Graf von Foix, von Wut gepackt, brachte Ernault bei einem Zusammentreffen mit eigener Hand um. Rilke gibt als Quelle zu diesen Ereignissen die Chroniken von Froissart in der Buchon-Ausgabe an (Anhang[29]). Rilke nennt den Grafen von Foix (1331-1391) eine „der größten ritterlichen Gestalten des 14. Jahrhunderts, der typische Grandseigneur seiner Zeit" (L 5, V, 364). Froissart beschreibt ihn folgenderweise:

> Le comte Gaston de Foix dont je parle, en ce temps que je fus devers lui, avoit environ cinquante neuf ans d'âge. Et vous dis que j'ai en mon temps vu moult de chevaliers, rois, princes et autres; mais je n'en vis oncques nul qui fut de si beaux membres, de si belle forme, ni de si belle taille et viaire (visage) bel, sanguin et riant, les yeux vairts (bleus) et amoureux là où il lui plaisoit son regard à asseir (jeter). De toutes choses il etoit si très parfait que on ne le pourroit trop louer. Il aimoit ce qu'il devoit aimer et hayoit ce qu'il devoit hair. Sage chevalier étoit et de haute emprise et plein de bon conseil et n'avoit ni oncques nul mahomet (mécréant) de-costes (près) lui. Il fut prud'homme en règner. Il disoit en sont retrait (cabinet) planté (beaucoup) d'oraisons; tous les jours un nocturne du pseautier, heures de Notre-Dame, du Saint-Esprit, de la croix et vigilles des morts, et tous les jours faisoit donner cinq francs, en petite monnoie pour l'amour de Dieu, et l'aumône à sa porte à toutes gens. Il fut large (libéral) et courtois en dons, et trop bien savoit pendre où il appartenoit et remettre où il afferoit (convenoit). Les chiens sur toutes

bêtes il amoit; et aux champs, été ou hiver, aux chasses
volontiers étoit. D'armes et d'amour volontiers se dé-
duisoit (amusoit) (L 36, XIX, 314-15).

Mit der von Rilke hervorgehobenen „berühmt schönen
Hand" (918,1) brachte der Grandseigneur seinen eigenen
Sohn um, der unter Verdacht eines Mordversuchs gegen seinen Vater in einem Turmzimmer gefangengehalten
wurde (Anhang [30]).

Malte hebt wie bei allen Figuren, die er heranzieht, auch
beim Grafen von Foix nur die Eigenschaften hervor, die zusammen die erwünschte Gestalt als Ganzheit schaffen. Von
den Mordtaten, der körperlichen Schönheit, und dem Blut,
das den letzten des Geschlechts verläßt, wird berichtet.
Ausgelassen ist die Fülle von Details, die von den kompli-
zierten politischen Tatsachen handeln, und die Froissart mit
großer Genauigkeit darstellt. Ausgelassen auch ist alles,
was vom Haß des Schwagers, dem König von Navarre,
handelt, der den Sohn des Grafen auf trügerische Weise
dazu brachte, einen Mordversuch gegen seinen Vater zu
unternehmen. Der Junge beging die Tat ohne Absicht und
in dem Glauben, daß das ihm von seinem Onkel gegebene
Pulver dem Zweck diente, seine Eltern zu versöhnen; er
wurde dabei in aller Augen schuldig und als Attentäter
und Vatermörder angesehen. Der Vater, zornig und miß-
trauisch, tötete durch einen merkwürdigen Zufall den
eigenen Sohn und lud dabei immer mehr Schuld auf sich.
In der gesamten Handlung findet sich keine Spur von ge-
genseitigem Verständnis oder Menschenliebe; die Zeit war
übervoll von Haß und Mißtrauen, so daß man sich mit
seiner ganzen Kraft dagegen stemmen mußte, um nur seine
eigene Existenz zu sichern.

Die beiden hier nebeneinander gestellten Grafen sind
zwei sehr verschiedene Naturen. Der Graf von Vendôme,
der dem Leben absagt und sich in die Sicherheit der Kirche
zurückzieht, kann das Unrecht und die Lieblosigkeit seiner
Zeit nicht überstehen. Er wird zum Sonderling, zum trau-
rigen Wanderer, zum Gegenstand des Mitleids für den
Mönch von Saint-Denis. Der Graf von Foix andererseits ist
eine große und mächtige Rittergestalt, ein Mensch seines
Jahrhunderts, der den Überlieferungen nach ein großartiger Vertreter seiner Zeit war; einer, der anscheinend fähig

gewesen wäre, sich dagegen zu wehren und sich ein ge-
ordnetes Leben aufzubauen. Er liebte die Jagd und seine
Hunde, verhielt sich gastfreundlich gegen die Sänger und
Besucher und führte einen freundlichen und sympathi-
schen Hof. Trotzdem war es auch ihm unmöglich, sich dem
wilden Treiben seines Jahrhunderts zu entziehen, und
durch die verwirrenden Umstände, in die er gestellt war,
wurde er zu zwei entsetzlichen Mordtaten gebracht.

Durch diese historischen Gestalten verdeutlicht sich für
Malte sein Kernthema: die Frage, ob es möglich sei, sich der
Gewalt der Umstände und ihrer vernichtenden Bedrängnis
zu entziehen. Selbst ein so großer Herr wie Gaston Phöbus
brachte es nicht fertig, selbst der mächtige Papst sah sich in
einer Glaubensfrage zum Widerruf gezwungen.

Malte, wegen der Pariser Umstände ratlos, sah im künstlerischen Schaffen seinen neuen Anfang: „Ja er wird schreiben müssen, das wird das Ende sein" (728,30). In der langen Reihe von Fragen, die immer wieder einsetzen: „Ist es
möglich?", hatte Malte sich sein Kernthema schon im ersten
Teil der *Aufz.* (726,24ff) klar gemacht. Diese Fragen sind
später die ausdrückliche Voraussetzung zu seinen historischen Forschungen. Rilke unterscheidet nicht zwischen
den Jahrhunderten, die vergehen „wie eine Schulpause"
(726,28f) und verallgemeinert für jedes Zeitalter die Probleme des einzelnen im Gegenspiel mit seinen Verhältnissen
(vgl. Brief an Lotte Hepner vom 8.11.1915: Anhang[31]).

918,8f - *Wer in dieser Zeit wußte nicht, daß das Äußerste unvermeidlich
war?* Der Text geht hier von der Darstellung der beiden Ex-
tremgestalten der Grafen über in eine Art „inneren Mono-
log irgendeines damaligen Herrn, der im Vorgefühl stand,
ermordet zu werden" (L 12, V, 365). Diese Schilderung wird
ebenfalls von Rilke erläutert:

> Er denkt ritterlich an Gott, an die Auferstehung. Das
> eigentümlich Leere und Weite und schon irgendwie Un-
> gültige seines Noch-Seins überwältigt ihn. „Kaum daß in
> solche Stunden die Bemühung um eine Geliebte hin-
> einreicht": kaum daß er fähig war, sich dieses oder jenes
> Liebesabenteuers noch zu rühmen; die Gestalten jener
> Frauen waren undeutlich geworden und wie verstellt
> von den Liedern und Gedichten (Taglied - alba und
> Dien-Gedicht - Serventés, Formen der Liebes-Lyrik der

Troubadours und ausgeübt im Dienstverhältnis gegen
die Dame, der man gewidmet war). Höchstens im Auf-
schauen eines der Bastard-Söhne (aber auch dieser Sohn
ist nicht etwa gegenwärtig gedacht, sondern auch sein
Aufblick vielleicht nur erinnert), eines Sohnes irgend-
einer einst geliebten Frau, war ihr Blick wieder da, war
sie selbst wieder erkennbar (L 5, V, 365-66).

Rilke läßt keinen Zweifel bestehen, daß hier an keinen besonderen Herrn gedacht war und daß die Erzählung von
„irgendeinem Herrn" handelt. Trotzdem fällt sehr auf, wie
einige Züge Ähnlichkeiten mit der Geschichte von Gaston
Graf von Foix aufweisen. Froissart berichtet über Gastons
Leidenschaft für Hunde, über seine Vorliebe für die Spiel-
leute, die er immer reichlich beschenkte, und auch über
seine Kümmernis um sein Testament. Auch hat er Bas-
tardsöhne gehabt, die er sehr liebte, und er starb beim
Waschen seiner Hände in einem silbernen Waschbecken.
Der Einfluß von Froissart ist also auch hier deutlich, obschon der Dichter darüber nichts äußert.

919,14   - *Alle hoben sich auf, Handlung war keine.* Diese Stelle bietet
eine weitere Bestätigung, daß der Mensch nicht in der Lage
sei, in igendwelcher Weise zu handeln. Gastons „berühmt
schöne Hand" hat den eigenen Sohn umgebracht, und
wegen seiner Treue wird Ernault gleichfalls durch diese
Hand getötet. Der Graf von Burgund brachte den Bruder
des Königs um, und ihm wird wegen seiner großen Macht
immer wieder verziehen; in unverschämter Weise verfolgt
und peinigt des Erbteils willen der Bruder den anderen. All
diese Darstellungen münden in die Überlegungen eines
anonymen Herrn.

In diesem namenlosen Herrn beginnen allmählich gewisse Erkenntnisse wach zu werden: „Aus der Devise, die
das ganze Leben lang gegolten hatte, trat leise ein neuer, offener Nebensinn" (918,19f). Sein bisheriges Leben beginnt
er nun zu überschauen; dabei wird er gewahr, daß selbst er
sich des Furchtbaren nicht enthalten kann, und daß in
Wirklichkeit nur das Stillestehen, das Nichtstun, die leere,
weite, tote Nacht irgendeine wahrhaft seiende Geltung hat.
Das, was der eine unternimmt, wird von der Tat des anderen ausgeglichen; nicht einmal die Geliebten, die „in Tag-
liedern und Diengedichten" verstellt und unbegreiflich ge-

worden sind, tragen noch etwas potentiell Seiendes in sich, und alles hört in einer bangen, stillen Nacht auf.

919,15 - *Es gab keine Handlung, außer bei den Missionsbrüdern.* Sicherlich hat Rilke hier die Passionsbrüderschaft im Sinne gehabt, deren Freibrief Karl VI. im Jahre 1402 unterschrieb und die im Trinitätshospital bei den Hallen die Passion Christi und auch andere Mysterien aufführten (vgl. Anm. zu 909,20f). Die Missionsbrüderschaft des Vincent wurde erst im Jahre 1625 gegründet. Wie Karl schon früher in seiner Einsamkeit diesen Ort suchte, wo vor das Auge die Abgrenzungen zwischen Himmel und Hölle gestellt wurden, empfindet er jetzt in den Aufführungen die einzige Handlung, die noch Geltung hat. Andere schauen zu oder weinen, er aber nimmt mit seinem ganzen Wesen daran teil; er selbst trägt die Kleider eines Schauspielers und verliert sich in der Aufregung der Züge und Spiele.

Die Mysterienspiele sind dem König eine Zuflucht an einem Ort, wo noch die alten Werte und Verhältnisse gelten; wie er es liebte, die von der Antike handelnden Stellen des ihm gewidmeten Werkes der Christine de Pisan (vgl. Anm. zu 909,28) zu lesen und auf sich wirken zu lassen, liebt er auch hier, die antiken Eigenschaften zu erleben – die scharfen Abgrenzungen, die Klarheit, die Bestimmtheit der Rollen - die zu einer Welt gehören, in der noch gehandelt wird und in der der Mensch den Göttern und dem Schicksal von Angesicht zu Angesicht gegenüber steht und noch leistungsfähig sein kann. An der Gestalt des Heiligen Michael begreift er, daß ihm einer erscheint, der nicht wie er selbst ratlos in der Flut der Ereignisse treibt, sondern einer, der durch und durch handlungsfähig ist, der den Satan besiegt und die Drachen erschlägt. In ihm glaubt er das Gegenbild zu seinem eigenen Schicksal gefunden zu haben, wo die Verhältnisse Handlung gestatten, das wahre Gegenstück zu der „großen, bangen, profanen Passion, in der er spielte." Hier im Dreifaltigkeitshospital wagt er zu hoffen; hier ist kein Zweifel.

Sobald er aber am Rande einer Erkenntnis zu sein scheint, verschwindet die klärende Einsicht: „Aber auf einmal war es vorbei. Alle bewegten sich ohne Sinn" (920,15). Diese Stelle scheint ganz gewiß eine Parallelstelle zu dem Pisanerlebnis zu bilden, wo er in die Welt der „gewagten Meere" und der „fremdtürmigen Städte" hineingerissen wird

durch „dieses vor der starken Cumäa zu großen Wegen ergriffene Herz" der Dichterin (vgl. Anm. zu 909,28 und
910,12). „Aber wenn jemand eintrat, so erschrak er, und
langsam beschlug sich sein Geist. Er gab zu, daß man ihn
vom Fenster fortführte und ihn beschäftigte" (910,19ff). Zu
einer dauerhaften Erkenntnis darf er nicht kommen, sonst
ginge er daran zugrunde; die Klarheit der Einsicht wird nur
blitzartig erreicht und alsbald durch die äußeren Wirklichkeiten wieder gelöscht. Die Einwirkung des inneren Vorgangs dient nur dazu, seine eigenen Leiden zu verdeutlichen, die in wenigen Augenblicken so überlebensgroß
und so überwältigend vor ihm aufsteigen, daß er sich mo-
mentan in eine Christusgestalt verwandelt: „Es kam ihm die
Idee, daß er das Kreuz tragen sollte. Und er wollte warten,
daß sie es brächten. Aber sie waren stärker, und sie schoben
ihn langsam hinaus" (920,21ff). Der „Heilige", von Angesicht zu Angesicht mit seiner eigenen Tragik, ratlos und ein-
sam, ist die stärkste und erregendste Vokabel der inneren
Not des Helden, die im ganzen Roman vorkommt.

920,9   - *Sankt Michaël.* Vgl. Anhang[32].

920,26   - *Außen ist vieles anders geworden.* Das Thema des Schauspielers und des Theaters, das schon (920,26ff) allmählich beginnt und dann in den folgenden drei Abschnitten des
Romans breit ausgeführt wird, geht wieder auf die Antike
zurück, auf eine von König Karl schon einmal durch Christine de Pisan erlebte Welt. Da brachte man noch die „im-
mensen" und „übermenschlichen" Dramen auf die Bühne,
von deren Größe Malte im Theater zu Orange überwältigt
wird (921,24ff).

921,8   - *Das Theater zu Orange* (vgl. auch 726,5ff). Rilke kannte das
120 n. Chr. gebaute Amphitheater von seiner Reise in die
Provence im Herbst des Jahres 1909. In einem Brief aus
Muzot faßt Rilke seine Einstellung zum modernen Theater
folgenderweise zusammen:

> Was ich, zur Zeit des Malte Laurids Brigge, in Bezug auf
> das Theater einzusehen meinte, daß ihm alle Triebe und
> Schößlinge für einige Jahre beschnitten werden müßten,
> damit es aus seiner gründlichsten Wurzel größer und
> nötiger nachwachse: das ist nun meine Meinung und
> Warnung allen Künsten gegenüber: sie sind ins Kraut
> geschossen, und nicht der ermutigende Gärtner, nicht

der pflegende, tut ihnen not, sondern der mit Schere und Spaten: der rügende (L 1, 777)!

922,20   - *Es ist dieselbe, ungare Wirklichkeit.* Für Malte bildet das Erlebnis in Orange eine durch Kontrast gesteigerte Wiederbestätigung der „ungaren Wirklichkeit, die auf den Straßen liegt und in den Häusern". Die Unzulänglichkeit des Theaters seiner Zeit empfindet Malte als ein starkes Gegenbild zu der Größe der antiken Bühne, und die Erkenntnis, daß es eine solche Wirklichkeit nicht mehr gibt, daß die heutige Bühne die „ungare Wirklichkeit", in der der Mensch nun lebt, gleichfalls wiederspiegelt, ist ein Parallelerlebnis zu dem des Königs im Dreifaltigkeitshospital. Der König, der schließlich eine Vokabel der Not des Helden bildet, erlebt in seinem Innern, was Malte im Theater zu Orange begreift, und die Leiden des Königs entsprechen in gesteigerter Form den inneren Leiden und den außerordentlich großen Unruhen, die im Inneren Maltes vorgehen.

923,1   - *Du Tragische.* Es handelt sich hier um die italienische Schauspielerin Eleonora Duse (1859-1924). Die hier in der Art eines Prosagedichts geschilderte Künstlerin wurde von Rilke auch im Gedicht „Bildnis" dargestellt, das zur gleichen Zeit wie Maltes Aufzeichnung in Paris entstand (Anhang[33]).

Die Duse war Rilke in zweifachem Bezug nahe, einmal rein menschlich und einmal im Dichterischen, im Künstlertum. Er hatte sie schon im November 1906 in Berlin auf der Bühne gesehen und war bei Rodin in Paris wie auch in Italien öfters mit ihr zusammen. Auch bemühte er sich in den Jahren 1912-1914 sehr um ihr Wiederauftreten auf der Bühne, von der sie sich aus innerer Not freiwillig zurückgezogen hatte. Rilkes spätere Erinnerungen über sie stellt Maurice Betz dar (Anhang[34]).

923,12   - *Marianna Alcoforado.* Vgl. Anm. zu 833,4.

924,3   - *Es kam dich an, du selber zu sein.* Bei der Schilderung der Duse fällt die persönliche Anteilnahme des Autors auf, eine Anteilnahme wie bei keiner anderen Gestalt. Er ringt um die Charakterisierung ihres Auftretens, ihres Verhaltens zu den Mitspielern und den Zuschauern. Sie bildet im Mosaik der *Aufz.* eine weitere Gestalt, an der Malte das Tragische an einem Menschen erfährt, der zu groß ist für die Umstände, in denen er lebt und wirkt. Sie soll einmal zu Rodin

gesagt haben: „Ich wollte, ich wäre eine kleine Näherin geworden". Für Malte ist sie ein zeitgenössisches Beispiel der
Not eines Menschen, der wie er selbst die ganze Tragik der
Existenz in sich herumträgt und der sich entweder mit dieser modernen Welt abzufinden oder daran zugrunde zu gehen hat.

924,30 - *Byblis*, die Tochter von Miletus und Idothea, verliebte sich
in ihren Bruder Kaunos, der seinerseits ihrer Liebe zu ent-
fliehen versuchte. Byblis verfolgte ihn durch die halbe Welt,
bis sie endlich - ermüdet und voller Kummer – sich in eine
Quelle verwandelte.

In der Liebe der Byblis zu Kaunos wird Malte einer ge-
steigerten Darstellung der großen Liebe der Liebenden gewahr. Die Lektüre ihrer Briefe und Gedichte hat ihn ergriffen. Was ihn dabei rührt und erregt, und was auf sein
eigenes Dichterwesen zutrifft, bringt Rilke in einem Pro-
sastück aus der gleichen Zeit: „Die Bücher einer Liebenden"
(Paris 1907) zur Sprache. Da heißt es:

> Als die großen Liebenden, deren Briefe nicht vergehen,
> Heloïse und die Portugiesin, über die Abkehr und
> Umwandlung ihrer Liebhaber in Klagen ausbrachen,
> wußten sie nicht, wie sehr ihr elementisches Gefühl
> schon über jeden Gegenstand hinausgewachsen war.
> Nicht einmal der neue, unendlich fähige Bräutigam ihrer
> Einsamkeit vermochte (so scheint es) die Ströme ihrer
> Liebe zu fassen. Sie stürzten über ihn fort ins Hoff-
> nungslose, in den Abgrund dessen, was verloren war,
> und gingen unter der Erde weiter. Wäre es möglich ge-
> wesen, diese Liebe, die zu viel war für einen, abzu-
> lenken und in einem System von Kanälen zu den
> Dingen zu führen, so wären jene Gedichte entstanden,
> an deren Rand die Briefe überall heranreichen; denn es
> ist nur ein Schritt von der Hingabe der Liebenden zum
> Hingegebensein des lyrischen Dichters (L 8, VI, 1016).

925,6   - *Die Portugiesin*. Vgl. Anm. zu 833,4f. Siehe auch 899,17 und
923,12.
925,7   - *Heloïse*. Vgl. Anm. zu 899,15.
925,8f - *Gaspara Stampa*. Vgl. Anm. zu 833,4.
925,9   - *Die Gräfin von Die*. Béatrice, Comtesse de Die, provenzalische Dichterin des 12. Jahrhunderts.
925,9   - *Clara d'Anduze*. Provenzalische Dichterin des 13. Jahrhun-

derts. Über ihr Leben ist wenig bekannt. Nur ein Gedicht ist erhalten.

925,10 - *Louise Labbé* (1526-1566), französische Renaissancedichterin. Ihre 24 Sonette, die Rilke übersetzte, sind Ausdruck einer leidenschaftlichen, unerfüllten Liebe.

925,10 - *Marceline Desbordes* (1786-1859), in Douai in Nordfrankreich geboren. Sie heiratete Valmore, liebte aber bis zu ihrem Tode den Verschwundenen Olivier, den sie als junges Mädchen durch ihre Freundin Delia, eine Griechin und Schauspielerin, kennenlernte. Eine Schilderung der Tiefe ihrer Leidenschaft für Olivier gibt Stefan Zweig in seinem im Jahre 1927 erschienenen Roman über das Leben und Werk der Dichterin:

> Kapitel auf Kapitel können wir ihn aus ihren Gedichten lesen, Zug um Zug den Feldzugsplan ihres Verführens, das Ermatten ihres Widerstandes, die Peripetieen ihres Gefühls verfolgen, denn dies ist das Wunderbarste dieser Dichterin, daß die, zaghaft im Wort und keusch im Wesen, sich bis auf das Letzte verriet in ihren Versen. Ihre Seele war immer nackt im Gedicht. . . . In Valmore liebt sie treu den Mann und ihrer Kinder Vater, und in dem Entschwundenen, in „Olivier", ebenso treu das Phantom ihrer Träume, das Übermaß ihres eigenen Gefühls. In „Olivier", dem Verführer, liebt sie ein ganzes Leben lang die Liebe (L 87, 16 und 35).

925,10 - *Elisa Mercoeur* (1809-1835), französische Dichterin aus Nantes. Schon mit 18 Jahren war sie wegen ihrer Dichtung weit bekannt. Nach ihrem frühen Tode wurden ihre Werke von ihrer Mutter herausgegeben. An ihrem Grabstein steht die Inschrift: „La nature l'avoit doucée d'une de ces âmes ardentes qui n'ont d'autres ressources que les passions ou les arts."

925,11 - *Aïssé, Charlotte* (1694-1733) wurde mit 4 Jahren vom französischen Botschafter M. de Ferriol auf dem Sklavenmarkt zu Konstantinopel gekauft und nach Paris gebracht. Von der Familie Ferriol wurde sie erzogen und ausgebildet. Ihre im Jahre 1787 mit einigen Anmerkungen von Voltaire herausgegebenen Briefe stellen nicht nur ihr außergewöhnliches Leben dar, sondern auch ihre leidenschaftliche Liebe für den Chevalier d'Aidie.

925,12 - *Julie Lespinasse* (1723-1776), in Lyons geborene Dichterin, die besonders durch ihre hinterlassenen Briefe bekannt wurde. Sie hatte in Paris einen Salon und verliebte sich in den Grafen du Guibert (L 9, 234), an den sie viele leidenschaftliche Briefe schrieb. Über ihre Briefe äußert sich Rilke:

> Die Briefe der Mademoiselle de Lespinasse machen einen großen Band von 536 Seiten aus; ich lese jeden Tag zwei bis drei Briefe, so wird es lange dauern. Darüber schreibe ich Dir noch: an die portugiesische Nonne darf man nicht denken; es ist ganz 18. Jahrhundert mit all dem Vergnügen am Unglücklichsein, ohne die rechte Lust dazu; und lang, lang, lang. Aber lauter Material für Einsichten und Einblicke (15.6.1907: L 5, II, 332).

925,13　- *Marie-Anne de Clermont.* Marie-Anne de Bourbon-Condé, Princesse de Clermont (1697-1741). Die „trostlose Sage" bezieht sich auf den Tod des Duc de Melun, der beim Jagen erschossen wurde. Sie hatte ihn heimlich geheiratet, und sein Tod und ihre tiefe Trauer schilderte Madame de Genlis in ihrem Roman: *Mademoiselle de Clermont* (1802) (L 9, 234).

925,15　- *Schmucketui.* Das leere Schmucketui erinnert an jene, die „als Geliebte zurückbleiben" (925,24), denn sie dienen lediglich vorübergehend den Gefühlen der Dichter und den „wirklich" Liebenden zum Gefäß (L 79, 237).

926,19ff - *Wir können nicht fertig werden . . . Noch eh wir Gott angefangen haben.* Diese Überlegung gehört zur Existenzproblematik des Romans. Für Malte besteht, wie schon für den Mönch im *Stundenbuch,* die Aufgabe, Gott zu schaffen; „den toten Gott, den er aufgegeben hat, . . . durch einen zukünftigen Gott" (L 13, 119) zu ersetzen. Im Jahre 1903 schreibt Rilke an Franz Kappus:

> Und wenn es Ihnen bang und quälend ist, an die Kindheit zu denken und an das Einfache und Stille, das mit ihr zusammenhängt, weil Sie an Gott nicht mehr glauben können, der überall darin vorkommt, dann fragen Sie sich, lieber Herr Kappus, ob Sie Gott denn wirklich verloren haben. Ist es nicht vielmehr so, daß Sie ihn noch nie besessen haben?

Zur weiteren Erläuterung seines Gedankens stellt Rilke eine Reihe von rhetorischen Fragen:

> Warum denken Sie nicht, daß er der Kommende ist, der von Ewigkeit her hervorsteht, der Zukünftige, die end-

liche Frucht eines Baumes, dessen Blätter wir sind? Was
hält Sie ab, seine Geburt hinauszuwerfen in die werdenden Zeiten und ihr Leben zu leben wie einen
schmerzhaften und schönen Tag in der Geschichte einer
großen Schwangerschaft? Sehen Sie denn nicht, wie
alles, was geschieht, immer wieder Anfang ist, und
könnte es nicht SEIN Anfang sein, da doch Beginn an
sich immer so schön ist? Wenn er der Vollkommenste
ist, muß nicht Geringeres VOR ihm sein, damit er sich
auswählen kann aus Fülle und Überfluß? - Muß ER nicht
der Letzte sein, um alles in sich zu umfassen, und welchen Sinn hätten wir, wenn der, nach dem wir verlangen, schon gewesen wäre? (L 1, 65-66).

Der Gedanke vom unfertigen Gott eröffnet auch die erste
Niederschrift des ursprünglichen Schlusses der *Aufz.*, die
Rilke in der Jahreswende 1909/1910 in Paris aufs Papier
setzte. Da heißt es: „Wenn Gott *ist*, so ist alles getan und
wir sind triste, überzählige Überlebende, für die es gleichgültig ist, mit welcher Scheinhandlung sie sich hinbringen"
(L 8, VI, 967).

926,25 - *Clémence de Bourges*, mit Louise Labbé befreundete jung-
verstorbene Dichterin, Empfängerin der bekannten Lab-
béschen Briefe: Louise Labbé widmete ihr die Gesamt-
ausgabe ihrer Werke (1555).

927,2 - Vgl. 925,11.

927,12 - *Jan des Tournes*, oder Jean Detournes, aus Lyons, Begründer
der Familie protestantischer Drucker und Verleger, die in
Frankreich vom 16. bis zum 18. Jahrhundert aktiv war.

927,23 - *Dika . . . Anaktoria, Gyrinno und Atthis*, Gefährtinnen Sapphos, die auch in ihren Liedern vorkommen (vgl. 928,5).

927,24 - *Ein älterer Mann* scheint auf keiner fiktiven oder historischen Gestalt zu basieren, sondern er steht der Gestalt des
Königs Karl VI. in seinen stilleren Augenblicken beim Kartenspielen oder beim Lesen des ihm gewidmeten Pisan-
Buches parallel. Die Erkenntnis des älteren Mannes entspricht in der Darstellung wie im Sinn der Erkenntnis des
Königs:

Zu solchen Tagen war der König voll milden Bewußtseins. Hätte ein Maler jener Zeit einen Anhalt gesucht
für das Dasein im Paradiese, er hätte kein vollkom-
meneres Vorbild finden können als des Königs gestillte
Figur, wie sie in einem der hohen Fenster des Louvre

stand unter dem Sturz ihrer Schultern. Er blätterte in
dem kleinen Buch der Christine de Pisan, das „der Weg
des langen Lernens" heißt und das ihm gewidmet war
(909,22ff).

Und während sein Blick scheinbar die Brücke drüben
umfaßte, liebte er es, durch dieses von der starken
Cumäa zu großen Wegen ergriffene Herz die Welt zu
sehen, die damalige: die gewagten Meere, fremdtürmige
Städte, zugehalten vom Andruck der Weiten; der gesammelten Gebirge ekstatische Einsamkeit und die in
fürchtigem Zweifel erforschten Himmel, die sich erst
schlossen wie eines Saugkindes Hirnschale (910,10ff).

927,28 - *Die Ridingerstiche zur Equitation.* Johann Elias Ridinger (1698-
1769), deutscher Künstler. Er hinterließ fast 1300 Bilder und
Stiche, die hauptsächlich von Tieren und Jägerszenen
handeln.

928,5 - *Sappho*, große Lyrikerin der Antike, Ende des 6. Jahrhunderts vor Chr., aus Mytilene auf der Insel Lesbos. Sie begründete eine literarische Frauengesellschaft und leitete sie.
Sie wurde von vielen Schriftstellern der Antike gepriesen
und verehrt. Bis heute gilt sie als bahnbrechend.

929,6ff - *Des Lebens himmlische Hälfte . . .* s. Anm. zu 876,7ff und
877,22.

929,23 - *Galen.* Griechischer Arzt (um 131-210). Von seinen Werken
über Literatur und Philosophie bleiben nur Fragmente.

929,24 - *Die Dichterin.* Sappho.

929,24f - *Die Werke des Herakles*, griechischer Held, später als Gott verehrt. Die Zahl seiner Arbeiten im Dienste des Eurystheus
wurde von späteren Schriftstellern auf 12 festgelegt. Der
Lohn für seine Mühen war nach Pindar die Unsterblichkeit;
durch Heldentaten erreicht er die Höhen des Olymp.

Hinter der mystischen Leistung des Herakles ersteht für
Malte die Möglichkeit einer neuen Welt aus Abbruch und
Umbau der vorhandenen. So erkennt Malte hinter der Gestalt Sapphos das Andrängen der noch zu erfüllenden Aufgaben des Herzens.

930,26f - *Ein Zuwachs an Einsamkeit.* Diese Überlegung deutet Rilke
einmal in einem persönlichen Zusammenhang. Über das
sich verändernde Verhältnis zwischen ihm und seiner
Frau Clara schreibt er an ihre gemeinsame Freundin Paula
Becker-Modersohn:

Sie müssen fortwährend Enttäuschungen erfahren,
wenn Sie erwarten, das alte Verhältnis zu finden, aber
warum freuen Sie sich nicht auf das neue, das beginnen
wird, wenn Clara Westhoffs neue Einsamkeit einmal die
Tore auftut, um Sie zu empfangen? Auch ich stehe still
und voll tiefen Vertrauens VOR den Toren dieser Einsamkeit, weil ich für die höchste Aufgabe einer Verbindung zweier Menschen diese halte: daß einer dem
andern seine Einsamkeit bewache (L 1, 34).

Später heißt es in einem Brief an Kappus:

Aber alles, was vielleicht einmal vielen möglich sein
wird, kann der Einsame jetzt schon vorbereiten und
bauen mit seinen Händen, die weniger irren. Darum,
lieber Herr, lieben Sie Ihre Einsamkeit und tragen Sie
den Schmerz, den sie Ihnen verursacht, mit schönklin-
gender Klage. Denn die Ihnen nahe sind, sind fern,
sagen Sie, und das zeigt, daß es anfängt, weit um Sie zu
werden. Und wenn Ihre Nähe fern ist, dann ist Ihre
Weite schon unter den Sternen und sehr groß; freuen Sie
sich Ihres Wachstums, in das Sie ja niemanden mitneh-
men können, und seien Sie gut gegen die, welche zurückbleiben, und seien Sie sicher und ruhig vor ihnen
und quälen Sie sie nicht mit Ihren Zweifeln und erschrecken Sie sie nicht mit Ihrer Zuversicht oder Freude,
die sie nicht begreifen könnten (L 1, 55).

931,11   - *Abelone.* Vgl. 824,1f, 825,2f, und 894,13.

931,14   - *Venedig.* Das Ende des Romans ist mit der in Venedig spie-
lenden Szene vorbereitet. In einer Salongesellschaft, in der
die inhaltsleere Gastlichkeit und die Klischeegebundenheit
der durchreisenden Besucher in die Augen springt, wird
Malte bewußt, inwiefern die Einsamkeit der Liebenden der
Realität des Daseins entspricht. Es ergibt sich für ihn ohne
weiteres die Verbindung zu Abelone. Das Lied der Sängerin
im Salon nimmt zugleich die Klage aller Liebenden, die
Malte schildert und auf sich wirken läßt, in sich auf. (Zu
Venedig vgl. auch das Gedicht: „Spätherbst in Venedig",
Anhang[35]).

934,2   - *Benedicte von Qualen.* Benedicte Reventlow, geb. von Qualen. „Die glühenden Liebesbriefe, die Baggesen an sie
schrieb, besonders nach dem Tod seiner Frau, sind in den

Reventlow-Briefen wiedergegeben (L 21, VI, 367–446), sowie auch ihr Bild (S. 424)" (L 83, 51).

934,2f — *Baggesen*. Jens Immanuel Baggesen (1764-1826), dänischer Dichter zum Reventlowkreis gehörend; unterhielt Beziehungen zu vielen deutschen Dichtern seiner Zeit, u.a. Voß, Klopstock, Gerstenberg, Wieland und Schiller und war mit Hallers Tochter Sophie verheiratet.

937,11 — *Christus*. S. Anm. 725,9ff.

937,13 — *Julie Reventlow*. S. Anm. zu 851,1.

937,15 — *Mechthild*. Mechthild von Magdeburg (ca. 1210-1282), eine der bedeutendsten Gestalten unter den deutschen Mystikerinnen des Mittelalters. Ihr einzig übriggebliebenes Werk: *Das fließende Licht der Gottheit* zeigt eine inbrünstige Liebessehnsucht nach Christus.

937,16 — *Theresa von Avila* (1515-1582), Karmeliterin, große, eigenständige, christliche Mystikerin, die zu den Klassikern der spanischen Sprache gehört.

937,17 — *Rose von Lima* (1586-1617), erste Heilige der neuen Welt. Als junges Mädchen war sie wegen ihrer Schönheit bekannt, gegen die sie ständig und schwer kämpfte. Einmal rieb sie das Gesicht mit Pfeffer ein, einmal die Hände mit Kalk, um sich gegen den Teufel wie auch gegen ihre eigenen Schwächen zu wehren. Sie litt unter verschiedenen schweren Krankheiten, wobei sie unablässig nach verstärktem Leiden bat, um - so glaubte sie - in ihrem Herzen die Gottesliebe zu verstärken.

937,21 — *Ein Gestalteter*. Christus.

938,6 — *Amalie Galitzin* (1748-1806), deutsche Gattin des Prinzen Dmitri Alexeiewitsch Galitzin, des russischen Gesandten in Paris und im Haag. Sie nahm eine Beziehung zu Voltaire auf und hatte in Münster einen Salon, wo sie die führenden Männer und Dichter der Zeit empfing. Die Fürstin wird einige Male in den Reventlow-Briefen erwähnt, ihre Briefe aber wurden in der Bobéschen Ausgabe nicht veröffentlicht.

938,14f — *Die Geschichte des verlorenen Sohnes*. Mit dieser Erzählung, die die *Aufz.* abschließt, gestaltete Rilke die biblische Parabel um (Lukas 15) und veränderte ihren Sinn. Antrieb und Vorbild gab André Gides 1907 erschienenes Werk: *Le Retour de l'enfant prodigue* (vgl. L 11,608), das Rilke hoch schätzte. Die im Laufe der *Aufz.* dargestellten Probleme, Themen

und Zusammenhänge sind bis hierhin mit der unmittelbaren Darstellung eines einzigen Schicksals, dem des jungen Dänen Malte Laurids Brigge, verbunden. Was in diesem ungeheuer verwickelten Mosaik an Bündigkeit und
Geschlossenheit fehlt, gibt die Erzählung des verlorenen
Sohnes als Konzentrat des Romans in knapper Form wieder
(L 24, 196).

938,14ff - *Die Legende dessen, der nicht geliebt werden wollte.* Vgl. 937,
28ff.

939,12 - *Schicksal.* S. Anm. zu 898,29ff.

939,14 - *Tortuga.* gebirgige Insel vor der Nordküste von Haiti. Im 17.
Jahrhundert wurde die Insel zum Hauptsitz der Flibustier
(vom niederländischen Vrijbeuter - Piraten). In der zweiten
Hälfte des 17. Jahrhunderts gelangten diese Seeräuber zu
großer Macht und plünderten spanische Küstenplätze und
Schiffe. Bis zum Anfang des 18. Jahrhunderts wurden sie
unterdrückt.

939,16 - *Campêche.* Hauptstadt des mexikanischen Staates Cam-
peche an der Westküste von Yucatán.

939,16 - *Vera-Cruz.* Hafenstadt an der Golfküste Mexikos.

939,20 - *Deodat von Gozon.* Die Quelle zu dieser Stelle ist vermutlich
die Enzyklopädie von Ersch und Gruber (L 68). Dort wird
ein "phantastisches Märchen" aus den überlieferten Fakten
zusammengebaut, in dem der Kampf mit dem Drachen eingehend beschrieben wird. Was uns Rilke hier gibt ist ein
Gegenbild zu Grischa Otrepjow (vgl. Anm. zu 882,4f), der
„noch im Sterben die Maske seiner Erhöhung" trug, während Deodat von Gozon „mitten im Ruhm bestraft" wird (L
83, 70).

940,23 - *Ein Gesicht zu haben.* Zum Thema „Gesicht" s. im Text u.a.
711,14f-712,27, 738,12, 741,8, 759,25 und Anm. zu 734,24 und
890,5f.

941,1 - *Nein, er wird fortgehen.* S. im Text 830,22ff, 861,21 und 882,27.

941,12f - *Langsam hat er gelernt.* (Im selben Zusammenhang auch
941,28ff - *Denn er hatte die Hoffnung nicht mehr . . .* und 942,27
- *. . . daß er es liebte, zu sein.*) Dazu s. Anm. zu 832,22f,
930,12f, 930,26f, 935,4.

943,3 - *Akropolis.* Die große Burg in Athen. Das Wort selbst ist die
altgriechische Bezeichnung für „die Burg der Stadt".

943,4ff - *Einer der Hirten in den Baux.* Im Spätsommer 1909, kurz vor
dem Abschluß der *Aufz.*, war Rilke in Avignon und in den

Baux. Im Brief vom 23. Okt. 1909 berichtet er Lou ausführlich über den Eindruck dieser seltsam strengen Landschaft auf ihn.

> Hast Du nie von Les Baux gehört? Man kommt von
> Saint-Remy, wo die Provence-Erde lauter Felder von Blu-
> men trägt und auf einmal schlägt alles in Stein um. Ein
> völlig unverkleidetes Tal geht auf, und kaum der harte
> Weg drin ist, schließt es sich hinter ihm zu; schiebt drei
> Berge vor, schräg hintereinander aufgestemmte Berge,
> drei Sprungbretter sozusagen, von denen drei letzte En-
> gel mit entsetztem Anlauf abgesprungen sind. Und ge-
> genüber, fern in die Himmel eingelegt, wie Stein in
> Stein, heben sich die Ränder der seltsamsten Ansied-
> lung herauf, und der Weg hin ist so von den immensen
> Trümmern (man weiß nicht, ob Berg- oder Turmstücken)
> verlegt und verstürzt, daß man meint, selber auffliegen
> zu müssen, um in die offene Leere da oben eine Seele zu
> tragen.
> . . . .
> Ich war einen Tag in Les Baux. Die Ferne von dort oben,
> von der mir der Führer sprach, hab ich nicht gehabt: sie
> soll unendlich groß und schön verteilt sein und bis ans
> Meer reichen und bis zum Kirchturm von Saintes–
> Maries. Aber die Nähe war um so großartiger, je mehr
> der Tag eingraute und sich um sie schloß. Den Kustoden
> war ich bald los, auch den Wirt, nachdem ich gefrüh-
> stückt hatte. Und von da ab ging ich nur mit einem
> Hirten um, der wenig sagte. Wir standen nur nebenein-
> ander und schauten beide immerzu auf den Ort. Die
> Schafe weideten auseinander auf dem raren Boden. Zu-
> weilen aber, wenn sie die festen Kräuter streiften, kam
> Duft von Thymian auf und blieb eine Weile um uns (L 1,
> 249-50).

943,5   - *Das hohe Geschlecht*. Im schon erwähnten Brief an Lou heißt
es:

> Das ist Les Baux. Das war eine Burg, das waren Häuser
> um sie, nicht gebaut, in die Kalksteinschichten hinein-
> gehöhlt, als wären die Menschen durch eigensinniges
> Wohnenwollen dort zu Raum gekommen, wie der Trop-
> fen aus der Traufe, der erst abrollt, wo er auffällt und

nicht nachgibt und schließlich mit seinesgleichen wohnt
und bleibt. Die dort vor allem blieben, das waren die
ersten jenes fast schon legendischen Geschlechts der
Herren der Baux, das mit einem Sonderling in Neapel
im 17. Jahrhundert unruhig und zuckend verlischt, wie
ein Kerzenrest, der merkwürdig Abgetropftes ansetzt
und qualmt. Aber der das Haus begründete, dereinst,
von dem wurde bis auf den letzten überliefert, daß er
der Urenkel des Königs Balthasar aus dem Morgenland
gewesen sei und eines heiligen Drei-Königs echter Erbe.
Und noch der alte verrückte Marchese in Neapel siegelte
mit seinem sechzehnstrahligen Stern.

Von dem harten Lager der Baux erhob sich dieses Ge-
schlecht, für Jahrhunderte ausgeruht. Sein Ruhm hatte
Mühe, ihm zu folgen, und bei dem Ungestüm des
Aufstiegs blieben an seiner Krone die glänzendsten
Namen hängen. Sie wurden Herren von 79 Städten und
Ortschaften; sie waren Grafen von Avellin, Vicomtes
von Marseille, Prinzen von Orange und Herzoge von
Andria und hatten kaum Zeit zu merken, daß sie (dem
Titel nach) Könige von Jerusalem wurden. Ihre Wirklichkeit ist so phantastisch, daß die Troubadours es aufge-
ben, zu erfinden; sie drängen sich an diesen Hof, den
sie schildern, und gereizt von ihren Liedern werden die
Herren immer kühner und die Frauen bringen es zu jener beispiellosen Schönheit, die in Cecile des Baux, um
1240, so groß geworden war, daß man in den entfern-
testen Gegenden von ihr wußte und übereinkam, sie
Passe–Rose zu nennen, - die die Rosen übertrifft. Aber
damals war die erste Giovanna, Königin von Neapel, die
bestrittene Erbin der Provence; das Geschlecht, bald für,
bald wider sie, zog sich dahin. Es schleuderte sich so
hoch und so weit, daß es nicht mehr zu sich zurück fiel.
In Neapel zehrte der Hof an ihm und die Eifersucht der
San Severini; es warf nur noch einzelne wilde Ranken
aus, Stachelranken, an deren Ende Rebellen aufgingen,
giftige Blüten ohne Fruchtlust, deren Geruch selbst den
Kaiser schwindlig machte. Aber klammernd und unver-
wöhnt wie der Feigenbaum, kam es besser fort, wo es
härter gefallen war: in Dalmatien und Sardinien bildete
es stämmige Dynastieen.

Auf Les Baux aber saßen nur noch Gouverneure, erst

der Provence, dann Frankreichs, nachdem die Landschaft dem König zugefallen war. Man weiß alle ihre
Namen und behält unwillkürlich die aus dem Hause
Manville, unter denen der Protestantismus sich in Burg
und Stadt festsetzte. Claude II. de Manville schützte die
Reformierten noch, als es schon gefährlich war, sich
ihrer anzunehmen: er erhält ihnen eine Kapelle in
seinem Palast. Doch schon sein Nachfolger steht vor der
Wahl, seine Religion oder seinen Posten zu verlassen. Er
entschließt sich zu dem äußeren Verzicht, und mit ihm
vertreibt man (1621) alle Protestanten aus den Baux (L 1,
247-49).

943,8   - *Orange*. S. Anm. zu 921,8.

943,10   - *Allyscamps*. Die „elyseischen Felder", eine Anlage bei Arles
mit Reihen offener Sarkophage aus der Antike.

944,2ff   - *ein langes Leben*. Zu diesem Thema s. im Text 723,20–728,30.

944,21f   - *Sa patience de supporter une âme*. „Sein geduldiges Beharren
auf die Rettung einer Seele." Rilke selbst gibt als Quelle zu
dieser Stelle die heilige Theresa von Ávila an (L 5, V, 368).
S. auch Anm. zu 937,16.

945,5f   - *Kindheit*. S. Anm. zu 767,27.

946,13f   - *Einer. Gott*. Vgl. im Text 937,1-938,12. S. auch Anm. zu
935,4.

Anhang

Anhang[1] (S. 15)

Brief an Lou Andreas-Salomé vom 18.7.1903: über die „Fortgeworfenen".

> O Lou, ich habe mich so gequält, Tag für Tag. Denn ich verstand
> alle diese Menschen und, obwohl ich in einem großen Bogen um
> sie herumging, hatten sie kein Geheimnis vor mir. . . . Ich mußte
> mir oft laut sagen, daß ich nicht einer von ihnen bin, daß ich wie-
> der fortgehen würde aus dieser schrecklichen Stadt, in der sie
> sterben werden; . . . Und war ich nicht doch einer von ihnen, da
> ich arm war wie sie und voll Widerspruch gegen alles was die
> anderen Leute beschäftigte und freute und täuschte und trug?
> Leugnete ich nicht alles was um mich herum galt, - und war ich
> nicht eigentlich obdachlos, trotz des Scheines einer Stube, in der
> ich so fremd war, als theilte ich sie mit einem Unbekannten? Hun-
> gerte ich nicht, gleich ihnen, an den Tischen auf denen Speisen
> standen, die ich nicht berührte, weil sie nicht rein und nicht ein-
> fach waren, wie die, die ich liebte? Und unterschied ich mich
> nicht, wie sie, von den Meisten um mich schon dadurch, daß kein
> Wein in mir war, noch irgend sonst ein täuschendes Getränk? . . .
> Sie waren ernst; und ihr Ernst griff wie Schwerkraft nach mir und
> zog mich hinab tief in den Mittelpunkt ihres Elends (L 11, 69-70).

Anhang[2] (S. 22)

Brief an Lou Andreas-Salomé vom 18.7.1903: über „den hüpfenden Mann".

> Da fiel mir plötzlich das eigenthümliche Betragen der Leute auf,
> die mir entgegenkamen; die meisten gingen eine Weile zurück-
> gewendet, so daß ich darauf achten mußte, nicht mit ihnen zu-
> sammenzustoßen; es gab auch solche die stehen geblieben waren
> und, indem ich ihrem Blicke folgte, erreichte ich unter den Leu-
> ten, die vor mir gingen, einen schlanken, schwarzgekleideten
> Mann, der im Weitergehen beide Hände benützte, seinen Über-
> zieherkragen, der sich offenbar ärgerlicherweise immer wieder

aufstellte, umzuklappen. Bei dieser Bemühung, die ihn sichtlich anstrengte, vergaß er wiederholt des Weges zu achten, stolperte oder sprang hastig über irgend ein kleines Hindernis. Als das einige Mal, kurz hintereinander, geschehen war, wandte er die Aufmerksamkeit dem Wege zu, aber es war merkwürdig, daß er trotzdem nach zwei oder drei Schritten wieder stockte und über irgendetwas weghüpfte. Ich war unwillkürlich rascher gegangen und befand mich nun nahe genug hinter dem Manne um zu sehen, daß die Bewegungen seiner Füße gar nichts mit dem Bürgersteig zu thun hatten, der glatt und eben war, und daß er nur die ihm Begegnenden täuschen wollte, wenn er sich nach jedem Stolpern umwandte als sollte er irgend einen schuldigen Gegenstand zu Rechenschaft ziehen. Es war in Wirklichkeit nichts zu sehen. Indessen langsam milderte sich die Ungeschicklichkeit seines Ganges und er eilte jetzt ganz schnell dahin und blieb eine Weile lang unbeobachtet. Aufeinmal aber fing die Unruhe wieder in seinen Schultern an, zog sie zweimal hoch und ließ sie fallen, so daß sie ganz schräge von ihm weghingen, während er weiterging. Wie staunte ich aber, als ich aufeinmal zugeben mußte, gesehn zu haben, wie seine linke Hand unbeschreiblich rasch nach dem Mantelkragen fuhr, ihn fast unbemerkbar ergriff und aufstellte, worauf er sehr umständlich mit beiden Händen die Niederlegung des Kragens versuchte, die, ganz wie das erste Mal, nur sehr schwer zu gelingen schien. Dabei nickte er nach vorn und nach links, streckte den Hals und nickte, nickte, nickte hinter den hochgehobenen beschäftigten Händen, als begänne nun auch der Hemdkragen ihn zu belästigen und als wäre da oben noch für lange hinaus Arbeit. Schließlich schien wieder alles in Ordnung zu sein. Er ging etwa zehn Schritte völlig unbeobachtet, als ganz plötzlich das Auf und Ab der Schultern wieder anfing; gleichzeitig blieb ein Kellner, der vor einem Kaffeehause aufräumte, stehen und betrachtete neugierig den Vorübergehenden, der sich unversehens schüttelte, stand und in kleinen Sprüngen seinen Gang wieder aufnahm. Der Kellner lachte und rief etwas in das Geschäft hinein, worauf noch ein paar Gesichter hinter den Spiegelscheiben sichtbar wurden. Der fremde Mann aber hatte indessen seinen Stock mit dem rund gebogenen Griff hinten an seinem Kragen angehängt, und nun, während des Weitergehens, hielt er ihn so, senkrecht, gerade über der Wirbelsäule; das hatte nichts Auffälliges und es stützte ihn. Die neue Haltung beruhigte ihn sehr und er ging einen Augenblick ganz erleichtert weiter. Niemand achtete seiner; ich aber, der ich den Blick nicht eine

Sekunde lang von ihm abwenden konnte, wußte, wie nach und
nach die Unruhe wiederkehrte, wie sie stärker und stärker wurde,
wie sie versuchte bald da, bald dort zu Worte zu kommen, wie sie
an den Schultern rüttelte, wie sie sich an den Kopf hängte um ihn
herabzureißen aus dem Gleichgewicht und wie sie plötzlich ganz
unerwartet den Schritt überfiel und zerriß. Noch sah man alles
das kaum; es spielte sich in kleinen Pausen leise und fast heimlich
ab, aber es war doch schon da und es wuchs. Ich fühlte wie dieser
ganze Mann sich anfüllte mit Unruhe, wie sie, die sich nicht aus-
geben konnte, sich vermehrte und wie sie stieg, und ich sah
seinen Willen, seine Angst und den verzweifelten Ausdruck
seiner krampfhaften Hände, die den Stock an das Rückgrat
preßten als wollten sie ihn zu einem Theil dieses hülflosen Leibes
machen, in den der Reiz zu tausend Tänzen lag. Und ich erlebte
es wie dieser Stock etwas wurde, etwas Bedeutsames, von dem
viel abhing: alle Kraft des Mannes und sein ganzer Wille ging in
ihn ein und machte ihn zu einer Macht, zu einem Wesen, das
vielleicht helfen konnte und an dem der kranke Mann mit wildem
Glauben hing. Hier entstand ein Gott und seine Welt erhob sich
wider ihn. Aber während dieser Kampf sich vollzog, versuchte
der Mann, der ihn trug, weiterzugehen und es gelang ihm für
Augenblicke arglos und gewöhnlich auszusehen. Jetzt überschritt
er den Michaelsplatz, und obwohl das Ausweichen vor den
Wagen und Fußgängern, die sehr zahlreich waren, ihm Vorwand
geboten hätte zu ungewöhnlichen Bewegungen, blieb er ganz
stille und es war sogar eine seltsam starre Ruhe in seinem ganzen
Körper, als er drüben den Gangsteig der Brücke betrat. Ich war
jetzt dicht hinter ihm, willenlos, mitgezogen von seiner Angst,
die von meiner nicht mehr zu unterscheiden war. Plötzlich gab
der Stock nach, mitten auf der Brücke. Der Mann stand; un-
gewöhnlich still und steil stand er da und rührte sich nicht. Nun
wartete er; aber es war, als traute der Feind in ihm dieser Unterwerfung noch nicht; er zögerte, - nur einen Augenblick freilich.
Dann brach er los wie ein Brand, aus allen Fenstern zugleich. Und
es begann ein Tanz. . . Ein dichter Kreis von Menschen, der sich
rasch geschlossen hatte, schob mich allmählich zurück und ich
konnte nichts mehr sehen. Meine Kniee zitterten, und es war alles
aus mir herausgenommen. Ich stand eine Weile an das Brückenge-
länder gelehnt und schließlich ging ich zurück in mein Zimmer; es
hätte keinen Sinn mehr gehabt, nach der Bibliothek zu gehen. Wo
giebt es ein Buch, das stark genug gewesen wäre, mir über das
fortzuhelfen was in mir war. Ich war wie verbraucht; als hätte die

Angst eines anderen sich aus mir genährt und mich erschöpft, so war ich (L 11, 71-74).

Anhang³ (S. 23)

„Ein Aas" von Charles Baudelaire

Erinnre dich, mein Herz, an jenen Sommermorgen,
  Den wunderbaren, warmen Tag:
Da war ein schmählich Aas, am Straßenrand geborgen,
  Das nackt auf Sand und Steinen lag,

Die Beine starr gereckt gleich einem geilen Weibe,
  Und von erschwitzten Giften voll,
Dem weit geborstenen und schamlos offnen Leibe
  Ein widriger Geruch entquoll.

Die Sonne strahlte grell auf die Verwesung nieder
  Und kochte sie mit heißer Glut,
So gibt sie der Natur nun hundertfaltig wieder,
  Was einst in Einer Form geruht;

Der Himmel blickte auf das prunkende Gerippe,
  Das blütengleich zu flimmern schien.
Noch ärger wurde der Gestank, mit bleicher Lippe
  Sankst auf das Weiche Gras du hin.

Die Fliegen schossen hoch aus schwärenden Gedärmen,
  Durch die der Maden Schar sich goß,
Und schwarz quolls über den Kadaver hin in Schwärmen,
  Aus denen zähes Leben floß.

Und wogengleich gebläht, zusammensinkend, quellend,
  Und schillernd wieder neu bewegt,
Schien es, als ob den Leib, von argen Gasen schwellend,
  Ein tausendfaches Leben regt.

Und dieser Welt entstieg Musik, ein seltsam Klingen,
  Wie Wasserrauschen, Windeswehn,
Und Körnern gleich, wenn sie mit rhythmisch stetem Schwingen
  Im Sieb die Knechte schütteln, drehn.

Die Formen schwanden hin, wie sie im Traum sonst schwanken,
  Wie ein Entwurf erst und ein Plan

Auf längst vergessnem Blatt, der nur in den Gedanken
  Des Künstlers sich vollenden kann.

Und aus den Steinen sah mit Augen, die uns hassen,
  Der Hündin zähe Gier hervor,
Im rechten Augenblick die Fetzen zu erfassen,
  Die sie an dem Skelett verlor.

-Allein, einst wirst auch du dem Greuel ähnlich werden,
  Wirst schrecklich sein und grauenhaft,
Du meiner Augen Stern, o Sonne mir auf Erden.
  Mein Engel, meine Leidenschaft!

Ja! so wirst selber du, o Königin der Wonnen,
  Einst nach der letzten Ölung sein,
So wirst du unterm Gras, von Blüten übersponnen,
  Verwesen zwischen dem Gebein.

Dann, Schönste, mag durch dich auch das Gewürm erfahren,
  Das küssend sich dir zugesellt:
Gestalt und göttlichen Gehalt will ich bewahren,
  Wenn meine Liebe auch zerfällt! (L 17, 88-93).

Anhang[4] (S. 35)

AN DIE MUSIK

MUSIK: Atem der Statuen. Vielleicht:
Stille der Bilder. Du Sprache wo Sprachen
enden. Du Zeit,
die senkrecht steht auf der Richtung
                vergehender Herzen.

Gefühle zu wem? O du der Gefühle
Wandlung in was? -: in hörbare Landschaft.
Du Fremde: Musik. Du uns entwachsener
Herzraum. Innigstes unser,
das, uns übersteigend, hinausdrängt, -
heiliger Abschied:
da uns das Innre umsteht
als geübteste Ferne, als andre
Seite der Luft:
rein,

riesig,
nicht mehr bewohnbar (L 8, II, 111).

Zu früheren Gedichten vgl. auch L 8, II, 60: „Bestürz mich, Musik"
und L 8, I, 379: „Musik."

Anhang[5] (S. 36)

Fortsetzung des Briefes an Annette Kolb vom 23.1.1912: über „die
Liebenden".

Und da, mein Gott, da ergibt sich, daß, infolge der unaufhaltsa-
men Konsequenz des weiblichen Herzens, diese Linie, im Irdischen fertig, vollendet, nicht weiter zu treiben war, man könnte
sie denn auf das Göttliche zu ins Unendliche verlängern. Aber da,
an dem Beispiel dieses höchst nebensächlichen Chamilly (dessen
törichte Eitelkeit die Natur benutzte, um die Briefe der Portugiesin
zu erhalten), mit dem sublimen Ausdruck der Nonne: „Meine
Liebe hängt nicht mehr davon ab, wie du mich behandelst-" war
der Mann, als Geliebter, abgetan, erledigt, durchgeliebt - wenn
man es so rücksichtsvoll sagen soll, durchgeliebt, wie ein Hand-
schuh durchgetragen ist. Und es ist ein Wunder, daß der Mann so
lange gehalten hat, da er doch immer nur mit seinen dünnsten
Stellen an der Liebe beteiligt war. Was spielt er in der Geschichte
der Liebe für eine triste Figur: er hat da fast keine Stärke als die
Überlegenheit, die die Tradition ihm zuschreibt, und selbst die
trägt er mit einer Nachlässigkeit, die einfach empörend wäre,
hätte nicht seine Zerstreutheit und Herzensabwesenheit öfters
große Anlässe gehabt, die ihn teilweise rechtfertigen. Niemand
aber wird mir ausreden, was an dieser äußersten Liebenden und
ihrem schmählichen Partner sichtbar wird: daß dieses Verhältnis
definitiv an den Tag stellt, wie sehr auf der einen Seite, der der
Frau, alles Geleistete, Getragene, Vollbrachte der absoluten
Liebesunzulänglichkeit des Mannes gegenübersteht. Sie empfängt
gleichsam, banal deutlich gemacht, das Diplom des Liebenkön-
nens, während er eine Elementargrammatik dieser Disziplin in
der Tasche hat, aus der ihm notdürftig ein paar Vokabeln eingegangen sind, daraus er gelegentlich Sätze bildet, schön und hin-
reißend wie die bekannten Sätze auf den ersten Seiten der
Sprachlehren für Anfänger. - Der Fall der Portugiesin ist so wunderbar rein, weil sie die Ströme ihres Gefühls nicht ins Imaginäre
weiter wirft, sondern mit unendlicher Kraft die Genialität dieses

Gefühls in sich zurückführt: es ertragend, sonst nichts. Sie wird
alt im Kloster, sehr alt, sie wird keine Heilige, nicht einmal eine
gute Nonne. Es widerstrebt ihrem seltenen Takt, an Gott anzu-
wenden, was nicht von Anfang an für ihn gemeint war und was
der Graf von Chamilly verschmähen durfte. Und doch wars fast
unmöglich, den heroischen Anlauf dieser Liebe vor dem
Absprung aufzuhalten und über einer solchen Vibration des in-
nersten Daseins nicht zur Heiligen zu werden. Hätte sie, diese
über die Maßen Herrliche, - einen Moment nachgegeben, sie wäre
in Gott hineingestürzt wie ein Stein ins Meer, und hätte es Gott
gefallen, an ihr zu versuchen, was er beständig an den Engeln tut,
daß er ihr ganzes Strahlen wieder in sie zurückwirft -: ich bin
sicher, sie wäre auf der Stelle, wie sie da stand, in diesem trau-
rigen Kloster, - Engel geworden, innen, in ihrer tiefsten Natur.

Sie rufen mich zurück, aber ich habe mich gar nicht so weit von
Ihrem Aufsatz entfernt. Sie werden gleich sehen, wir sind mit-
tendrin. Die Frau hat etwas, das Ihre, Ihrigste, durchgemacht, geleistet, zu Ende geführt. Der Mann, der immer die Ausrede hatte,
mit Wichtigerem beschäftigt zu sein, und der (sagen wirs offen)
für die Liebe auch gar nicht genügend vorbereitet war, hat sich
(die Heiligen ausgenommen) seit der Antike überhaupt nicht in
die Liebe eingelassen. Die Troubadours wußten genau, wie wenig
weit sie gehen durften, und Dante, in dem die Not ganz groß
wurde, kam nur auf dem ungeheuren Bogen seines gigantisch
ausweichenden Gedichts um die Liebe herum. Alles andere ist, in
diesem Sinne, abgeleitet und zweiten Grades. Aber Sie begreifen,
wie sehr, bei diesem Stand meiner inneren Meinung, die Aussicht
aus Ihrem Fenster mir merkwürdig und spannend werden mußte.
Ich glaube Ihnen aufs Wort, was Sie sehen, und ich weiß erst, seit
Sie mich so glänzend ins Laufende versetzt haben, was ich
eigentlich erwarte. Sehen Sie, ich erwarte, daß der Mann, der
Mann des „neuen Schlags", der dabei ist, vorläufig „in die Brüche
zu gehen", nach dieser, ihm gewiß sehr gesunden Pause, für ein
paar Jahrtausende zunächst, die Entwicklung zum „Liebenden"
auf sich nimmt, eine lange, eine schwere, ihm völlig neue Entwicklung. Was die Frau angeht, liebes Fräulein Kolb, so erlaubt
die ausgezeichnete, die wirklich einzige Lage Ihres Fensters die
Annahme, daß sie wahrscheinlich, zurückgezogen in einen
schönen, selbstgemachten Kontur, die Fassung finden wird, ohne
sich zu langweilen und ohne zuviel Ironie, diesen langsamen Liebenden abzuwarten und zu empfangen (L 1, 319-21).

I
Der Gesichtssinn

Anhang[6]   (S. 38)

Die sechs Wandteppiche der Dame à la Licorne

I, Der Gesichtssinn

In der Mitte der Insel hält die mit dem Gesicht zum Beschauer sitzende Dame in der rechten Hand einen ovalen Spiegel, in dem sich Kopf und Hals des kauernden Einhorns spiegeln, dessen Vorderhufe auf den Knien der Dame ruhen und von ihrer linken Hand gestreichelt werden. Rechts von der Dame trägt der Löwe die wappenverzierte Standarte. Eine Eiche und eine Stechpalme, beide mit Früchten beladen, rahmen die Szene ein. Kaninchen, Ginsterkatze und Hund nehmen den Vordergrund ein, während andere Tiere den blumenübersäten rosa Hintergrund beleben. Die Dame trägt ein sehr elegantes Brokatkleid, dessen Saum auf ihren Knien zurückgeschlagen ist und einen Rock aus blauem Mohair sehen läßt. Ein Gürtel und ein zweireihiges Juwelenkollier betonen den Reichtum der Kleidung. Das leicht dem Einhorn zugeneigte Gesicht ist von einer mit Perlen geschmückten Hochfrisur gekrönt, die in einer Haarquaste ausläuft und einen Teil der langen Haare auf den Rücken fallen läßt.

II, Der Gehörsinn

Zwischen dem Löwen und dem Einhorn steht auf einem mit einem geometrisch gemusterten Teppich belegten Tisch eine kleine, reich mit Edelsteinen und Perlen besetzte Orgel, deren Seitenteile einen sitzenden Löwen und ein liegendes Einhorn tragen. Die Dame spielt die Orgel, während die Dienerin die Blasebälge tritt. Die Dame trägt einen prächtigen roten Umhang mit Schleppe, der mit Edelsteinen verziert ist und sich über einem blauen Kleid mit weiten Ärmeln öffnet. Die Frisur ist hier um einen kurzen braunen Schleier mit einer gestickten Blumenborte bereichert. Die Dienerin, bescheidener gekleidet in ein Kleid aus blauem Mohair mit breitem rotem Streifen, das sich seitlich über einem blauen Kleid öffnet, trägt eine doppelte, mit Edelsteinen besetzte Kette. Ein kurzer, durchsichtiger Schleier wird von einem Goldreif gehalten. Beide Frauen scheinen in einen Traum verloren. Vier Bäume, ein Orangenbaum, eine Pinie, eine Eiche und eine Stechpalme, alle mit Früchten überladen, umrahmen die Szene. Tiere und Vögel mischen sich sowohl auf dem rosa Hintergrund als auf der Insel unter die Pflanzen.

III, Der Geruchssinn

Zwischen dem Löwen und dem Einhorn, beide in das Wappen der Le Viste tragende Mäntel gekleidet, stehen die gleichfalls Standarten tragende Dame und ihre Dienerin neben einer kleinen Bank, auf der ein hockender Affe den Duft einer Rose einatmet, die er einem auf der Bank abgestellten Korb entnommen hat. Die junge Dienerin, einen braunen Schleier in den Haaren, der von

II
Der Gehörsinn

III
Der Geruchssinn

ihrer Flechte gehalten wird, trägt ein Kleid aus blauem Mohair, dessen bis zur Taille hochgeraffte Schleppe ein rotes Kleid sehen läßt. Sie hält in beiden Händen eine goldene Schale, die mit rosa und weißen Nelken gefüllt ist. Um ihren Hals liegt eine gewundene Goldkette. Die Dame trägt ein kostbares Brokatgewand, dessen Rock unter dem mit rotem Mohair unterlegten blauen Kleid hervorsieht, das bis zur Taille gerafft ist und an den Ärmeln und dem Halsausschnitt mit Edelsteinen und Perlen besetzt ist. Ein kurzer, mit Edelsteinen und Perlen bestickter Schleier aus Goldgewebe bedeckt ihre offenen Haare. Eine äußerst prächtige Kette und ein ganz einfacher Gürtel vervollständigen den Putz der jungen Frau. Sie selbst flicht einen Kranz aus Nelken, die sie aus der ihr von der Dienerin dargebotenen Schale wählt.

IV, Der Tastsinn

Auf diesem Teil steht die Dame allein in der Mitte. Die Tiere sind zwar mit Mänteln bedeckt, doch die Dame hält in ihrer rechten Hand das wappengeschmückte Panier. Mit der linken Hand berührt sie das Horn des Einhorns. Ihr blaues, mit polierten Edelsteinen abgesetztes und mit Hermelin unterlegtes Kleid öffnet sich an der Seite über einem prächtigen Brokatrock. Eine Goldkette, an der ein Juwel hängt, umschließt ihre schmale Taille. Ein Goldkollier mit Anhängern liegt um ihre Schultern. Ihre offenen, bis zur Hüfte fallenden Haare werden von einer Edelsteinkrone gehalten, die über der Stirn eine Blume und ein Dreiecksmotiv bildet. Über ihr fliegen ein Falke und ein Reiher, links streicht ein Wolf vorbei. Im unteren Teil sitzen ein Gepard und ein anderes Tier mit enganliegenden Halsbändern, und ein angeketteter Affe, der einen kleinen blauen Gürtel trägt; an den Seiten laufen zwei Rebhühner.

V, Der Geschmackssinn

Dieser ganz besonders schöne Teil zeigt eine der durchdachtesten Kompositionen. Die Ränder der Insel sind wieder mit den vier Bäumen bepflanzt, der Hintergrund ist durch eine blühende Rosenhecke abgeschlossen, vor der sich die Szene abspielt. Zwischen dem bekleideten, stolz aufgerichteten Löwen und dem Einhorn, die beide hochmütig ihre Paniere tragen, bietet die ein Knie beugende Dienerin der Dame Bonbons in einem Goldkelch. Ihr an der Seite geschlitztes Kleid aus blauem Mohair bedeckt ein gewirktes Kleid. Ein großer runder, mit Perlen gesäumter Ver-

IV
Der Tastsinn

V

Der Geschmackssinn

schluß hält die zwei Enden des Schlitzes. Eine schwere Halskette
liegt auf ihren Schultern. Ihre Haare dringen unter einem mit Perlen besetzten Netz hervor. Die Dame, die ein prachtvolles Kleid,
einen schweren Gürtel mit durch Blumen getrennten rosa Kugeln,
eine enganliegende Blumen- und Perlenkette und eine auf den
Schultern in drei Blumen auslaufende Goldtorsade trägt, ist mit
einem leichten Schleier bedeckt, der hinter ihr herweht und in
ihren mittellangen Haaren von einem Blumenband gehalten wird.
Auf ihrer behandschuhten Hand führt ein Papagei mit seinem
rechten Fuß ein Korn an seinen Schnabel. Ein reizender kleiner
Affe sitzt auf der Schleppe der Dame. Ein vor ihren Füßen
hockender Affe frißt einen roten Bonbon.

VI
Meiner einzigen Lust
(A mon seul désir)

VI, „Meiner einzigen Lust" (A mon seul désir)

Dieser Teil unterscheidet sich von den anderen durch ein in der Mitte aufgebautes, mit Goldtränen übersätes blaues Samtzelt. Zwei von der Spitze auslaufende Seile sind an den Füßen der Eiche und der Stechpalme befestigt. Das Zeltdach ist mit einem Wappenpanier gekrönt. Der fransenbesetzte obere Rand trägt in Goldbuchstaben die Inschrift: A mon seul désir (Meiner einzigen Lust). Der Löwe und das Einhorn heben die Zipfel des Zeltes hoch, vor dem die Dame stehend vorsichtig eine reichbesetzte Kette aus einem Kästchen nimmt, das ihr die Dienerin reicht. Das rote, mit Perlen und polierten Edelsteinen gesäumte Kleid der Dame fällt über einen mit Juwelen besetzten Brokatrock. Die durchsichtigen Ärmel lassen die des Brokatkleides sehen. Ein Goldgürtel betont die Schlankheit der Taille; ein Schmuck ziert ihren Hals. Ein großer, mit Perlen und Blumen besetzter Turban

bedeckt ihre kurzen Haare und wird von einem winzigen Büschel
gekrönt. Das junge Mädchen trägt ein Kleid aus rotem Mohair,
eine gewundene Kette mit Anhängern und eine sehr komplizierte
Frisur: zwei dicke Flechten enden auf dem Kopf in einem gewagten Federbusch. Rechts von der Dame sitzt ihr kleiner, gleichgültig blickender Hund auf einem auf einen Hocker gelegten
Brokatkissen. Zwei große Vögel schweben über jeder Zeltseite,
während die üblichen Tiere den blumigen Hintergrund bevölkern.

Die Geschicklichkeit der Flächenaufteilung, die Sicherheit des
Entwurfs, der Frohsinn der aufs glücklichste kontrastierenden
Farben, die aristokratische Würde der Dame und das Raffinement
ihrer Toilette, die Lebhaftigkeit und Gutmütigkeit der zwar grund-
los aber nicht poesielos vermehrten Tiere verleihen diesen Ta-
pisserien eine Macht der Verzauberung, die ihre Weltberühmtheit
rechtfertigt (L 54).

Anhang[7]   (S. 39)

Einhornsonett (1922)

O DIESES ist das Tier, das es nicht giebt.
Sie wußtens nicht und habens jeden Falls
sein Wandeln, seine Haltung, seinen Hals,
bis in des stillen Blickes Licht - geliebt.

Zwar *war* es nicht. Doch weil sie's liebten, ward
ein reines Tier. Sie ließen immer Raum.
Und in dem Raume, klar und ausgespart,
erhob es leicht sein Haupt und brauchte kaum

zu sein. Sie nährten es mit keinem Korn,
nur immer mit der Möglichkeit, es sei.
Und die gab solche Stärke an das Tier,

daß es aus sich ein Stirnhorn trieb. Ein Horn.
Zu einer Jungfrau kam es weiß herbei—
und war im Silber-Spiegel und in ihr
(L 8, I, 753).

Anhang[8]   (S. 43)

VII
Point d'Alençon

(L 38, 47)

VIII
Valenciennes

(L 38, 9)

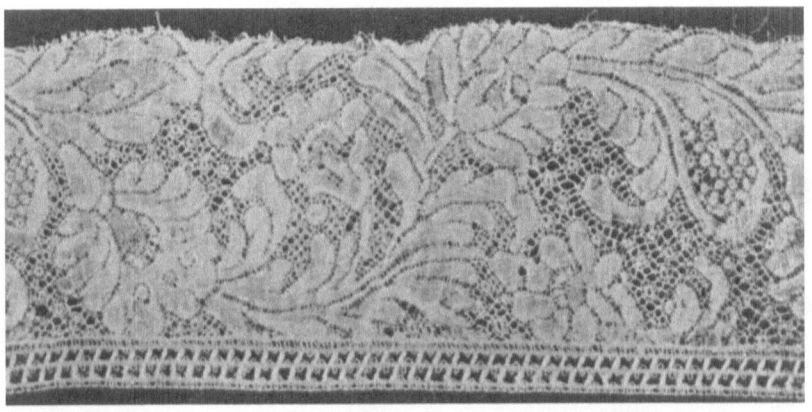

Binche

(L 41, 255)

Anhang⁹ (S. 49)

Der Marquis von Belmare: Textvergleiche nach B. von Witzleben (L 83).

(847,24f) Rilke:
„Haben wir *Saint-Germain* gesagt? streich es durch. Schreib: der *Marquis von Belmare"*.

Enzyklopädie
Gewöhnlich heißt er *Graf* oder Herr *von St. Germain*; auch legte er sich, nach Gaunerart, [. . .], noch nebenher andere Namen ab- wechselnd bei, als Marquis von Aymar, Marquis von Bet- mar oder Belmare (Bellamare) (L 68, 166–67).

(847,30) *Diamantenknöpfe*
Enzyklopädie:
Einst erschien er an einem Galatage zu Versailles mit so herrlichen Brillanten an seinen Schuhschnallen, Hemdeknöpfen und Knie- bändern, daß sie von anwesenden Kennern auf 200.000 Franken geschätzt wurden (L 68, 168).

(848,8) *Venedig*
Rilke:
Es gab eine Zeit wo er durchaus sichtbar war, obwohl in manchen Städten *die Briefe, die er empfing, an niemanden gerichtet waren: es stand nur der Ort darauf, sonst nichts.*

Enzyklopädie:
Unter diesen Umständen konnte es dann freilich nicht fehlen, daß dieser vornehme Vagabund - wenigstens er- zählte er es dem Grafen von Lamberg - es auch gewagt hatte, zuweilen ganz und gar ohne Geschlechtsnamen auf- zutreten, wie er in Venedig Briefe ohne Adresse, bloß mit dem Namen der Stadt ver- sehen, empfangen und sein Secretair auf der Post da- selbst nach Briefen an ihn gefragt habe, die an Nie- manden gerichtet gewesen wären (L 68, 167).

Anhang[9] (S. 49) (*continued*)

(848,14f) *Seine Hoheit*

Seine Hoheit, der Landgraf, war so etwas wie sein Schüler.

. . . der Markgraf sich nicht selten wie ein Schulknabe von ihm behandelt sah (L 68, 170).

(848,28) *Goldmachen*

Rilke:

Und wenn er sich einschloß von Zeit zu Zeit und allein drin blätterte, dann kam er zu den Stellen über *das Goldmachen* und über *die Steine* und über *die Farben*.

Enzyklopädie:

. . . welcher ferner *Gold kochen*, Diamanten fertigen oder mehre mit einander verschmelzen und die fleckigen völlig reinigen, auch die Perlen vergrößern und ihnen die schönste *Wasserfarbe* geben könne, [. . .]. Indessen war er nicht ohne chemische Kenntnisse, verstand die Bereitung von *Farben*, Tincturen und einer Art Similor von vorzüglicher Schönheit. Auch glaubten wirklich Viele, daß er echte Diamanten machen könne, und die Juwelen, die er an sich trug, oder mit welchen er Handel trieb, waren wol sämmtlich von dieser Art und aus seiner Fabrik (L 68, 168).

Anhang[10] (S. 62)

Das Leben des Demetrius nach der Darstellung von Theodor Hermann Pantenius.

Iwan der Schreckliche (der IV.: 1533-1584) hatte sieben Frauen. Nur die siebte, Marie Nagoi, überlebte ihn. „Außer dem jungen Großfürsten (Feodor) lebte noch ein Sohn Iwans, der ein halbes Jahr alte Demetrius (Geb. 19. Okt. 1583). Seine Legitimität war, da er aus der siebenten Ehe seines Vaters stammte, theoretisch zwei-

felhaft, sie wurde aber praktisch nicht angefochten . . . . Seine
Oheime, die Fürsten Nagoi, machten . . . in der Nacht nach Iwans
Hinscheiden einen Versuch, den Säugling zum Zaren zu pro-
klamieren." Der Reichsrat war dagegen. Die Zarin-Witwe und der
kleine Prinz wurden dann nach Uglitsch geschickt. Darauf wurde
Feodor gekrönt und Boris Godunow zum Oberstallmeister gemacht. Außerdem erhielt er den Titel eines Nahen Großbojaren,
Statthalters von Kasan und Astrachan, und bekam viel Land.
„Feodor traute ihm vollkommen, und er wurde tatsächlich all-
mächtig im Land." Am 15. Mai 1591 wurde der Kronprinz in Uglitsch ermordet, und Godunow erhielt den neuen Titel: der
Diener. „Ende 1597 erkrankte der Zar Feodor und starb 6. Jan.
1598. Der sterbende Zar ernannte seine Frau Irene zu seiner Nach-
folgerin, Godunow zu ihrem Rat. Irene begab sich ins Kloster und
entsagte der Krone." Im Jahre 1600 verbreitete sich die Geschichte,
daß Demetrius in Wirklichkeit nicht tot sei, sondern ein anderes
Kind an seiner Stelle ermordet und versteckt wurde.

Durch Boris Godunow wurden die Romanows verbannt und es
erhob sich das Gerücht, daß der Prinz Demetrius zur Zeit unter
den Kosaken lebte, daß er in Litauen erschienen war und daß er
dort von einem der Großen des Landes als Sohn Iwans anerkannt
wurde. Über das Aussehen des jungen Prinzen sagte man, daß er
rötliches Haar, eine Warze unter dem linken Augenwinkel und
einen kürzeren Arm hatte. Er sprach Russisch, beherrschte Pol-
nisch, Latein, und galt für außerordentlich klug. Seinem eigenen
Bericht nach wurde ein Attentat von seiner Mutter vorausgese-
hen, und sie kleidete einen anderen Jungen namens Istom in sein
Nachtgewand. Es war dieser Junge, der in seinem Bett getötet
wurde. Nach den früheren Berichten wurde der Junge im Hof
nach dem Kirchendienst umgebracht.

Nach längerer Wanderung kam Demetrius schließlich nach
Litauen, wo er sich eine Zeitlang als Hauslehrer bei der Familie
Golski ernährte. In einem anderen Bericht seiner Flucht versteckte
er sich hinter dem Ofen und floh nach der Ermordung des anderen Kindes mit seinem Arzt Simon in die Ukraine.

Nach polnischer Anerkennung seines Rechts auf den Thron
brachte Demetrius 700 Reiter an die russische Grenze. Boris Godunow schickte sein Heer auch hin. Am 31. Oktober 1598 war
Demetrius in der Grenzstadt Morawsk, und am 18. November be-
schoß er Nowgorod. Mit einem Heer von 40.000 Mann besiegte
Godunow den jungen Prinzen, und er zog nach Polen zurück.

„Am 1. Juni 1605 ritten zwei vornehme Anhänger von Deme-

trius, ein Puschkin und ein Pleschschejew, kühn in die hauptsächlich von Kaufleuten bewohnte Vorstadt Krasnoje Sselo und
verlasen vor dem sich versammelten Volk ein Manifest ihres
Herrn. Demetrius verlangte in ihm kategorisch die Unterwerfung
der Hauptstadt." Dieses Manifest wurde wieder auf dem roten
Platz verlesen. Das Volk war überzeugt und schrie: „Es lebe Demetrius, der Zar und Großfürst aller Russen!" Mit seinen Anhängern näherte er sich Moskau. „So erfreute Demetrius sich
denn allgemeiner Beliebtheit, als er" Ende Juli feierlich gekrönt
wurde.

Was die Zarin-Mutter betraf, wurde sie nun von dem Kloster,
wo sie 13 Jahre lang gelebt hatte, in das Wosnessesche Frauenklos-
ter im Kreml gebracht. Für sie gab es nur zwei Möglichkeiten: entweder Demetrius als ihren Sohn anzuerkennen . . . oder heimlich
getötet zu werden. Demetrius hätte sie nicht schützen können vor
den Bojaren. „Man kann daher aus der Tatsache, daß sie Demetrius anfangs als ihren Sohn anerkannte, ebensowenig schließen,
daß sie ihn für ihr Kind hielt, wie der Umstand, daß sie ihn später
verleugnete, zu dem Schluß berechtigt, sie habe ihn von vornherein als Betrüger erkannt."

Wegen seiner Bündnisse mit den Polen und seines Entschlus-
ses, die Polin Marina Mnischek zu heiraten, wurde Demetrius vor
einem Gericht als Betrüger angeklagt. Dadurch wurde sein Thron
gefährdet, aber er blieb in seinem Entschluß fest. Mnischek kam
mit „1969 Menschen und 1961 Pferden" aus Polen, und Demetrius
empfing seinen Schwiegervater im Audienzsaal. Es folgte die
Trauung, aber Schuiski rief das Volk zusammen und sagte: „Rettet
den Zaren. Die Polen wollen ihn ermorden." Es gelang ihm, eine
Verschwörung zusammenzurufen, aber er hatte nicht wagen können, „viele in die Verschwörung einzuweihen, weil sie sonst
sicher verraten worden wäre. . . . Die Verschworenen mußten
sich ferner sagen, daß an einen offenen Kampf gegen den Zaren
gar nicht zu denken war. Das Volk war zwar im höchsten Grade
gegen die Polen erbittert, erblickte aber nach wie vor im Zaren
den Stellvertreter Gottes auf Erden . . . Die Verschworenen be-
schlossen daher, die Lösung auszugeben, daß der Zar von den
Polen bedroht würde. Sie konnten dann hoffen, daß das Volk
ihrer Aufforderung in den Kreml zu eilen, folgen würde. In dem
Tumult, der dann entstand, meinten sie Demetrius ermorden zu
können."

Gleichzeitig plante Demetrius ein großes Maskenfest, das mit
der Illumination des Kremls schließen sollte. Als die Glocken

läuteten, war Demetrius im obersten Stockwerk seines Palastes. Er wurde durch das Läuten geweckt und ahnte die Gefahr, die ihm drohte. Am hohen Gerüst, das am Kreml für die geplante Illumination gebaut worden war, versuchte er sich herabzulassen und zu fliehen. „Er griff aber fehl, stürzte 40 Fuß tief herab und blieb mit gebrochenem Bein und einer schweren Kopfwunde bewußtlos liegen. . . . Die Verschworenen fanden Demetrius im Hof, liefen hin und erklärten ihn als Betrüger. Demetrius sagte: ,Ich bin der Sohn Eures Zaren Iwan. Fragt meine Mutter, ob ich es nicht bin.' ,Du lügst', schrie Schuiski, ,Deine Mutter hat schon bekannt, daß du ein Betrüger bist'." Demetrius wurde erschossen. „Sie rissen ihm die Kleider vom Leib und warfen ihn hinab in den Hof. Sie schleppten dann, am Fuß gebunden, die nackte Leiche zum Kloster. Die Zarin-Mutter mußte ans Fenster treten und . . . angesichts des Todes . . . wider Demetrius" aussagen. In der Tat soll sie „erklärt haben, der Mann, den sie noch am Tage vorher als ihren Sohn bei sich empfangen hatte, sei nicht ihr Sohn gewesen. . . . Der mißhandelte Leichnam lag auf einem Tisch. . . . Um das Volk in der Vorstellung zu bestärken, daß Demetrius ein mit den Dämonen im Bunde stehender Zauberer gewesen sei, gab man ihm eine Flöte in den Mund und legte man ihm eine der Masken auf den Leib. . . . Da die Russen nie eine solche Maske gesehen hatten, wurde die Absicht erreicht" (L 63).

Anhang[11] (S. 65)

Übersicht über das Aufkommen und den Verlauf der burgundischen Herrschaft

1363   König Johann II. von Frankreich belehnt seinen jüngern Sohn Philipp mit dem Herzogtum Burgund.

1369   Philipp (der Kühne) von Burgund heiratet Margarethe von Male, Erbtochter von Flandern, Artois, Franche Comté, Nevers und Rethel.

1382   Philipp der Kühne bezwingt mit französischer Hilfe den Aufstand Flanderns (Schlacht bei Roosbecke).

1384   Philipp und Margarethe erben Flandern usw. beim Tod des Grafen Ludwig von Male.

1385   Der Sohn Philipps, Jean de Nevers (später genannt Johann Ohnefurcht), heiratet Margarethe von Bayern, die Tochter Albrechts, des Grafen von Hennegau, Holland und Seeland. Dessen Sohn Wilhelm von Ostrevant (Später Wilhelm VI.) heiratet die Tochter Philipps, Margarethe von Burgund.

1404   Philipp der Kühne (gestorben).

1406   Brabant kommt an den jüngeren Sohn Philipps, Anton von Burgund.

1407   Johann Ohnefurcht läßt den Herzog von Orléans ermorden.

1411- Kämpfe zwischen Bourguignons und Armagnacs um die
1413   Macht über den geisteskranken König von Frankreich, Karl VI.

1415   Heinrich V. von England nimmt den Krieg in Frankreich wieder auf. Schlacht bei Agincourt.

1419   Johann Ohnefurcht zu Montereau ermordet.

1420   Philipp (der Gute) von Burgund verbündet sich mit Heinrich V. von England. Vertrag von Troyes: Heinrich wird Erbe der französischen Krone.

1422   Karl VI. (gestorben), Heinrich V. (gestorben).

1428   Philipp der Gute erwirbt von Jacoba von Bayern, Hennegau, Holland und Seeland.

1430   Philipp der Gute heiratet Isabella von Portugal. Stiftung des Ordens vom Goldenen Vlies.

1430   Philipp der Gute gewinnt Brabant.

1435   Friede von Arras zwischen Karl VII. von Frankreich und Philipp von Burgund, der als Pfand die Sommestädte bekommt.

1435- Philipp der Gute gewinnt Luxemburg.
1451

1456   Philipp der Gute belagert Deventer. Sein Bastard David von Burgund Bischof von Utrecht.

1461   Karl VII. (gestorben). Ludwig XI.

1463   Ludwig XI. löst die Sommestädte ein.

1465   Karl, Graf von Charolais (später Karl der Kühne), führt, in Verbindung mit den französischen Prinzen durch die Ligue du bien public Krieg gegen Ludwig XI. Schlacht bei Montlhéry.

1467   Philipp der Gute (gestorben).

1468   Karl der Kühne bezwingt Lüttich und nötigt Ludwig XI. zum Vertrag von Peronne. Er heiratet Margarethe von York, die Schwester Eduards IV. von England.

1469   Karl der Kühne bekommt das Elsaß usw. als Pfand von Sigmund von Österreich.

1473	Er besetzt Geldern, das er vom Herzog Arnold als Pfand erworben hatte. Zusammenkunft mit Kaiser Friedrich III. in Trier.
1474-1477	Kriege Karls des Kühnen gegen Frankreich, Herzog Sigmund, die Schweizer, den Kaiser, den Herzog von Lothringen.
1477	Karl der Kühne fällt bei Nancy. Maria von Burgund heiratet Maximilian von Österreich. Ludwig XI. zieht das Herzogtum Burgund wieder an die Krone (L 43, 300-302).

Anhang[12] (S. 70)

Textauszüge aus: *Briefwechsel mit einem Kinde* von Bettina von Arnim

An Goethes Mutter

Ich aber kann Ihr sagen, daß mir bis heute die allgemeine Begeisterung für seine Größe, für seinen Namen noch nicht aufgegangen ist. Meine Liebe zu ihm beschränkt sich auf das Stübchen mit weißen Wänden, wo ich ihn zuerst gesehen, wo am Fenster der Weinstock, von seiner Hand geordnet hinaufwächst, wo er auf dem Strohsessel sitzt und mich in seinen Armen hält; da läßt er keinen Fremden ein, und da weiß er auch von nichts als nur von mir allein. Frau Rat! Sie ist seine Mutter, und Ihr sag ich's: wie ich ihn zum erstenmal gesehen hatte, und ich kam nach Haus, da fand ich, daß ein Haar von seinem Haupt auf meine Schulter gefallen war. Ich verbrannte es am Licht, und mein Herz war ergriffen, daß es auch in Flammen ausschlug, aber so heiter, so lustig wie die Flammen in blauer, sonnenheller Luft, die man kaum gewahr wird, und die ohne Rauch ihr Opfer verzehrt. So wird mir's auch gehen: mein Leben lang werde ich lustig in die Lüfte flackern, und die Leute werden nicht wissen, woher sich diese Lust schreibt; es ist nur, weil ich weiß, daß, wenn ich zu ihm komme, er allein mit mir sein will und alle Lorbeerkränze vergißt (L 14, II, 26-27).

An Goethes Mutter   Winckel, am 12. Juni

-Bei solcher Lebensweise, was soll ich da lernen, woher soll ich klug werden?- Was ich Ihrem Sohn schreib, das gefällt ihm, er verlangt immer mehr, und mich macht das selig, denn ich schwelge in einem Überfluß von Gedanken, die meine Liebe,

mein Glück ausdrücken, wie es Ihm erquicklich ist. Was ist nun
Geist und Klugheit, da der seligste Mensch, wie ich, ihrer nicht
bedarf?- Es war voriges Jahr im Eingang Mai, da ich ihn sah zum
erstenmal, da brach er ein junges Blatt von den Reben, die an
seinem Fenster hinaufwachsen, und legt's an meine Wange und
sagte: „Das Blatt und deine Wange sind beide wollig"; ich saß auf
dem Schemel zu seinen Füßen und lehnte mich an ihn, und die
Zeit verging im stillen. - Nun, was hätten wir Kluges einander
sagen können, was diesem verborgnen Glück nicht Eintrag getan
hätte; welch Geisterwort hätte diesen stillen Frieden ersetzt, der in
uns blühte? - O wie oft hab ich an dieses Blatt gedacht, und wie er
damit mir die Stirne und das Gesicht streichelte, und wie er meine
Haare durch die Finger zog und sagte: *„Ich bin nicht klug;* man
kann mich leicht betrügen; du hast keine Ehre davon, wenn du
mir was weismachst mit deiner Liebe." - Da fiel ich ihm um den
Hals. - Das alles war kein Geist, und doch hab ich's tausendmal in
Gedanken durchlebt und werde mein Leben lang dran trinken wie
das Aug das Licht trinkt (L 14, II, 30-31).

An Goethes Mutter

. . . Ich hab ihm gesagt in Weimar: wenn ich dort wohnte, so
wollt ich als nur die Sonn- und Feiertäg zu ihm kommen und nicht
alle Tag, das hat ihn gefreut; so mein ich, daß ich auch nicht alle
Tag an ihn schreiben darf, aber er hat mir gesagt: „Schreib alle
Tag, und wenn's Folianten wären, es ist mir nicht zu viel", aber
ich selbst bin nicht alle Tag in der Stimmung, manchmal denke ich
so geschwind, daß ich's gar nicht schreiben kann, und die Gedanken sind so süß, daß ich gar nicht abbrechen kann, um zu
schreiben, noch dazu mag ich gern grade Linien und schöne
Buchstaben machen, und das hält im Denken auf, auch hab ich
ihm manches zu sagen, was schwer auszusprechen ist, und manches hab ich ihm mitzuteilen, was nie ausgesprochen werden
kann; da sitz ich oft Stunden und seh in mich hinein und kann's
nicht sagen, was ich seh, aber weil ich im Geist mich mit ihm
zusammen fühl, so bleib ich gern dabei, und ich komme mir vor
wie eine Sonnenuhr, die grad nur die Zeit angibt, solang die
Sonne sie bescheint (L 14, II, 34).

An Goethes Mutter

. . . Ich will doch lieber ein einfaches Weizenkorn sein, als eine
berühmte Frau, und will auch lieber, daß *Er* mich als tägliches

Brot breche, als daß ich ihm wie ein Schnaps durch den Kopf fahre (L 14, II, 40).

An Goethe

Lieber tot als übrig sein! Ich bin es aber nicht; denn ich bin Dein, weil ich Dich erkenne in allem. - Ich weiß, daß, wenn sich auch die Wolken vor dem Sonnengott auftürmen, daß er sie bald wieder niederdrückt mit glänzender Hand; ich weiß, daß er keinen Schatten duldet als den er unter den Sprossen seines Ruhmes sich selber sucht. - Die Ruhe des Bewußtseins wird Dich überschatten; – ich weiß, daß, wenn er sich über den Abend hinwegbeugt, so erhebt er wieder im Morgen das goldne Haupt. - Du bist ewig. - Drum ist es gut mit Dir sein. Wenn ich abends allein im dunklen Zimmer bin und des Nachbars Lichter den Schein an die Wand werfen, zuweilen auch Streiflichter Deine Büste erleuchten, oder wenn es schon still in der Stadt ist, in der Nacht; hier und dort ein Hund bellt, ein Hahn schreit;- ich weiß nicht, warum es mich oft mehr wie menschlich ergreift; ich weiß nicht, wo ich vor Schmerz hin will. - Ich möchte anders als wie mit Worten mit Dir sprechen; ich möchte mich an Dein Herz drücken; - ich fühl, daß meine Seele lodert. - Wie die Luft so fürchterlich still ruht kurz vor dem Sturm, so stehen dann grade meine Gedanken kalt und still, und das Herz wogt wie das Meer. Lieber, lieber *Goethe*! - Dann löst mich eine Rückerinnerung an Dich wieder auf; die Feuer-und Kriegszeichen gehen langsam an meinem Himmel unter, und Du bist wie der hereinströmende Mondstrahl. Du bist groß und herrlich und besser als alles, was ich bis heute erkannt und erlebt hab. - Dein ganzes Leben ist so gut (L 14, II, 77-78).

An Bettine   Am 5. September

Du hast Dich, liebe *Bettine*, als ein wahrer kleiner Christgott erwiesen, wissend und mächtig, eines jeden Bedürfnisse kennend und ausfüllend; - und soll ich Dich schelten oder loben, daß Du mich wieder zum Kinde machst? Denn mit kindischer Freude hab ich Deine Bescherung verteilt und mir selbst zugeeignet (L 14, II, 87).

An Bettine

Du zürnst auf mich, da muß ich denn gleich zu Kreuz kriechen und Dir recht geben, daß Du mir den Prozess machst über meine

kurzen kalten Briefe, da doch Deine lieben Briefe, Dein lieb
Wesen, kurz alles, was von Dir ausgeht, mit der schönsten An-
erkenntnis müßte belohnt werden. Ich bin Dir immer nah, das
glaube fest, und daß es mir wohler tut, je länger ich Deiner Liebe
gewiß werde. Gestern schickte ich meiner Mutter ein kleines Blätt-
chen für Dich; nimm's als ein bares Äquivalent für das, was ich
anders auszusprechen in mir kein Talent fühle, sehe zu, wie Du
Dir's aneignen kannst. Leb wohl, schreib mir bald, alles was Du
willst (L 14, II, 109). Goethe

Aus dem: *Tagebuch zu Goethes Briefwechsel mit einem Kinde*

Buch der Liebe

In dieses Buch möcht ich gern schreiben von dem geheimnis-
vollen Denken einsamer Stunden der Nacht, von dem Reifen
des Geistes an der Liebe wie an der Mittagssonne.

Die Wahrheit will ich suchen, und fordern will ich von ihr die
Gegenwart des Geliebten, von dem ich wähnen könnte, er sei
fern. Die Liebe ist ein inniges Ineinandersein; ich bin nicht von
Dir getrennt, wenn es wahr ist, daß ich liebe (L 14, II, 305).

Dieses Fleisch ist Geist geworden

Diese Worte habe ich als Inschrift des Monuments erwählt. Was
der Liebende dir zuruft, *Goethe*, es bleibt nicht ohne Antwort. Du
belehrst, du erfreust, du durchdringst, du machst fühlbar, daß
das Wort Fleisch annimmt in des Liebenden Herz.

. . . Der Zug der Lüfte, die auch aufseufzen und daherbrausen
wie die Sehnsucht, von denen wir nicht wissen, von wannen, die
haben auch keine Gestalt; sie können nicht sagen: „Das bin ich!"
Oder: „Das ist mein!" Aber der Atem der Gottheit durchströmt
sie, der gibt ihnen Gestalt; denn er gebärt sie durch das Wort ins
Fleisch. - Du weißt, daß die Liebe die einzige Gebärerin ist; - daß,
was sie nicht darbringt dem himmlischen Erzeuger, nicht zur
ewigen Sippschaft gehöre? - Was ist Wissen, das nicht von der
Liebe ausgeht? - Was ist Erfahrung, die sie nicht gibt? - Was ist
Bedürfnis, das nicht nach ihr strebt? - Was ist Handeln, das nicht
sie übt? - Wenn Du die Hand ausstreckst und hast den Willen
nicht, die Liebe zu erreichen, was hast Du da? - Oder was er-
fassest Du? – Der Baum, den Du mit allen Wurzeln in die Grube
einbettest, dem Du die fruchtbare Erde zuträgst, die Bäche zu-
leitest, damit er, der nicht wandern kann, alles habe, was ihn ge-
deihen macht, der blüht Dir und Deine Sorge schenkst Du ihm
darum; ich auch tue alles, damit sein Andenken mir blühe. - Die

Liebe tut alles sich zu lieb, und doch verläßt der Liebende sich selber und geht der Liebe nach (L 14, II, 406-7).

Anhang[13] (S. 70)

Grabschrift

Im Jahre 1779 legte man Heloïse und Abelard in einen Sarg zusammen und begrub sie wieder in der Abtei zu Paraclete. Die Inschrift am Sarg lautet:

Hic
sub oedem marmore jacent
  hujus monasterii
conditor, Petrus Abaelardus,
  et Abbatissa prima Heloisa,
  olim studiis, ingenio, amore,
    infaustis Nuptiis,
    et poenitentia.

Anhang[14] (S. 72)

Über die Rede des Jean Gerson vor dem König (1405): Bericht des Juvenal des Ursins.

En ceste saison un notable Docteur en Theologie, nommé *Maistre Jean Jarson*, Chancelier de l'Eglise de Nostre Dame de Paris & Curé de Sainct Jean en Greue, fit une notable proposition, & prit son theme: *Vivat Rex, Vivat Rex, Vivat Rex*. Laquelle proposition est assez commune, & escrite en plusieurs lieux. Et si on eust voulu garder le contenu en icelle, en bonne police & gouvernement du Royaume, les choses eussent bien esté. Mais on avoit beau prescher, car les Seigneurs, & ceux qui estoient entour eux n'en tenoient compte, & ne pensoient qu'à leurs profits particuliers (L 82, 177-78).

Anhang[15] (S. 72)

Über die Leiden des Königs: Bericht des Juvenal des Ursins.

C'estoit grande pitié de la maladie du Roy, laquelle luy tenoit longuement. Et quand il mangeoit c'estoit bien gloutement, &

louvissement. Et ne le pouvoit-on faire despoüiller, & estoit tout
plein de poux, vermine, & ordure: Et avoit un petit lopin de fer,
lequel il mit secrettement au plus prés de sa chair. De laquelle
chose on ne sçavoit rien, & luy avoit tout pourry la pauvre chair,
& n'y avoit personne qui ozast approcher de luy pour y remedier:
Toutesfois il avoit un Physicien qui dit, qu'il estoit necessité d'y
remedier, ou qu'il estoit en danger, & que de la guarison de la
maladie il n'y avoit remede, comme il luy sembloit. Et aduisa
qu'on ordonnast quelque dix ou douze compagnons desguisez,
qui fussent noircis, & aucunement garnis dessous, pour doute
qu'il ne les blessast. Et ainsi fut fait, & entrerent les compagnons,
qui estoient bien terribles à voir, en sa chambre: Quand il les vid,
il fut bien esbahi, & vinrent de faict à luy: Et avoit-on fait faire tous
habillemens nouveaux, chemise, gippon, robbe, chausses, bottes
qu'un portoit. Ils le prirent, luy cependant disoit plusieurs paroles, puis le despoüillerent, & luy vestirent lesdites choses qu'ils
avoient apportées. C'estoit grande pitié de le voir, car son corps
estoit tout mangé de poux, & d'ordure. Et si trouverent ladite
piece de fer: Toutes les fois qu'on le vouloit nettoyer, falloit que ce
fust par ladite maniere. Et estoit une chose dont aucunes gens
s'esmerueilloient: car on le venoit voir aucunes fois, & luy regardoit fort les gens, & ne disoit mot quelconque. Mais quand Mes-
sire *Jean Juvenal des Ursins* y venoit, lequel avoit eu le
gouvernement de la ville de Paris long-temps, & estoit son *Advocat
fiscal*, il luy disoit: *Juvenal, regardez bien que nous ne perdions rien de
nostre temps.*

Le Roy revint à santé & bonne memoire, & pensoit des besognes du Royaume le mieux qu'il pouvoit, & octroya à l'Univer-
sité qu'elle ne payeroit rien du Dixiesme mis fus par Benedict (L
82, 177).

Anhang[16] (S. 74)

Über Valentina Visconti: Bericht des Juvenal des Ursins.

C'estoit grande pitié de la maladie du Roy moult merveilleuse,
comme dit est, & ne cognoissoit personne quelconque. Luy-
mesme se descognoissoit, & disoit que ce n'estoit-il pas. On luy
amenoit la Reyne, & sembloit qu'il ne l'eust onques veuë, & n'en
avoit memoire, ne cognoissance, ne d'hommes ou femmes quel-
conques. Excepté de la Duchesse d'Orleans. Car il la voyoit &

regardoit tres-volontiers, & l'appelloit *belle soeur*. Et comme souvent il y a de mauvaises langues, on disoit & publioient aucuns qu'elle l'avoit ensorcelé, par le moyen de son pere le Duc de Milan, qui estoit Lombard, & qu'en son pays on usoit de telles choses. Et fut malade depuis le mois de Juin jusques en Janvier: Et l'une des plus dolentes & courroucées qui y fust c'estoit la Duchesse d'Orleans. Et n'est à croire ou presumer qu'elle l'eust voulu faire ou penser (L 82, 100).

Anhang[17] (S. 75)

Über Valentina Viscontis Auftreten vor dem König: Bericht des Mönchs von Saint-Denis.

L'auguste duchesse termina cette requête en priant le roi de lui permettre de garder ses enfants auprès d'elle, jusqu'à ce qu'ils eussent atteint l'âge de puberté. Elle le conjura aussi de leur accorder la jouissance des biens et des domaines de leur père, tant de ceux qu'il tenait de la munificence royale que de ceux qu'il possédait à titre d'achat. Le roi accéda volontiers à sa demande, et lui adressa de douces paroles de consolation. Elle parut satisfaite de cet accueil; mais ayant appris, à son grand déplaisir, que le duc de Bourgogne allait bientôt arriver, elle prit congé du roi, qui lui donna le baiser de paix. Le jour même de son départ, le roi eut une rechute, dont on attribua la cause à la duchesse; je ne puis rien affirmer à cet égard. La duchesse retourna à Blois, et comme son dessein était d'y demeurer, elle fit restaurer la ville et le château, les approvisionna de vivres et d'armes, et mit bonne garde aux portes, comme si ses ennemis eussent été dans le voisinage (L 55, III, 753).

Anhang[18] (S. 75)

Über Valentina Visconti: Bericht des Mönchs von Saint-Denis.

„La duchesse d'Orléans, en apprenant la mort si soudaine et si cruelle de son époux bien aimé, se livra aux transports de la plus vive douleur; elle s'arracha les cheveux, déchira ses vêtements, et ayant fait venir les deux fils qu'elle avait eus du duc, elle leur fit connaître par ses cris et par ses soupirs le malheur qui venait de les frapper. Des torrents de larmes coulaient de ses yeux; sa voix était étouffée par les sanglots. En un mot elle donna tous les signes du plus profond désespoir. Elle se rendit en toute hâte à Paris avec une suite nombreuse et en appareil de deuil, alla se jeter humblement aux pieds du roi avec ses deux fils, et lui parla en ces termes, afin d'exciter sa pitié: . . ." (L 55, III, 749).

Anhang[19] (S. 76)

Über die Rede des Jean Petit vor dem Dauphin: Bericht des Monstrelet.

Après laquelle proposition finie, icelui maître Jean Petit requit audit duc de Bourgogne qu'il le voulsît avouer, lequel duc lui accorda et l'avoua en la présence du dauphin, qui là représentoit la personne du roi, et du roi de Sicile, avecque tous les autres ci-dessus nommés; et après dit icelui proposant, qu'icelui duc de Bourgogne retenoit et réservoit encore aucunes autres choses plus grandes à dire au roi quand lieu et temps seroit (L 61, XXVI, 324).

Anhang[20] (S. 76)

Über den Tod Valentinas: Bericht des Juvenal des Ursins.

Le quatriesme jour de Decembre audit an, mourut de courroux & de deüil la Duchesse d'Orleans, fille du Duc de Milan, & de la fille du Roy Jean: C'estoit grande pitié d'oüyr avant sa mort ses regrets & complaintes (L 82, 197).

Anhang[21] (S. 78)

Über die Schlacht bei Roosbecke: Bericht des Jean Froissart.

Là perdoient plusieurs force et haleine, et chéoient (tomboient) l'un sur l'autre, et éteignoient et mouroient sans coup férir. . . . Ainsi fut faite et assemblée cette bataille, et lorsque des deux côtés les Flamands furent étreints et enclos ils ne passèrent plus avant car ils ne se pouvoient aider. Adonc se remit la bataille du roi en vigueur, qui avoit du commencement un petit branle. Là entendoient gens d'armes à abattre Flamands à pouvoir; et avoient les aucuns haches bien acérées dont ils rompoient bassinets et dècerveloient têtes; et les aucuns plombées dont ils donnoient si grands horions qu'ils les abattoient à terre. A peine étoient Flamands abattus quand pillards venoient qui se boutoient entre les gens d'armes, et portoient grands couteaux dont ils les paroccioient; ni nulle pitié ils n'en avoient, non plus que si ce fussent chiens. . . . Et la presse étoit là si grande et l'affaire si périlleuse pour ceux qui étoient enclos ou chus que si on n'avoit bonne aide on ne se pouvoit relever. Par ce parti y ot (eut) des François morts et éteints aucuns; mais plentè (beaucoup) ne fut-ce mie; car quand il venoit à point ils aidoient l'un à l'autre. Là fut un mons (monceau) et un tas de Flamands occis moult longet moult haut; et de si grand'bataille et de si grand'foison de gens morts comme il y ot (eut) là, on ne vit oncques si peu de sang issir (sortir) qu'il en issit et c'étoit au moyen de ce qu'ils étoient beaucoup d'éteints et étouffés dans la presse, car iceux ne jetoient point de sang.

Quand ceux qui étoient derrière virent que ceux qui étoient devant fondoient et chéoient (tomboient) l'un sur l'autre et qu'ils étoient tous déconfits, si s'ébahirent et commencèrent à jeter leurs plançons (javelots) jus et leurs armures et eux déconfire et tourner vers Courtray en fuite et ailleurs; ni ils n'avoient cure (soin) fors que pour eux mettre à sauveté; et Bretons et François après, qui les enchassoient en fossés, en aulnaies et en bruyères, ci dix, ci douze, ci vingt, ci trente, et les combattoient de rechef, et là les occioient si'ls n'étoient plus forts d'eux. Et si en y ot (eut) grand' foison de morts en chasse entre la bataille, et du demeurant qui se put sauver il se sauva, mais ce fut moult petit; et se retrayoient (retiroient) les uns à Courtray, les autres à Gand et les autres chacun où il pouvoit.

Cette bataille fut sur le Mont d'or entre Courtray et Rosebecque en l'an de grâce notre seigneur mil trois cent quatre-vingt et deux, le jeudi devant le samedi de l'avent, au mois de novembre le vingt septième jour; et étoit pour lors le roi Charles de France au quatorzième an de son âge. . . .

Ainsi furent en ce temps sur le Mont d'or les Flamands deconfits et l'orgueil de Flandre abattu et Philippe d'Artevelle mort; et de la ville de Gand ou des tenances de Gand morts avecques lui jusques à neuf mille hommes. . . . Quand ce vint le vendredi, le roi délogea de Rosebecque par la punaisie (puanteur) des morts, et fut conseillé de venir vers Courtray, et là lui rafraîchir (L 36, XVIII, 348-51, 357).

Anhang[22] (S. 130)

LE PAPE

IX

Der Papst: Spielkarte gemalt von Jacquemin Gringonneur
im Jahre 1392.

(L 40)

Anhang[22] (S. 84)

Der Papst: Spielkarte gemalt von Jacquemin Gringonneur im Jahre 1392.

Anhang[23] (S. 85)

Über Kaiser Wenzels Besuch bei dem König: Bericht des Juvenal des Ursins.

Le Roy de Boheme avoit grand desir de voir le Roy, & sceut que le Roy devoit venir à Rheims, & que par aucun temps se tiendroit là, si fit diligence d'y venir. Laquelle chose venuë à la cognoissance du Roy, il en fut bien joyeux, & delibera de luy faire bonne chere. Et ainsi comme le Roy s'esbatoit aux champs à chasser, & voler, environ à deux lieuës de Rheims, survint le Roy de Boheme, lequel il receut bien & honorablement, & à grande joye le mena à Rheims, & fut festoyé en toutes manieres bien grandement. Et luy fit le Roy de beaux dons & plusieurs presens. Et cependant qu'il y fut, survint une Ambassade d'Allemagne, pour avoir Union en l'Eglise, disant qu'ils avoient esleu la *voye de cession* comme luy, dont le Roy fut moult joyeux (L 82, 132).

Dagegen äußert sich Froissart:

En ce temps se fit une grand' assemblée de seigneurs en la cité de Rheims, tant de l'empire d'Allemagne que du royaume de France; et fut la cause telle que pour mettre l'église en union. Et fit tant le roi de France par prières et par moyens que le roi d'Allemagne son cousin vint à Rheims atout (avec) son conseil; et pour ce que on ne voulut pas donner à entendre généralement que cette assemblée se fit tant seulement pour parlez de papes, de celui qui se tenoit à Rome et de celui qui se tenoit en Avignon, les seigneurs firent courir renommée que le roi d'Allemagne et les seigneurs de l'Empire venoient là pour traiter un mariage du fils au marquis de Blanquebourch (Brandebourg) à la fille du duc d'Orléans; et étoit ce marquis frère au roi d'Allemagne. Si se logea le roi de France au palais de l'archevêque; et là étoient les ducs de Berry, d'Orléans, de Bourbon, le comte de Saint Pol et plusieurs hauts barons et prélats de France. Et quand le roy d'Allemagne entra dedans la cité de Rheims, tous ces seigneurs et prélats, et le roi Charles de Navarre qui aussi étoit là, allèrent tous à l'encontre de lui et le recueillirent doucement et liement, et le menèrent premièrement en l'église Notre-Dame et puis en l'abbaye de Saint Rémy. Là fut le roi et tous les seigneurs d'Allemagne logés qui avecques lui étoient venus, au plus près de lui que on put par raison; et étoit ordonné du roi de France et de son conseil, que tout ce que le roi d'Allemagne et ses gens dépendroient en la cité de Rheims, tout étoit compté et délivré de par les officiers du roi de France, et si largement fait et de toutes choses que nulle défaute n'y avoit. Et convenoit bien aux Allemands pour délivrance, tous les jours qu'ils séjournèrent en la cité de Rheims, dix tonneaux de harengs, car ce fut en temps de carême, et huit cents carpes, sans les autres poissons et ordonnances. Considérez quels grands coûtages là furent; et tout ce paya le roi de France.

Quand le roi d'Allemagne vint la première fois devers le roi de France au palais, tous les seigneurs dessus nommés l'allèrent quérir à l'abbaye de Saint Rémy et le amenèrent en grand arroy au palais. Quand ces deux rois s'entrecontrèrent et virent première-ment, ils se firent moult de honneurs et révérences, car bien étoient nourris et induits à ce faire, et par spécial le roi de France plus que le roi d'Allemagne, car Allemands de nature sont rudes et de gros engin, si ce n'est au prendre à leur profit, mais à ce sont-ils assez experts et habiles. Tous ces seigneurs de France et d'Allemagne qui là étoient s'entre-acointèrent de paroles et de contenances moult grandement. Et donna le roi de France à dîner au roi d'Allemagne et à tous les Allemands. Et fut l'assiète de la table telle que je vous dirai (L 36, XXIV, 89-91).

Anhang [24] (S. 85)

Fortsetzung des Berichts des Jean Froissart über den Besuch Kaiser Wenzels bei dem König.

Accordé fut que maître Pierre d'Ailly, évêque de Cambray, iroit en légation, tant de par le roi de France que de par le roi d'Al-lemagne, à Rome devers celui qui se nommoit et escripsoit (écrivoit) pape Boniface, et traiteroit devers lui, de par ces deux rois dessus nommés, que il se voulsist soumettre à ce qu'en-tendre à faire une autre élection de pape; et si droit à être avoit, en ce cas il demeureroit pape; et si le contraire étoit vu ni trouvé, il se déporteroit; et chacun de ces deux papes qui rebelle seroit à l'or-donnance des deux dessus dits rois, il seroit dégradé, et lui

seroient clos tous droits de l'église, et prendroit le roi de France
sur lui, son fils le roi d'Angleterre, le roi d'Ecosse, le roi Henry
d'Espagne, le roi Jean de Portugal, le roi Charles de Navarre et le
roi d'Arragon; et le roi d'Allemagne prendroit sur lui son frère le
roi Louis de Hongrie et tout le royaume de Bohême et toute l'Allemagne jusques en Prusse pour amener à leur volonté. Et fut or-
donné et accordé des deux rois d'Allemagne et de France, que
l'évêque de Cambray retourné de Rome et sommé ce pape
Boniface de leur intention, ils se tourneroient, leurs conjoints et
adhérents et les royaumes et pays dessus nommés; et ainsi le
jurèrent à faire et tenir les deux rois, sans jamais y mettre varia-
tion ni empêchement; et se définirent leurs consaux sur cet état; et
se départirent amiablement ces rois, seigneurs et consaux les uns
des autres, et issirent (sortirent) de la cité de Rheims, et retourna
chacun en son pays (L 36, XXIV, 92-93).

Anhang [25] (S. 85)

Über die Belagerung des Papstes von den königlichen Truppen: Bericht des Jean Froissart.

Ainsi se dévisoient les hommes du roi d'Arragon à lui et lui à eux,
et ce Benedict se tenoit enclos en son palais qui bien cuidât être
aidé du roi d'Arragon, mais point ne le fut; et demeura en son
palais; et le maréchal de France en Avignon; et étoit le palais gardé
de si près que nul n'y entroit ni yssoit (sortait) et vivoient là dedans de ce qu'ils avoient. Des vivres avoient-ils assez par raison
pour eux tenir deux ou trois ans. Mais la bûche à faire le feu leur
deffaillit; et ne savoient de quoi faire le feu ni cuire leurs viandes;
et se commencèrent à ébahir. Et toutes les semaines oyoit le maréchal nouvelles du roi de France, et le roi pareillement de lui et
de l'état de ce Benedict. Et bien lui mandoit le roi que point ne se
partit de là sans achever son fait. Et tout achevé, aussi jamais il ne
laissât ce pape Bénédict issir du palais, mais mit bonnes gardes
sur lui, réservé que manger et boire bien et largement lui fut
administré.

La conclusion de ce pape Bénédict fut telle que, quand il vit
qu'il étoit si astreint que bûche leur étoit faillie, et leurs pour-
véances amoindrissoient tous les jours, et secours ni confort de
nul côté ne leur venoit, il vint à merci, parmi ce que aucuns cardinaux en prièrent. Et se porta le traité par l'ordonnance dessus

dite; que jamais du palais d'Avignon ne partiroit jusques à tant
que union seroit en l'église. Et furent mis sur lui spéciaux gardes;
et les cardinaux et riches hommes d'Avignon s'obligèrent à ce
qu'ils le garderoient de si près qu'ils en rendroient bon compte,
mort ou vif, autrement ne s'en voulurent-ils charger. Et il suffit
assez au dit maréchal de France. Et les cardinaux qui tenoient
leurs bénéfices en France de quoi ils vivoient, rendirent
grand'peine à ce traité et composition; et dirent tous d'un accord
que ils vouloient demeurer avecques le roi de France.

Ainsi se portèrent ces besognes et se départirent les gens
d'armes d'Avignon et de là environ (L 36, XXIV, 141-42).

Anhang[26] (S. 89)

Auszug aus: *Les Papes d'Avignon* von G. Mollat.

Ces affaires nous donnent une idée des graves difficultés avec
lesquelles Jean XXII se trouva aux prises après son élection. La
cour était désorganisée par la longue vacance du Saint-Siège, le
trésor apostolique épuisé par les donations testamentaires exa-
gérées de Clément V et les dilapidations de ses neveux, l'indépen-
dance de la Papauté compromise par les menées de Philippe le
Bel, la guerre grondait en Italie et l'Orient se voyait menacé par les
Turcs: telle était la situation en 1316. Pour reconquérir à la papauté
l'autorité perdue sous le dernier pontificat et lui attirer le respect
des peuples, il fallait resserrer les liens qui la rattachaient à la
chrétienté, se mettre à la tête de toutes les grandes entreprises
utiles au bien public, faire désirer son arbitrage dans les causes
litigieuses, répandre judicieusement les bienfaits partout où les
circonstances le réclameraient. De ce noble dessein, Jean XXII,
pendant plus de dix-huit ans, poursuivit la réalisation avec une
rare constance.

Au XIVe siècle, il n'était possible, même à une puissance
d'ordre essentiellement spirituel, de dominer le monde qu'à la
condition d'asseoir ses moyens d'action sur la propriété ter-
ritoriale et la fortune mobilière. La richesse, Jean XXII l'acquit en
créant un vaste système fiscal qui lui procura des ressources pécu-
niaires considérables. Les bénéfices ecclésiastiques furent frappés
d'impôts variés, annates, vacants, décimes, subsides caritatifs,
droit de dépouilles, etc. L'or afflua dans les caisses de l'Eglise à tel

point que les contemporains attribuèrent au pape un trésor immense (L 60, 45-46).

Anhang[27] (S. 94)

Monstrelet berichtet schon im Jahre 1405 über die Unmöglichkeit einer echten Versöhnung zwischen den beiden, die genau genommen nur aus politischen Gründen so taten, als ob sie sich vertragen könnten:

> Durant lequel temps les princes par-dessus nommés, et avec eux plusieurs notables seigneurs et grand nombre de gens de conseil, se mirent ensemble et traitèrent par plusieurs jours sur la matière dessusdite; et enfin, par longue continuation, après qu'ils eurent fait savoir aux deux parties leurs intentions, finalement firent tant qu'iceux princes d'Orléans et de Bourgogne se soumirent de toute leur question devant dite sur les rois de Sicile et Navarre, et les duc de Berry et de Bourbon, et baillèrent chacun d'iceux leur foi corporellement; et pour s'entretenir donnèrent congé chacun à leurs gens d'armes, et la reine retourna à Paris devers le roi, et ledit duc d'Orléans s'en vint loger en son hôtel, à Saint-Antoine, auprês de la Bastille; et briefs jours ensuivant, iceux princes dessus nommés, firent et traitèrent tellement, qu'ils communiquèrent l'un avec l'autre et se montrèrent, par semblant, à la vue de tout le monde, être très bons amis l'un avec l'autre; mais celui qui connoît les pensées des coeurs, sait du surplus ce qu'il en étoit (L 61, XXVI, 177-78).

Im Jahre 1406, bei der großen Hochzeit von Karl von Orléans und Isabella in Compiègne, kommt es wieder zu einem solchen Aufwand von Freundschaft zwischen den beiden Feinden:

> et d'autre partie, après que grandes confédérations furent faites entre les ducs d'Orléans et de Bourgogne, et qu'ils eurent promis l'un à l'autre d'entretenir bonne fraternité et amour toute leur vie, se départit ledit duc d'Orléans et emmena la dessusdite Isabelle, fille du roi, avec son fils, à Château-Thierri, lequel roi à sa requête, lui avoit donné (L 61, XXVI, 184).

Der Mönch von Saint-Denis berichtet folgendes über das Verhältnis der beiden Feinde:

Personne n'ignorait que les deux ducs avaient fait naguère un pacte d'amitié fraternelle, que tout récemment encore ils l'avaient confirmé par lettres et par serments, qu'ils avaient communié ensemble, et s'étaient juré de rester fidèles compagnons d'armes, et de défendre mutuellement leur honneur et leurs intérêts envers et contre tous. Le duc de Bourgogne était même allé visiter monseigneur le duc d'Orléans, son cousin, qui était malade, et avait consenti en signe d'affection particulière à dîner avec lui le lendemain, qui était un dimanche.

Les ducs et les comtes de la famille royale, se rappelant toutes ces circonstances, ne voulurent point écouter les excuses du duc; ils sortirent du conseil en pleurant et en sanglotant, et le jour suivant, lorqu'il se présenta au Parlement, ils lui en refusèrent l'entrée (L 55, III, 741).

Anhang[28] (S. 94)

Du comte de Vendôme, frère du comte de la Marche.

Le jour qui suivit l'arrivée du duc de Bretagne fut signalé par celle de monseigneur Louis, comte de Vendôme, cousin du roi, chevalier non moins recommandable par sa piété que par sa douceur, dont je dois retracer ici l'éloge. Il vint à l'église de Saint-Denys pour y faire ses dévotions, se prosterna devant les reliques des martyrs, et offrit à Saint-Louis un cierge de cent livres, pour s'acquitter d'un voeu solennel. Comme il me racontait familièrement et avec détail tous les voeux qu'il avait faits en d'autres occasions à Dieu, à la sainte Vierge et aux saints, je lui demandai quel en était le motif: „C'est que je suis fermement convaincu, me répondit-il, que c'était le seul moyen d'échapper à l'exécrable cruauté de mon frère le comte de la Marche, que la jalousie et la convoitise de mon bien animaient contre moi. En effet, irrité de ce que notre pieuse mère, Dieu veuille avoir son âme! m'avait institué à son lit de mort le seul et unique exécuteur de son testament, le gardien et le dispensateur de son riche mobilier, il n'écouta que son aveugle cupidité, m'en joignit de lui rendre plus que je n'avais reçu et menaça même d'attenter à ma vie, si je ne lui résignais mon patrimoine, dont j'avais joui paisiblement jusqu'alors. Comme je refusais de céder à ces exigences injustes, sa colère ne connut plus de bornes; foulant aux pieds la tendresse qu'il devait à un frère, il envoya contre moi d'infâmes agents, qui m'arrêtèrent sans aucune forme de procès, comme si j'eusse commis quelque crime abominable, me jetèrent sans pitié dans un noir cachot, où j'ai langui huit mois dans la douleur et la tristesse, recommandant toutefois dans l'amertume de mon coeur mon innocence au souverain juge et à toutes les puissances célestes. Je vis enfin que mes prières n'avaient pas été vaines. Vers la fête de Pâques, alors que je croyais bien fermement que mon frère s'était emparé de mes terres et de tous mes biens, je fus informé que le roi de Sicile, mon suzerain, l'en avait dissuadé jusque-là. Puis, tandis qu'on me menaçait plus sérieusement que jamais d'une détention perpétuelle, si je ne cédais à mon frère, j'appris que les recteurs des églises refusaient de lui donner l'absolution, tant qu'il me retiendrait en prison. C'est, je le reconnais, à l'intercession des saints auprès de Dieu, que je dois d'avoir obtenu ma délivrance, au moment même où j'en désespérais le plus. Je ne veux donc pas encourir le reproche d'ingratitude, et, suivant ma promesse, je laisserai croître ma barbe et mes cheveux, comme vous le voyez, sans les faire raser, jusqu'à ce que j'aie acquitté tous les voeux que j'ai faits librement. Je sais, ajouta-t-il en finissant, que si je portais plainte au roi contre mon frère, si je lui dénonçais les cruautés et les outrages qu'il m'a fait souffrir sans motif, l'éclat de son nom pourrait être terni, et son honneur flétri à jamais. Mais comme ce déshonneur rejaillirait sur notre famille et sur moi, j'ai cru devoir garder le silence sur un si noir attentat." Après m'avoir fait ce récit, pour que je le consignasse par écrit, il entendit la messe en grande dévotion, et retourna ensuite à Paris auprès du roi (L 55, V, 163-65).

Anhang [29] (S. 95)

Brief an Witold Hulewicz vom 10.11.1925.

Die von Buchon (1865) veranstaltete Ausgabe (les chroniques de Sire Jean Froissart) oder die etwas frühere des „Pantheon Litteraire" finden sich in den meisten großen Bibliotheken und geben, immer noch voll Frische und vegetativer Kraft, ein unübertrefflich reiches und echtes Material fürs innere Anschauen. Hier ist die Szene erwähnt, wo ein Sohn des Grafen, von seinem Vater eines Mordanschlags verdächtigt (dessen Werkzeug er wahrscheinlich ahnungslos geworden war) durch Gaston Phöbus selbst getötet wird. In dem Zimmer, in das man ihn einschloß, hat sich der Sohn verzweifelt aufs Bett geworfen, das Gesicht gegen die Wand. Der Graf, alle Adern voll Verdacht und Zorn, ist einge-treten. Er hält die Reglosigkeit und das Abgekehrtsein des jungen Mannes für Trotz, ergreift ihn schließlich am Halse, um ihn sich zuzukehren, legt dabei das kleine scharfe Nagelmesser nicht fort, das er eben hielt und dessen Schärfe fährt, ohne daß ers erst ge-wahrt, durch die Pulsader des Jünglings. Aber damit ist nichts be-richtet und nichts zugefügt (L 5, V, 363-64).

Über Gaston Phöbus, Grafen von Foix: Bericht des Jean Froissart.

Quand le duc d'Anjou vit qu'il ne venroit (viendroit) point à son entente (but) de prendre le châtel de Lourdes, si fit traiter devers le capitaine et lui fit promettre grand argent, mais (pourvu) qu'il voulsist (voulut) rendre la garnison. Le chevalier qui étoit plein de grand'vaillance s'excusa et dit que la garnison n'étoit pas sienne, et que l'heritage du roi d'Angleterre il ne pouvoit vendre, donner ni aliéner que il ne fut trahistre (traître), la quelle chose il ne vouloit pas être, mais loyal envers son naturel seigneur. Et quand on lui bailla le fort, ce fut par condition que il jura solennellement, par sa foi, en la main du prince de Galles, que le châtel de Lourdes il garderoit et tiendroit contre tout homme, si du roi d'Angleterre il n'étoit là envoyé, jusques à la mort. On n'en put oncques avoir autre réponse pour don ni pour promesse que on sçut ni put faire. Et quand le duc d'Anjou et son conseil virent que ils n'en auroient autre chose, et que ils perdoient leur peine, si se délogèrent de Lourdes; mais à leur délogement la ville dessous le châtel fut tellement arse que il n'y demeura rien à ardoir.

. . . .

„Pierre, je ai à parler à vous de plusieurs choses, si ne vueil (veux) pas que vous partiez sans non congé." Le chevalier répon-dit: „Monseigneur volontiers, je ne partirai point si l'aurez or-donné." Avint que le tiers jours après ce qu'il fut venu le comte de Foix prit la parole à lui, présents le vicomte de Bruniquiel, et le vicomte de Gousserant son frère, et le seigneur d'Anchin de Bi-gorre et autres chevaliers et écuyers, et lui dit en haut que tous l'ouirent; „Pierre, je vous ai mandé et vous êtes venu. Sachez que monseigneur d'Anjou me veut grand mal pour la garnison de Lourdes que vous tenez, et près en a été ma terre courue, si ce n'eussent été aucuns bons amis que j'ai eu en sa chevauchée; et est sa parole et l'opinion de plusieurs de sa compagnie que me heent (haïssent), que je vous soutiens pour tant que vous êtes de Béarn. Et je n'ai que faire d'avoir la malveillance de si haut prince comme monseigneur d'Anjou est. Si vous commande, en tant comme vous pouvez messaire encontre moi, et par la foi et lignage que vous me devez, que le châtel de Lourdes vous me rendez:" Et quand le chevalier ouït cette parole si fut tout ébahi et pensa un petit pour savoir quelle chose il répondroit; car il veoit bien que le comte de Foix parloit acertes (sérieusement). Toutefois tout pensé et tout considéré il dit; „Monseigneur, voirement (vraiment) je vous dois foi et lignage, car je suis un pauvre chevalier de votre sang et de votre terre; mais le châtel de Lourdes ne vous rendrai-je jà. Vous m'avez mandé, si pouvez faire de moi ce qu'il vous plaira. Je le tiens du roi d'Angleterre qui m'y a mis et établi, et à personne qui soit je ne le rendrai fors à lui." Quand le comte de Foix ouït cette réponse si lui mua le sang en félonnie (colère) et en courroux et dit, en tirant hors une dague: „Ho! faux traître, as-tu dit ce mot de non faire? Par cette tête tu ne l'as pas dit pour néant." Adonc férit-il de sa dague sur le chevalier par telle manière que il le navra moult vilainement en cinq lieux, ni il n'y avoit là baron ni chevalier qui osât aller au devant. Le chevalier disoit bien: „Ha, monseigneur, vous ne faites pas gentillesse. Vous m'avez mandé et si m'occiez." Toutes voies point il n'arrêta jusques à tant qu'il lui eût donné cinq coups d'une dague, et puis après commanda le comte qu'il fût mis dans la fosse (cachot), et il le fut, et là mourut, car il fut povrement curé (soigné) de ses plaies (L 36, XIX, 291, 294-95).

Anhang [30] (S. 96)

Fortsetzung des Berichts über Gaston Phöbus, Grafen von Foix: Jean Froissart.

Le comte de Foix le faisoit tenir en une chambre en la tour d'Orthez où petit avoit de lumière, et fut là dix jours. Petit y but et mangea, combien que on lui apportoit tous les jours assez à boire et à manger. Mais quand il avoit la viande il la détournoit d'une part et n'en tenoit compte, et veulent aucuns dire que on trouva les viandes toutes entières que on lui avoit portées, ni rien ne les avoit amenries (diminuées) au jour de sa mort. Et merveilles fut comme il put tant vivre. Par plusieurs raisons, le comte le faisoit là tenir sans nulle garde qui fut en la chambre avecques lui ni qui le conseillât ni confortât; et fut l'enfès (enfant) toujours en ses draps ainsi comme il y entra. Et si se mérencolia (attrista) grandement, car il n'avoit pas cela appris; et maudissoit l'heure que il fut oncques né ni engendré pour être venu à telle fin.

Le jour de son trépas, ceux qui le servoient de manger lui apportèrent la viande et lui dirent: „Gaston, vez-ci (voici) de la viande pour vous." Gaston n'en fit compte et dit: „Mettez-la là. Cil (celui) qui le servoit de ce que je vous dis regarde et voit en la prison toutes les viandes que les jours passés il avoit apportées. Adonc referma-t-il la chambre et vint au comte de Foix et lui dit: „Monseigneur, pour Dieu merci, prenez garde dessus votre fils, car il s'affame là en la prison où il gît, et crois que il ne mangea oncques puis qu'il y entra, car j'ai vu tous les mets entiers tournés d'un lez (côté) dont on l'a servi." De cette parole le comte s'enfelonna (irrita), et sans mot dire, il se partit de sa chambre et s'en vint vers la prison où son fils étoit; et tenoit à la male heure un petit long coutel et dont il appareilloit ses ongles et nettoyoit. Il fit ouvrir l'huis de la prison et vint à son fils, et tenoit l'alemelle (lame) de son coutel par la pointe et si près de la pointe que il n'en y avoit pas hors de ses doigts la longueur de l'épaisseur d'un gros tournois. Par mautalent (malheur) en boutant ce tant de pointe en la gorge de son fils, il l'asséna ne sçais en quelle veine et lui dit „Ha, traitour (traître)! Pourquoi ne manges-tu point?" Et tantôt s'en partit le comte sans plus rien dire ni faire et rentra en sa chambre. L'enfès (enfant) fut sang mué et effrayé de la venue de son père, avecques ce que il étoit foible de jeûner et que il vit ou sentit la pointe du coutel qui le toucha à la gorge, comme petit fut mais ce fut en une veine, il se tourna d'autre part et là mourut.

A peine étoit le comte rentré en sa chambre, quand nouvelles lui vinrent de celui qui administroit à l'enfant sa viande qui lui dit: „Monseigneur Gaston est mort" - „Mort?" dit le comte. „M'ait (aide) Dieu! Monseigneur, voire (vraiment)." Le comte ne vouloit pas croire que ce fut vérité. Il y envoya un sien chevalier qui là étoit de côté lui. Le chevalier y alla et rapporta que voirement (vraiment) étoit-il mort. Adonc fut le comte de Foix courroucé outre mesure et regretta son fils trop grandement, et dit: „Ha! Gaston, comme pauvre aventure ci a! A male heure pour toi et pour moi allas oncques en Navarre voir ta mère. Jamais je n'aurai si parfaite joie comme je avois devant." Lors fit-il venir son barbier, et se fit rere (raser) tout jus, et se mit moult bas et se vétit de noir, et tous ceux de son hôtel. Et fut le corps de l'enfant porté en pleurs et en cris aux frères mineurs à Orthez, et là fut ensepulturé. Ainsi en alla que je vous conte de la mort Gaston de Foix: son père l'occit voirement (vraiment), mais le roi de Navarre lui donna le coup de la mort (L 36, XIX, 327-29).

Anhang[31] (S. 97)

Brief an Lotte Hepner vom 8.11.1915.

Was in Malte Laurids Brigge . . . ausgesprochen eingelitten steht,
das ist ja eigentlich nur *dies*, mit allen Mitteln und immer wieder
von vorn und an allen Beweisen dies: *Dies*, wie ist es möglich zu
leben, wenn doch die Elemente dieses Lebens uns völlig unfaßlich sind? Wenn wir immerfort im Lieben unzulänglich, im Entschließen unsicher und dem Tode gegenüber unfähig sind, wie ist
es möglich dazusein? Ich bin nicht durchgekommen, diesem unter
der tiefsten inneren Verpflichtung geleisteten Buch, mein ganzes
Staunen auszuschreiben darüber, daß die Menschen seit Jahrtau-
senden mit Leben umgehen . . . und dabei diesen ersten unmit-
telbarsten, ja genau genommen einzigen Aufgaben . . . so
neulinghaft ratlos, so zwischen Schrecken und Ausrede, so
armsälig gegenüberstehen. Ist das nicht unbegreiflich? . . . Ich
habe schon einmal, vor Jahren über den Malte jemandem, den
dieses Buch erschreckt hatte, zu schreiben versucht, daß ich es
selbst manchmal wie eine hohle Form, wie ein Negativ empfände,
dessen alle Mulden und Vertiefungen Schmerz sind, Trostlosig-
keiten und weheste Einsicht, der Ausguß davon aber, wenn es
möglich wäre einen herzustellen . . . wäre vielleicht Glück, Zu-
stimmung; - genaueste und sicherste Seligkeit (L 1, 510-11).

Anhang[32] (S. 100)

Sankt Michäel

Es läßt sich nicht bestreiten, daß der Erzengel Michael (Michael
= Wer ist Gott?) in der apokryphischen Literatur, welche sowohl
vor als auch nach Christus in Palaestina und in den jüdischen Ge-
meinden der Diaspora vorherrschend war, eine große Rolle
spielte.

Einen Anhaltspunkt mag man in den authentischen Schriften
finden, denn im 10. und 12. Kapitel des Buches Daniel heißt es,
daß in jener Zeit Michael erscheinen wird, „der große Fürst, der
für die Kinder seines Volkes einsteht" (Dan. XII, 1).

Das Buch Henoch, welches als das wichtigste und ein-
flußreichste aller Alt-Testament Apokryphen angesehen wird,
stellt uns wiederholt Michael als „den großen Hauptmann" vor,
„der über den besten Teil der Menschheit eingesetzt ist", über
das auserwählte Volk, das erben wird, was Gott verheißen hat.

Michael, voller Gnaden, ist es, der das Mysterium im gefürchteten Gericht des Allmächtigen erklären wird. Michael führt Henoch in die Gegenwart Gottes ein, doch bindet er auch - im Verein mit den anderen großen Erzengeln, Gabriel, Raphael und Phanuel - die bösen Machthaber der Erde und wirft sie in den Feuerofen. Die gnadenvolle Darstellung seines Amtes wird besonders im Testament der 12 Patriarchen betont; und in der „Himmelfahrt des Jesaias" lesen wir: „der große Erzengel Michael ist immer ein Fürsprecher aller Menschen"; und in demselben Werk wird er auch noch als der gezeigt, welcher die Taten aller Menschen in die himmlischen Bücher einschreibt.

Im neuen Testament heißt es in der Offenbarung des Johannes (XII 7-9), daß da eine große Schlacht im Himmel war. Michael und seine Engel kämpften mit dem Drachen, und der Drache focht, und seine Engel; und siegten nicht. Auch war ihre Stätte im Himmel nicht mehr zu finden. Und der große Drache wurde hinausgeworfen, und die alte Schlange, die Teufel heißt und Satan - der die ganze Welt verführt, ward auf die Erde geschleudert und seine Engel mit ihm (Frei nach: *Butler's Lives of the Saints*: L 80, III, 677. Übersetzt von J. Roggenbauer).

Anhang[33] (S. 101)

Bildnis
Daß von dem verzichtenden Gesichte
keiner ihrer großen Schmerzen fiele,
trägt sie langsam durch die Trauerspiele
ihrer Züge schönen welken Strauß,
wild gebunden und schon beinah lose;
manchmal fällt, wie eine Tuberose,
ein verlornes Lächeln müd heraus.

Und sie geht gelassen drüber hin,
müde, mit den schönen blinden Händen,
welche wissen, daß sie es nicht fänden, -

und sie sagt Erdichtetes, darin
Schicksal schwankt, gewolltes, irgendeines,
und sie giebt ihm ihrer Seele Sinn,
daß es ausbricht wie ein Ungemeines:
wie das Schreien eines Steines –

X
Eleonora Duse

(L 59)

und sie läßt, mit hochgehobnem Kinn,
alle diese Worte wieder fallen,
ohne bleibend; denn nicht eins von allen
ist der wehen Wirklichkeit gemäß,
ihrem einzigen Eigentum,
das sie, wie ein fußloses Gefäß,
halten muß, hoch über ihren Ruhm
und den Gang der Abende hinaus
(L 8, I, 608).

Anhang [34]　(S. 101)

Über Rilke und Eleonora Duse.

Auszug aus: *Rilke in Frankreich* von Maurice Betz.

Er begann damit, mir von der Duse einige Anekdoten zu erzählen, in die er nur ab und zu ein erläuterndes Wort einwarf, gleichsam, als ob er von einem zarten, kostbaren Vogel sprechen würde. Die seelische Verfassung der Duse war so schwankend, daß der kleinste Vorfall sie bis zum Krankwerden erregen konnte, ein Zustand, der ihrer Begleitung eine Nervenanspannung auferlegte, die auf die Dauer aufreibend war. Rilke erzählte uns von jenem Spaziergang, von dem auch die Fürstin von Thurn und Taxis in ihren Erinnerungen berichtet, der in so ärgerlicher Art durch den Schrei eines Pfauen gestört worden war: eines schönen Tages hatten Eleonora Duse und ihre Freundin Frau X., einer Einladung Rilkes folgend, mit ihm einen Ausflug nach den Inseln unternommen. Das Wetter war strahlend schön, die Freunde hatten sich im Gras niedergelassen und plauderten friedlich, als sie plötzlich der rauhe, gellende Schrei eines Pfauen, der sich ihnen genähert hatte, aufspringen ließ. Aber das, was für die anderen nur ein kurzes Erschrecken gewesen war, war für die Duse ein Chok, eine entsetzliche Aufregung. An allen Gliedern zitternd und gleichzeitig von furchtbarem Zorn ergriffen, wollte sie den verwünschten Ort fliehen und verlangte den sofortigen Aufbruch. Der Ausflug war verdorben und zu Ende. Der verzweifelte Rilke mußte seine allzu empfindliche Freundin, die sich von ihrem Schrecken noch immer nicht erholt hatte, nach Hause bringen. Solche Vorfälle waren nicht selten. Ein anderes Mal rief das Summen einer Fliege, die sich zwischen den weißen Tüllvorhängen,

die das ins Zimmer der Duse eindringende Licht abblendeten,
verfangen hatte, einen ähnlichen Anfall hervor. Alles machte sich
auf die Suche nach der Fliege, aber alsbald setzte sie mit dem
Summen aus und wurde unsichtbar. Kaum hatte man sich wieder
niedergelassen und das Gespräch aufgenommen, als sich die
Fliege in einem Winkel des sehr dunklen Zimmers von neuem
hören ließ. Auch diesmal ergriff Eleonora Duse, verzweifelt und
einer Ohnmacht nahe, schließlich die Flucht und überließ ihre
Gäste der Fliege, in der sie eine Art gigantische Spinne sah, die
den ganzen Himmel verfinsterte. In solchen Szenen, von denen
Rilke berichtete, streift das Komische unaufhörlich an das Tragische, und Rilke vermischte beide Elemente so innig, daß man
kaum entscheiden konnte, welches der Eindruck gewesen war,
den er selbst empfangen hatte. Das, was er am meisten an der
Duse bewunderte, war die Kraft eines wahrhaft dramatischen
Temperaments, das – wie für die Dimensionen irgendeines ge-
waltigen Zuschauerraumes – die feinsten Bewegungen der Seele
ins Ungemessene vergrößerte. Das Mißverhältnis zwischen jenen
Ereignissen und der Bedeutung, die sie im Leben der Duse ange-
nommen hatten, zeigte nur, daß sie Schauspielerin bis ins in-
nerste Mark war, daß sie ständig im Bereiche des Dramas lebte
und um so stärker in ihm leben mußte, als sie damals glaubte, der
Bühne endgültig entsagt zu haben (L 19, 169-71).

Im Jahre 1912 schrieb Rilke an die Fürstin Marie von Thurn und Taxis-
Hohenlohe folgendermaßen über sein Verhältnis zu der Duse:

Die Duse, daß ich bei ihr war, sie bei mir, auch das ist wie eine
Spiegelung in der von Klarheit überreizten Luft – können Sie sich
vorstellen, wir waren wie zwei, die in einem alten Mystère zur
Handlung kommen, sprachen, wie im Auftrag einer Legende, jeder sein sachtes Teil. Ein Sinn kam unmittelbar aus dem Ganzen
und ging sofort über uns hinaus. Wir waren wie zwei Schalen und
bildeten übereinander eine Fontäne und zeigten einander nur,
wieviel uns fortwährend entging. Und doch wars kaum zu ver-
hüten, daß wir uns irgendwie über die Herrlichkeit verständig-
ten, so voll zu sein, und vielleicht dachten wir auch im selben
Augenblick an den lebendigen senkrechten Strahl, der über uns
stieg und fiel (immer noch) und uns so sehr füllte (L 1, 354).

Anhang [35]   (S. 107)

SPÄTHERBST IN VENEDIG
Nun treibt die Stadt schon nicht mehr wie ein Köder,
der alle aufgetauchten Tage fängt.
Die gläsernen Paläste klingen spröder
an deinen Blick. Und aus den Gärten hängt
der Sommer wie ein Haufen Marionetten
kopfüber, müde, umgebracht.

Aber vom Grund aus alten Waldskeletten
steigt Willen auf: als sollte über Nacht

der General des Meeres die Galeeren
verdoppeln in dem wachen Arsenal,
um schon die nächste Morgenluft zu teeren

mit einer Flotte, welche ruderschlagend
sich drängt und jäh, mit allen Flaggen tagend,
den großen Wind hat, strahlend und fatal
(L 8, I, 609).

Verzeichnis der benutzten Literatur

Rilke-Texte

L 1 Rilke, Rainer Maria. *Briefe*. Hrsg. vom Rilke Archiv. Wiesbaden: Insel Verlag, 1950.

L 2 ———. *Briefe an Sidonie Nádherný von Borutin*. Frankfurt: Insel Verlag, 1973.

L 3 ———. *Briefe aus den Jahren 1902-1906*. Hrsg. von Ruth Sieber-Rilke und Carl Sieber. Leipzig: Insel Verlag, 1929.

L 4 ———. *Das Testament. Faksimile der Handschrift*. Hrsg. von Ernst Zinn. Frankfurt: Insel Verlag, 1974.

L 5 ———. *Gesammelte Briefe in 6 Bänden*. Leipzig: Insel Verlag, 1939.

L 6 ———. *His Last Friendship*. Übersetzt von William H. Kennedy. New York: The Philosophical Library, Inc., 1952.

L 7 ———. *Rilke et la France*. Paris: Plon, 1942.

L 8 ———. *Sämtliche Werke*. Hrsg. vom Rilke Archiv. 6 Bde. Frankfurt: Insel Verlag, 1966.

L 9 ———. *The Notebooks of Malte Laurids Brigge*. Übersetzt und hrsg. von M.D. Herter Norton. New York: W.W. Norton und Co., 1964.

L 10 ———, und Lou Andreas-Salomé. *Briefwechsel*. Hrsg. von Ernst Pfeiffer. Zürich: Max Niehans Verlag, 1952.

L 11 ———, und Lou Andreas-Salomé. *Briefwechsel*. Hrsg. von Ernst Pfeiffer. Frankfurt: Insel Verlag, 1975.

Abhandlungen

L 12 Aarsleff, Hans. „Rilke, Hermann Bang, and Malte". *Proceedings of the IV Congress of the International Comparative Literature Association*. Hrsg. von François Jost. Den Haag: Mouton, 1966, 628-36.

L 13 Angelloz, J. F. *Rainer Maria Rilke. Leben und Werk*. Übersetzt von Alfred Kuoni. Zürich: Verlag der Arche, 1955.

L 14 Arnim, Bettina von. *Werke und Briefe*. Hrsg. von Gustav Konrad. 5. Bde. Köln: Bartmann Verlag, 1959.

L   15   Bang, Herman. *Das weiße Haus; Das graue Haus. Gesammelte Werke.* 4 Bde. Berlin: S. Fischer, 1919.

L   16   Barante, M. de. *Histoire des Ducs de Bourgogne de la maison de Valois: 1374-1479.* 8 Bde. Paris: Librairie Le Normant, o.J.

L   17   Baudelaire, Charles. *Die Blumen des Bösen.* Übersetzt von Carl Fischer. Berlin: Luchterhand, 1955.

L   18   ———. *Werke.* Hrsg. von Max Bruns. Übersetzt von Margarete Bruns. Münden: Bruns, 1904.

L   19   Betz, Maurice. *Rilke in Frankreich.* Wien: Reichner, 1938.

L   20   ———. *Rilke in Paris.* Übersetzt von Willi Reich. Zürich: Verlag der Arche, 1948.

L   21   Bobé, Louis, Herausgeber. *Efterladte Papirer fra den Reventlowske Familiekreds.* 7 Bde. Kopenhagen: Lehmann und Stages Verlag, 1895.

L   22   ———. *Livsdagen lang.* Kopenhagen: Hagerup, 1947.

L   23   Bollnow, Otto Friedrich. *Rilke.* 2. Aufl. Stuttgart: Kohlhammer Verlag, 1951.

L   24   Buddeberg, Else. *Rainer Maria Rilke: Eine innere Biographie.* Stuttgart: J.B. Metzlersche Verlagsbuchhandlung, 1955.

L   25   Cabanés, Auguste. *Autour de la vie de Bohème.* Paris: A. Michel, 1938.

L   26   Caro, Georg. *Sozial- und Wirtschaftsgeschichte der Juden im Mittelalter und der Neuzeit.* 2 Bde. Hildesheim: Georg Ohms Verlagsbuchhandlung, 1964.

L   27   „Charles VI.: Roi de France." *Biographie Universelle, Ancienne et Moderne.* 1813, Bd. 8.

L   28   Chledowski, Kazimierz von. *Die letzten Valois.* Übersetzt von Arthur Ernst Rutra. München: Georg Müller Verlag, 1922.

L   29   Demetz, Peter. *René Rilkes Prager Jahre.* Düsseldorf: Diederichs Verlag, 1953.

L   30   Engelhardt, Hartmut, Herausgeber. *Materialien zu Rainer Maria Rilke. Die Aufzeichnungen des Malte Laurids Brigge.* Frankfurt: Suhrkamp, 1974.

L   31   Ersch, J.S., und J. G. Gruber, Herausgeber. *Allgemeine Enzyklopädie der Wissenschaften und Künste.* 1847.

L   32   Fenin, Pierre de. *Memoires.* Hrsg. von Denys Godefroy. 2. Aufl. Paris: L'Imprimerie royale, 1653.

L   33   Fischer, G.M.S. „Passionsbrüderschaft". *Allgemeine Enzyklopädie der Wissenchaften und Künste* (1839), 163–66.

L   34   Flaubert, Gustave. *La Légende de Saint Julien l'Hospitalier.* Hrsg. von Raymond Decesse. Paris: Bordas, 1965.

L 35   Fleury, Claude. *Histoire ecclésiastique.* Paris: Didier, 1840.

L 36   Froissart, Jean. *Les Chroniques.* Bde. XVII-XXIV der *Collection des Chroniques Nationales Françaises.* Hrsg. von J.A. Buchon. 47 Bde. Paris: Verdière et Carez, 1825.

L 37   Fülleborn, Ulrich. „Form und Sinn der ‚Aufzeichnungen des Malte Laurids Brigge': Rilkes Prosabuch und der moderne Roman". *Deutsche Romantheorien.* Hrsg. von Reinhold Grimm. Frankfurt: Athenäum Verlag, 1968.

L 38   Goldenberg, Samuel. *Lace. Its Origin and History.* New York: Brentano, 1904.

L 39   Gröber, Gustav. *Geschichte der mittelfranzösischen Literatur.* 2 Aufl. Hrsg. von Stefan Hofer. Berlin: Walter de Gruyter und Co., 1933.

L 40   Hargrave, Catherine Perry. *A History of Playing Cards and a Bibliography of Cards and Gaming.* New York: Dover Publications, Inc., 1966.

L 41   Head, R.E. *The Lace and Embroidery Collector.* New York: Dodd, Mead, 1922.

L 42   Hoffman, Ernst Fedor. „Zum dichterischen Verfahren in Rilkes ‚Aufzeichnungen des Malte Laurids Brigge' ". *Deutsche Vierteljahrsschrift für Literaturwissenschaft und Geistesgeschichte,* 13 (Mai 1968), 202-30.

L 43   Huizinga, Johann. *Im Bann der Geschichte.* Basel: Burg Verlag, 1943.

L 44   Jacobsen, Jens Peter. *Frau Marie Grubbe. Interieurs aus dem 17. Jahrhundert. Sämtliche Werke.* Leipzig: Insel Verlag, 1935.

L 45   ———. *Frau Marie Grubbe.* Übersetzt von R.M. Baring. München, 1961.

L 46   Jan, Hermann von. „Rilkes ‚Aufzeichnungen des Malte Laurids Brigge' ". Bd. 18: *Von deutscher Poeterey: Forschungen und Darstellungen aus dem Gesamtgebiete der Deutschen Philologie.* Hrsg. von Hermann Korff, Hans Naumann und Friedrich Neumann. Leipzig: J.J. Weber Verlagsbuchhandlung, 1938.

L 47   Kierkegaard, Søren. *Stadien auf des Lebens Weg.* Übersetzt von Emanuel Hirsch. Düsseldorf: Diederichs Verlag, 1958.

L 48   Kohlschmidt, Werner. *Rilke-Interpretationen.* Schauenburg: Lahr, 1948.

L 49   ———. „Rilke und Obstfelder". *Die Wissenschaft von deutscher Sprache und Dichtung. Methoden, Probleme,*

Aufgaben. Festschrift für Friedrich Maurer zum 65. Geburtstag. Hrsg. von Siegfried Gutenbrunner, Hugo Moser, Walther Rehm und Heinz Rupp. Stuttgart: Ernst Klett Verlag, 1963.

L 50 Kukenheim, Louis, und Henri Roussel. *Guide de la littérature française du moyen age*. 2. Aufl. Leiden: Universitaire Pers, 1959.

L 51 Kunisch, Hermann. *Rainer Maria Rilke. Dasein und Dichtung*. 2. Aufl. Berlin: Duncker und Humblot, 1975.

L 52 LaMarche, Olivier de. *Mémoires*. Paris: Renouard, 1885.

L 53 Lavater, Johann Caspar. *Reyse til Danmark i Sommeren 1792*. Hrsg. von Louis Bobé. Kopenhagen: Lehmann und Stages, 1898.

L 54 Lefébure, Amélie. *Musée des Thermes et de l'hôtel de Cluny*. Übersetzt von Horst Schumacher. Paris: Edition des Musées nationaux, 1973.

L 55 Le Religieux de Saint-Denys. *Chroniques: Le Règne de Charles VI de 1380 à 1422. Collection de Documents Inédits sur L'Histoire de France*. 6. Bde. Paris: Crapelet, 1844.

L 56 Lüers, Grete. *Die Sprache der deutschen Mystik des Mittelalters im Werke der Mechthild von Magdeburg*. München: Ernst Reinhardt, 1926.

L 57 Lühning, Frauke. „Einflüsse auf Rilkes Malte Laurids Brigge". *Kunst in Schleswig-Holstein* (1959), 53-76.

L 58 Lund, E. F. S. *Danske Malede Portraeter. En beskrivende Katalog*. 10 Bde. Kopenhagen: Byldendal, 1895-1906.

L 59 Mapes, Victor. *Duse and the French*. New York: The Dunlap Society, 1898.

L 60 Mollat, G. *Les Papes d'Avignon: (1305-1378)*. 2. Aufl. Paris: Librairie Victor Lecoffre, 1912.

L 61 Monstrelet, Enguerrand de. *Chroniques*. Bde. 26-29 der *Collection des Chroniques Nationales Françaises*. Hrsg. von J.A. Buchon. 47 Bde. Paris: Verdière et Carez, 1825.

L 62 New Catholic Encyclopedia. *Angelus*. 1967. Bd. 1.

L 63 Pantenius, Theodor Hermann. *Der falsche Demetrius*. Bielefeld: Velhagen und Klasing, 1904.

L 64 Parry, Idris. „Malte's Hand". *German Life and Letters* 11 (Oktober 1957), 1-12.

L 65 Petersen, Jürgen. *Das Todesproblem bei Rainer Maria Rilke*. Würzburg: Konrad Triltsch Verlag, 1935.

L 66 Rauschnik, Dmitri. „Grischa Otrepjow". *Allgemeine Encyklopädie der Wissenschaften und Künste*. Hrsg. von J. S.

Ersch und J. G. Gruber. 1. Section, 26. Theil (1835), 209-11.

L 67 „Reventlow". *Allgemeine deutsche Biographie.* Bd. 28. Duncker und Humblot, 1889.

L 68 Röse, B. „Germain (Saint-)". *Allgemeine Encyklopädie der Wissenschaften und Künste.* Hrsg. von J. S. Ersch und J. G. Gruber. 1. Section, 61. Theil (1855), 166-71.

L 69 Schiller, Friedrich. *Werke in drei Bänden.* Hrsg. von Herbert Göpfert. München: Hanser, 1966.

L 70 Schnack, Ingeborg. *Rilkes Leben und Werk im Bild.* Wiesbaden: Insel Verlag, 1956.

L 71 Schoolfield, George C. „Rilke and Leonora Christina". *Modern Language Quarterly* 14 (Dezember 1953), 425-31.

L 72 ————. „Rilke's Malte and Schack Staffeldt". *Kentucky Foreign Language Quarterly* 3 (1956), 131-40.

L 73 Schwerte, Hans, und Helmut Schanze, Herausgeber. *Index zu Rainer Maria Rilke. Die Aufzeichnungen des Malte Laurids Brigge.* Frankfurt: Athenäum Verlag, 1971.

L 74 Seifert, Walter. *Das epische Werk Rainer Maria Rilkes.* Bonn: Bouvier, 1969.

L 75 Small, William. „Die historischen Figuren und ihre künstlerische Funktion in den Abschnitten 61 und 62 der ‚Aufzeichnungen des Malte Laurids Brigge' von Rainer Maria Rilke". Diss. University of Connecticut, 1972.

L 76 Spender, Stephen. „Rilke and the Angels, Eliot and the Shrines". *Sewanee Review* 61 (1953), 557-81.

L 77 Sperling, Otto. *Dr. Med. Otto Sperlings Selvbiografi (1602-1673).* Hrsg. von S. Birket Smith. Kopenhagen: Høst und Søhne Verlag, 1885.

L 78 Steffensen, Steffen. „Neue Rilkeliteratur". *Orbis litterarum* 4 (1946), 289-303.

L 79 Stephens, Anthony R. *Rilkes Malte Laurids Brigge. Strukturanalyse des erzählerischen Bewußtseins.* Bern: Herbert Lang, 1974.

L 80 Thurston, Herbert, and Donald Attwater, Herausgeber. *Butler's Lives of the Saints.* 3 Bde. New York: Kennedy and Sons, 1963.

L 81 Tubach, Frederic C. „The Image of the Hand in Rilke's Poetry". *PMLA* 76 (Juni 1961), 240-246.

L 82 Ursins, Jean Juvenal des. *Histoire de Charles VI, Roy de France.* Hrsg. von Denys Godefroy. 2. Aufl. Paris: L'Imprimerie royale, 1653.

L 83 Witzleben, Brigitte von. „Quellenstudien zu Rilkes ‚Die Aufzeichnungen des Malte Laurids Brigge,'". Diss. Åbo, 1972.

L 84 Weigand, Hermann J. „Das Wunder im Werk Rainer Maria Rilkes". *Monatshefte für deutschen Unterricht* 31 (Januar 1939), 1-21.

L 85 Willard, Charity, Herausgeber. The *"Livre de la Paix" of Christine de Pisan.* 'S-Gravenhage: Mouton, 1958.

L 86 Wurmbrand, Max, und Cecil Roth. *The Jewish People. 4000 Years of Survival.* Jerusalem: Massadah–P.E.C. Press, 1966.

L 87 Zweig, Stefan. *Desbordes-Valmare, Marceline. Das Lebensbild einer Dichterin.* Leipzig: Insel, 1927.

Register